KB235551

황금나침반

신화에서 역사로 다시 태어난
위대한 불멸의 영웅

주몽

朱蒙

5

극본_최완규·정형수
소설_홍석주

황금나침반

영혼의 고향인 조상들의 나라,
그로부터 비롯되었고
다시 그로 돌아갈 영원한 빛의 나라,
태양이 지지 않는 산봉우리,
그 영원한 땅,
그곳으로 돌아갈 수 있기를.

드넓은 영토보다 더 웅대했던 우리 영웅들의 기상을 찾아
_최완규 · 정형수

서양의 철학자나 예술가들은 풀리지 않는 난관에 부딪칠 때면 희랍으로 달려간다는 얘기를 들은 적 있습니다.

역사의 세계이며 또한 신화의 세계이기도 한 그곳은, 영토보다 소중한 정신의 보고寶庫이기 때문일 것입니다.

작업실 책상 앞에 커다란 지도 한 장을 붙여놓았습니다.

광활한 만주 벌판…… 옛 우리 선조들이 고조선, 부여, 고구려, 발해를 세우고 거침없이 말 달렸던 대지…….

눈을 감으면 어느새 고구려 고분벽화 속 말 한 마리가 튀어나와 푸른 바이칼에서 시작해 거친 동북평원을 지나 쑹화 강까지 힘차게 내달리는 장면이 떠오릅니다.

드넓은 영토보다 더 웅대했던 선조들의 기상과 정신이 온몸을 휘감습니다.

그러다 눈을 뜨면 우리의 현실이 답답해집니다.

광활한 만주에서 한반도로, 그도 모자라 휴전선으로 두 동강 난 영토보다 더 서글픈 것은, 너무도 작아진 우리들의 정신입니다.

잃어버린 영토는 언젠가 되찾을 수 있어도, 잃어버린 정신은 다시

복원하기 어렵다는 것을 압니다.

　해모수, 금와, 유화, 주몽, 소서노, 대소……. 우리의 기억 속에서 풍화되어가는 부여와 고구려의 영웅들.

　이 책을 통해 고분벽화 속에 깃든 그분들의 영혼이 깨어 나와 움츠러든 우리의 기상과 정신을 일깨워줄 수 있다면, 이 글을 쓰는 그 어떤 의미보다 소중할 것입니다.

가장 뜨거웠던 시대를 향한 간절한 그리움
_ 홍석주

《삼국사기》를 쓴 김부식은 그 책의 표문表文에서 임금의 말을 빌려, 당대의 지식인들이 중국의 역사는 잘 알면서 정작 우리나라 동방삼국의 역사는 제대로 알지 못하는 것은 참으로 유감스러운 일이라고 탄식하고 있다.

이러한 김부식의 탄식은 그로부터 천년에 가까운 세월이 흐른 오늘날에 이르러서도 여전한 형편이니 안타까운 일이 아닐 수 없다.

어디 중국의 역사뿐이겠는가. 그보다 더 아득한 그리스나 로마의 옛 역사에 대해서는 줄줄 꿰면서도 정작 우리 민족의 고대사는 실재한 사실로서가 아니라 기껏 신화나 전설의 꼴로 의식 속에 박제화되어 있을 따름이다. 이는 이 시기를 기록한 사서의 신화적 기술 방식에 연유한 바 크지만, 그보다는 이를 우리의 역사로 끌어안으려는 적극적인 노력이 부족한 탓이 아닐까 싶다.

최근 들어 고구려에 대한 일반의 관심이 커져 가히 열풍이라 할 정도라 하니 반가운 일이다. 이러한 현상이 고구려를 자신의 변방정권으로 자리매김하려는 중국의 소위 '동북공정'에 의해 촉발되었음을 부인할 수 없지만, 또한 이에는 우리 민족의 유전자 속에 각인된 민족의 원형으로서의 고구려에 대한 간절한 그리움이 내재되어 있는 까닭이라고 믿는다.

한 가지 염려스러운 것은 고구려에 대한 우리의 관심이 얼마나 광대한 영토를 가진 위대한 대제국이었냐 하는 데만 집중된 듯한 점이다. 오늘날 우리에게 고구려가 새로운 인식의 대상으로 떠오르는 것은 대륙을 호령한 동아시아 최대강국으로서 이 시대가 요구하는 새로운 국가적 패러다임의 모델이어서가 아니라 우리 민족사의 뿌리와 내력이 거기에 있기 때문이다. 고구려에 대한 관심의 시작은 바로 거기서부터 비롯되어야 하리란 것이 나의 생각이다.

이 책은 고구려를 건국한 주몽의 파란만장한 일대기를 다룬 소설이다. 주몽은 단언컨대 우리 민족사를 통틀어 그 유類를 찾아보기 어려운 풍운아이자 일대 영웅이다. 그가 산 시대는 우리 역사상 진취적 기상과 민족적 활력이 가장 뜨겁게 달아오르던 시대였다. 그리고 그가 걸어간 땅은 이제는 우리가 잃어버린 땅, 요동의 광활한 대륙이었다. 그 인물과 그 시대를 다룬 이야기가 어찌 신나고 재미있지 않으랴.

이제는 찾기 어려운 미덕이 되어버린 사내들의 야성과 강건미, 진정한 용기와 참다운 의로움, 인간의 위대함과 존엄 등은 이 소설을 쓰는 내내 나의 마음을 달군 잉걸불이 되었다. 이 소설이 주몽을 비롯한 숱한 영웅들의 장엄하고 통쾌무비한 삶을 다루고 있긴 하지만, 단순한 무협 영웅담으로 읽혀지는 것을 염려하는 까닭이 여기에 있다.

그 아득한 옛날, 그 땅의 사람들을 이야기하는 일에 어찌 어려움이 없었겠는가. 이에는 그간 고구려의 역사를 연구해온 훌륭한 학자들의 수고와 노력이 큰 힘이 되었다. 이 자리를 빌려 우리 학계의 많은 고구려사 연구자들에게 깊이 감사드리는 바다. 특히 고대사에 대한 다양한 자료를 제공하고 조언해준 서강대의 조경란 선생에게 각별한 감사를 표한다.

해모수解慕漱　　동이족의 청년 영웅. 망국 조선의 부흥을 위해 노력하며 조선의 유민을 구출하는 일에 신명을 바친다. 생명을 구해준 유화와 아름다운 사랑을 나누지만, 토벌군의 대장이자 어린시절의 친구 양정에게 목숨을 잃을 위기에 처한다. 하지만 후일 유약한 주몽을 강건한 사내로 일으켜 세우는 데 결정적인 역할을 한다.

유화柳花　　비류수 가의 서하국 군장 하백의 딸. 해모수와의 슬픈 사랑으로 주몽을 얻고, 금와의 궁에서 그의 보호 아래 지내게 된다. 금와의 황후인 원씨의 갖은 핍박을 견디며 주몽을 새로운 나라의 창업주로 만들기 위해 노력한다.

금와金蛙　　부여국 왕. 태자 시절, 오랜 벗인 해모수를 도와 조선 유민의 구출에 힘쓰고 조선의 부흥운동에도 도움을 준다. 유화를 깊이 사랑해 해모수가 죽은 후 유화를 자신의 궁에 들이고, 일생 그녀를 향한 사랑을 그치지 않는다. 해모수의 아들인 주몽을 아끼고 사랑한다.

주몽朱蒙　　해모수와 유화 사이에 태어나 부여국 왕 금와의 궁에서 자라난다. 갓난 아기 때 여미을의 모해로 죽을 고비를 겪고, 성장해서도 부여의 황후와 왕자들의 모략으로 숱한 위기를 겪는다. 소서노와 운명적인 사랑을 나누는 한편, 새로운 왕국에 대한 동이족의 열망을 자각, 부여를 떠나 마침내 위대한 제국 고구려를 건국한다.

소서노召西弩 계루국 군장 연타발의 딸로, 빼어난 미색과 뛰어난 지혜를 겸비한 여인. 거상 연타발의 상단을 이끄는 행수로 활약하다 주몽을 만나 사랑에 빠진다. 주몽을 도와 고구려 건국에 결정적인 역할을 하고, 후일 아들 비류, 온조와 함께 남하해 백제를 건국하는 일에도 주도적 역할을 한다. 우리나라 역사상 두 나라를 창업한 전무후무한 여걸이다.

대소帶素 부여국 왕 금와의 장자로 무예가 출중하고 야심이 크다. 다물활 사건 이후 주몽의 존재에 극도의 경계심과 두려움을 가지고 그를 제거하려 한다. 사랑하는 소서노마저 주몽을 사랑하기에 이르자 그의 분노와 증오는 더욱 커진다. 주몽과 그의 증오와 대립은 후일 고구려와 부여의 길고 긴 전쟁으로 이어진다.

부득불不得弗 부여의 최고 대신인 대사자. 지략과 충성심이 뛰어난 인물로 동이에 새로운 나라가 일어나 부여를 위협하게 될 상황을 우려해 해모수와 주몽을 제거하려 한다.

여미을汝美乙 부여 신궁의 주인인 신녀神女. 용모가 아름다울 뿐만 아니라, 천문과 역학에 밝고 예지력과 지모가 뛰어나 인간사의 길흉을 헤아림에 막힘이 없다. 나라의 크고 작은 일에 가르침을 내리고 갖가지 의식을 주관한다.

연타발延陀勃 졸본에 위치한 소국 계루국의 군장. 상재가 뛰어나 동이 지역 최대의 상단을 이끄는 거상으로 막대한 재부를 이루었다. 자신의 나라를 부강하게 만들 새로운 방편으로 강철의 개발에 뛰어든다.

영포英圃 금와의 둘째왕자로 대소의 동생. 거대한 체구에 용력이 출중하다. 대소를 도와 주몽을 제거하는 일에 앞장선다.

황후 원씨元氏 금와의 부인으로 태자비 시절 금와가 궁으로 데려온 유화에게 극도의 질투심을 갖는다. 자신의 아들 대소를 왕으로 세우기 위해 노력하는 한편, 유화와 주몽을 제거하는 일에 방법을 가리지 않는다.

양정 楊晶 해모수와 금와의 어린 시절 친구. 조선의 마지막 왕 우거를 모살하는 일에 앞장섬으로써 이들과는 다른 길을 걷는다. 한나라의 거기장군에 오른 후 해모수를 토벌하는 일에 앞장선다. 후일 현토군 태수로 부임해 부여국 왕 금와를 압박한다.

계필 季弼 오랜 세월 연타발을 보필해온 졸본 상단의 행수. 상술이 뛰어나고 금전의 출납에 밝다.

우태 優台 계필의 아들로 아버지와 함께 졸본 상단의 상업에 중요한 역할을 한다. 어릴 때부터 함께 자란 소서노를 마음으로 연모하고, 후일 그와 혼인하여 비류, 온조 두 아들을 얻는다.

사용 泗茸 소서노의 벗이자 졸본 상단의 지략가. 남녀를 구분할 수 없는 신비한 용모에 천문과 역, 산술, 의술에 밝고 하늘과 땅의 흐름을 살펴 인간사를 예지하는 신묘한 능력을 지녔다. 대소의 음모에 빠져 심한 상처를 입은 주몽을 구명하고, 그의 몸에 깃든 여미을의 저주를 벗기는 데 힘쓴다.

무덕 无德 유화 부인을 모시는 별궁 여관. 남자같이 큰 체격에 입이 무겁고 행동이 근실하다. 유화 부인의 뜻에 따라 주몽에게 오라비 무송을 무예 선생으로 소개한다.

무송 无鬆 무덕의 오라비. 주몽의 무예 선생. 한때 부여 최고의 무사로 부여국 훈련교관이었으나 술을 먹고 상관을 두들겨패는 바람에 쫓겨나 두타산 비밀 옥사의 옥사장이 된다.

마리 摩離 부여국 저잣거리의 무뢰배. 꾀가 많고 상황 판단이 기민하다. 후일 협보, 오이 등과 함께 주몽을 도와 고구려 건국에 크게 기여한다.

협보陜父

부여국 저잣거리의 무뢰배. 우직하고 맨손으로 황소를 상대할 만큼 힘이 장사이다. 후일 주몽의 충직한 부하로 고구려 건국의 주역이 된다.

오이烏伊

지혜가 뛰어나고 의협심이 남다르다. 도치에 의해 색주가로 팔려가려는 부영을 구한 뒤 오누이 사이가 된다. 고구려 건국의 주역 가운데 한 사람이다.

벌개伐价

부여국 궁정사자. 왕후 원후의 오라비로, 잔꾀에 능하며 원후와 함께 태자 대소의 왕위 등극을 위해 애쓴다.

흑치黑雉

부여국의 대장군. 영포의 무예 선생이기도 하다.

예소야

한백 고을 군장 예천의 딸로, 임둔과 진번군의 정벌 전쟁 와중에 부상을 당한 주몽을 도와 부부의 연을 맺게 된다. 주몽의 아들 유리를 낳는다.

재사再思
무골武骨
묵거默居

모둔곡의 평범한 농투성이 자식으로 태어났지만 용력이 뛰어나고 성품이 호협하다. 저잣거리에서 만나 둘도 없는 친구가 된 셋은, 현토성 양정과 모둔곡의 새 곡장이 협잡해 사람들에게 온갖 횡포를 일삼자 동헌의 서까래를 주저앉히고 산으로 숨어든다. 이후 가깝고 먼 고을의 탐욕스러운 부자와 권세 있는 자를 응징해 '모둔곡의 세 의인'이란 별명을 얻는다. 이 소문을 듣고 찾아온 주몽의 제안으로 다물군에 들어 중책을 맡아 고구려 위업 달성에 큰 역할을 한다.

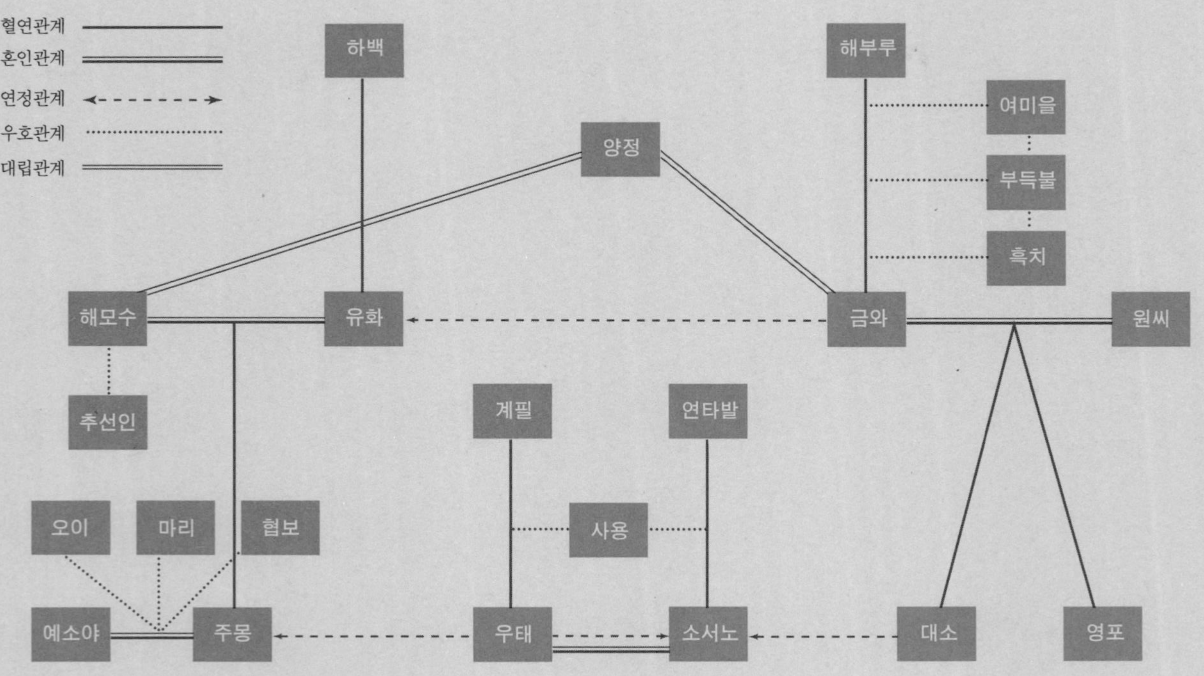

인물관계
혈연관계
혼인관계
연정관계
우호관계
대립관계
하백
양정
해부루
여미을
부득불
흑치
해모수
유화
금와
원씨
추선인
계필
연타발
오이
마리
협보
사용
예소야
주몽
우태
소서노
대소
영포

유민의 우두머리 되어

부여 도성 밖의 유민 수용소를 빠져나온 무리가 남쪽을 바라고 걸음을 재촉했다. 5백여의 조선 유민과 이를 위호하는 삼십여 인의 군사가 그들이었다. 일찍이 망국 조선의 백성으로 한의 압정을 피해 바람에 떠 흐르는 검불처럼 천하를 떠돌던 그들이 이제 다시 남부여대男負女戴하여 바람 찬 황야로 나선 것이었다.

행군은 밤낮없이 계속되었다. 언제 대소의 군대가 뒤를 들이칠지 모를 일이었다. 북국의 매서운 겨울 추위가 그들을 쉴 새 없이 몰아대고 있었다. 아직은 짐승들도 동혈 속에 몸을 숨긴 채 깊은 겨울잠에 빠져 있는 엄동이었다. 길은 차갑게 얼었으며, 가깝고 먼 산은 원근감을 구별할 수 없을 정도로 온통 흰 눈에 덮여 있었다.

창졸간에 부여군의 창끝 아래 끌려나와 수용소에 던져진 터라 변변한 이부자리조차 건사하지 못한 그들이었다. 사나운 짐승처럼 검은 발톱을 세우고 달려드는 한밤의 추위를 그들은 오로지 서로의 체온에 의지하며 견뎠다. 식량의 부족으로 인한 굶주림 또한 추위만큼이나 견디기 힘든 고통이었다. 하루 한두 개에 불과한 얼음이 박힌 주먹밥으로 지친 몸을 다독이고 언 몸을 녹이기에는 턱없이 부족했다.

하지만 그들 가운데 누구 하나 자신의 처지를 불평하는 사람은 없었다. 허기로 주린 배를 안고, 퍼렇게 얼어붙은 얼굴로 걸음을 옮기는 그들의 눈길 속에는 잉걸불 같은 불꽃이 일렁거리고 있었다. 그것은 한의 압제를 벗어나 새로운 해방의 땅으로 향하는 이들의 자부심의 불꽃이었으며, 새로운 나라, 동이의 신들이 약속한 신성왕국을 향한 희망의 불꽃이었다.

— 가자, 가자. 비록 지금은 추위와 주림과 공포와 불안으로 고통스러우나, 이제 우리 앞에는 동이의 신이 만세 전에 허락한 약속의 땅이 기다리고 있을 것이니, 그 땅에서 우리는 다시는 스러지지 않을 영원한 기업을 일구고, 자손만대에 걸쳐 풍요와 평화와 희락을 누리리라.

길 위의 날들이 길어지면서 고통은 더욱 커져갔다. 어린이와 노인들 가운데 추위와 굶주림을 견디지 못하고 쓰러지는 자들이 속출했다.

사람들은 서로의 고통을 나누는 일에 기꺼이 헌신했다. 그들은 병자와 지쳐 쓰러진 자들을 위해 자신의 등을 기꺼이 내놓았다. 자신에게 배당된 보잘것없는 음식조차 어린이와 노인을 위해 양보했다. 주몽이 이끄는 호위무사들은 자신들의 말에 병자를 태우고 스스로 견마잡이가 되기를 자청했다. 그러한 모습은 그들이 오래 잊고 있었던, 그러나 인간의 내면에 본래부터 숨어 있던 영웅의 면모를 떠올리게 했다. 모진 삭풍과 굶주림이 쉴 새 없이 무리를 유린했지만 그들은 앞날에 대한 희망과 서로에 대한 믿음으로 이를 견디고 있었다. 찬바람을 헤치며 나아가는 그들을 뒤덮고 있는 것은 수많은 토기가 옹기종기 모여앉아 다 함께 익어가는 가마 속의 열기 같은 것이었다.

"왕자님. 행군 속도를 조금 더 높여야겠습니다. 우리가 부여를 탈출했다는 소식이 이미 대소 왕자에게 전해졌을 것입니다. 무사히 부여를 떠나도록 두고 볼 리 만무하니, 틀림없이 기마병을 출병시켜 우리 뒤를 쫓게 하였을 것입니다. 자칫 휘발강에 당도하기 전에 놈들과 맞닥뜨린다면 큰 낭패를 당할 것입니다."

지난밤부터 고열에 시달리는 노인에게 자신의 말을 내주고 유민들 속에 섞여 걸음을 옮기고 있는 주몽에게 마리가 다가와 말했다. 어린 아이를 등에 업고 주몽의 뒤를 따르던 오이가 고개를 저었다.

"그건 무리유, 마리 형님. 유민들 가운데 지쳐 쓰러지는 사람들이 속출하고 있수. 휘발강 나루목에 닿으려면 아직도 사흘은 더 가야 할 텐데, 걸음을 재촉했다간 그 전에 모두 지쳐 쓰러져버릴 거유."

"그렇긴 하지만 언제 부여군이 들이닥칠지, 마치 살얼음 위를 걷는 마음이라……. 왕자님, 여투어온 식량도 이젠 거의 바닥을 보이고 있습니다. 장정들이야 어떻게 견뎌본다 하여도 노인과 아이들은 굶고서는 행군을 계속하기 힘듭니다."

주몽이 근심스러운 얼굴을 들어 말했다.

"오이한테선 아직 소식이 없느냐?"

"예, 왕자님. 후위에서 엄호하며 적의 추격대가 다가오는지 경계하고 있습니다. 아직 부여군이 눈에 띄지는 않는 듯합니다."

"이제 주악령을 넘으면 곧 휘발강이 나타날 것이다. 마리는 유민들에게 조금만 더 힘을 내어 견디라고 당부하여라. 오이는 군사들에게 언제라도 적의 공격에 대비할 수 있도록 경계를 단단히 하라고 일러 두고."

"예, 왕자님!"

◆ ◆ ◆

부여궁에 소식이 전해진 것은 주몽이 유민의 무리를 이끌고 부여를 떠난 지 이틀 후의 일이었다. 호위총관 원종으로부터 보고를 받은 대소가 믿기지 않는 표정으로 한동안 벌린 입을 다물지 못했다.

"그럴 리가 없다……. 주몽이는 그간 내게 충성을 다해왔고, 영포가 반란을 일으켰을 때는 내 목숨을 구하기까지 하였다. 무언가 착오가 있을 것이다. 주몽이 그런 짓을 저질렀을 리가 없다."

"전하! 도성 밖 유민의 수용소가 텅 비어 있고, 수용소를 방비하던 부장이 칼에 베인 채 죽어 있었다고 합니다. 주몽 왕자가 유민을 이끌고 남쪽으로 향하고 있다는 보고가 속속 들어오고 있습니다. 이는 처음부터 주몽 왕자가 계획적으로 저지른 일이 분명합니다. 그렇지 않다면 한으로 압송하여야 할 유민들을 이끌고 남쪽으로 가는 까닭이 무엇이겠습니까?"

"으음……."

"전하! 속히 군사를 내어 저들을 뒤쫓아야 합니다. 조선의 유민은 한나라에 바쳐야 할 공물이 아닙니까?"

"……이런 쳐죽일 놈! 네놈이 감히 날 속이고 배신해. 호위총관, 당장 기병 5백 기를 준비하여라. 내가 직접 가서 놈을 사로잡아 오겠다."

그로부터 이각이 채 지나지 않아 가죽으로 만든 경갑옷을 입은 부여의 정예 기병대가 부여 도성문을 나서 남쪽을 향해 달렸다. 그 대열의 선두에 대소가 있었다.

바람같이 산야를 달리기를 사흘, 부여군이 명적산에 이르렀을 때 척후에 나섰던 병사가 돌아와 고했다.

"주몽 왕자가 이끄는 유민의 무리가 주악령을 넘고 있습니다. 호위하는 군사는 삼십여 명입니다."

"삼십? 망할 녀석, 고작 병정놀이나 할 군사들로 이런 엄청난 일을 저질렀단 말이냐? 호위총관!"

"예, 전하!"

"저런 오합지졸을 치는 데 망설일 까닭이 없다. 내가 선봉에 설 터이니 군사를 이끌고 뒤를 따르도록 하여라!"

주악령 고개까지는 대여섯 마장에 불과한 거리, 기마를 휘몰아 달리면 한 식경이면 당도할 곳이었다. 분노에 찬 대소가 박차를 가하며 척후병이 이르는 방향을 향해 말을 달리기 시작했다.

대소와 그의 군사가 유민의 자취를 따라 잡은 곳은 주악령 고개 너머의 계곡 어름이었다. 좁은 협곡 가운데 오십여 인의 유민들과 그들을 호위하는 대여섯 명의 군사가 느린 걸음을 옮기고 있었다. 지치고 힘겨워하는 걸음으로 보아 행군이 여의치 않은 자들로 이루어진 낙오 대열이 분명했다.

대소가 거침없이 말을 몰아가며 소리쳤다.

"네 이놈들! 당장 걸음을 멈추어라!"

뒤쫓아오는 군사들의 기척에 유민을 호위하던 군사들이 꽁지가 빠지게 달아나기 시작했다. 다가온 부여 기병을 보고 유민들이 사시나무 떨듯 하며 걸음을 멈추었다. 한결같이 금방이라도 쓰러질 듯 지쳐 보이는 모습들이었다. 대소가 마상에 올라앉은 채 유민들을 향해 소리쳤다.

"네놈들은 주몽의 꼬임에 빠져 부여에서 도망 나온 자들이 분명하렷다!"

거적을 씌운 듯 초라한 입성의 유민들 가운데 한 자가 앞으로 나서며 겁먹은 소리를 냈다.

"……예, 전하."

"주몽은 어디에 있느냐?"

"…….'

"당장 말하지 못할까, 이놈! 죽은 다음에서야 말을 하려느냐?"

대소가 칼을 뽑아들고 유민 사내를 겨누었다. 그 순간이었다. 금방이라도 허물어질 듯 힘겨운 몸짓을 하고 있던 사내가 벌떡 몸을 세우며 품속에서 무언가를 꺼내들었다. 손잡이 끝에 고리가 달린 환도 한 자루였다. 사내가 번개같이 허공을 도약하며 대소를 향해 칼을 휘둘렀다.

"헉!"

날카로운 바람 소리와 함께 사내가 휘두른 칼날이 눈앞을 베며 지나갔다. 어지간한 대소도 이 난데없는 공격에 혼이 반쯤은 달아난 표정이 되어 당황해하는 소리를 냈다. 엉겁결에 드러눕듯 몸을 젖혀 사내의 칼날을 피한 것이 천운이라 할 만했다.

하지만 정작 더 큰 놀라움은 그 뒤의 것이었다. 가까스로 몸을 가눈 대소가 칼자루를 다잡고 사내를 대적하려 할 때였다. 허공을 가르는 바람 소리와 함께 협곡 안을 그득히 메우며 들어서 있던 부여 군사들이 곳곳에서 비명을 지르며 바닥으로 나동그라지고 있었다. 그들의 등과 가슴을 꿰뚫은 것은 낯익은 부여군의 화살이었다.

"으악!"

"매복이다!"

당황한 부여군들이 비명을 올리며 사방으로 우왕좌왕하기 시작했다. 그와 함께 협곡의 양쪽, 바위와 나무 뒤편에서 무장한 군사들이 일제히 쏟아져 나오더니 창과 칼을 세워든 채 달려들었다. 당황한 눈길에도 그 선두에 서서 공격을 지휘하는 자가 주몽이 틀림없어 보였다. 매복자들의 공격에 호응하듯 이제껏 걸음조차 힘겨워 보이던 유민들이 재빨리 품속에서 무기를 꺼내들고 군사들을 공격하기 시작했다.

"와!"

예기치 않은 기습에 놀란 부여의 기병들이 미처 정신을 수습하기도 전에 날아든 적의 칼날에 속절없이 쓰러졌다.

"전하! 함정입니다. 놈들이 함정을 파놓고 우리를 기다리고 있었습니다."

호위총관 원종이 말을 몰아 달려오며 소리쳤다. 기습을 받은 부여군들이 허둥지둥 대열을 허물어뜨리며 사방으로 흩어지고 있었다. 대소가 칼을 휘둘러 달려드는 주몽의 군사들을 상대하며 주위를 둘러보았다. 무장한 매복 군사가 스물 남짓에 유민으로 위장한 적들 또한 그만하여 모두 해야 마흔에 미치지 못하는 적들이었다. 거기에 비하면 부여군은 무장 기병만 백여 기를 넘어서고 있었다. 하지만 예기치 않은 공격에 당황한 부여군은 그런 정황을 헤아릴 겨를도 없이 저마다 우왕좌왕하며 달아날 길을 찾기에 바빴다. 대소가 말을 몰아 혼란에 빠진 부여군들을 향해 달려가며 소리쳤다.

"물러서지 마라! 적들은 기껏 한 줌도 되지 않는다. 모두 전열을 가

다듬고 적과 맞서라. 물러서는 놈들은 내 손으로 목을 벨 것이다!”

하지만 이미 공포감에 사로잡힌 부여군은 오직 적을 피해 달아나는 일 외에는 정신이 없었다. 대소의 칼이 아군의 시체를 버리고 달아나는 기병의 목덜미를 향해 날아들었다.

“으악!”

하지만 동료가 대소의 칼에 쓰러지는 것을 보고도 부여군은 제각기 협곡 밖으로 달아나기에 급급했다. 전세를 되돌리기란 이미 불가능한 일이었다. 적을 피해 달아난다고는 하지만 악착같이 달려드는 적의 칼을 맞고 쓰러지는 자들이 곳곳에서 속출하고 있었다. 원종이 다가와 말했다.

“전하! 아군의 피해가 너무 큽니다. 우선은 퇴각하여 전열을 정비하는 것이 좋겠습니다!”

◆ ◆ ◆

값진 승리였다.

달아나는 부여군을 거칠게 몰아붙인 군사들이 주몽의 퇴각 명령에 따라 서둘러 협곡을 빠져나왔다. 협곡을 조망할 수 있는 구릉 위로 올라선 주몽이 군사들을 점고했다. 가볍게 몸이 상한 자가 몇 있을 뿐 목숨을 잃은 군사는 없었다. 믿기지 않을 만큼 완벽한 승리가 아닐 수 없었다. 전열을 정비한 대소가 혹 재차 공격에 나서지 않을까 하여 협곡 저편을 살폈지만 주몽 군사들의 기습에 단단히 혼이 났는지 부여군의 자취는 더 이상 보이지 않았다.

“와!”

부여군이 환성을 올렸다. 마리가 배를 움켜쥐고 웃음을 쏟아놓았다.

"하하하……. 너희들 보았어? 호위총관이란 놈과 군사들이 꽁무니라도 밟힐까 봐 엄마 뜨거라 하고 달아나는 꼬락서니를 말야."

"그려. 고양이한테 쫓기는 쥐새끼가 따로 없더구만. 하하하……."

"하하하……."

주몽의 군사들이 일제히 웃음을 터뜨렸다. 구릉 아래 비탈진 협곡을 다시 한번 살핀 주몽이 말 잔등 위에 뛰어오르며 말했다.

"이제 그만 돌아가자. 매복이 두려워 섣불리 협곡 안으로 들어서지 못할 것이니 얼마간 시간을 벌 수는 있을 것이다. 하지만 그렇다 한들 한나절일 게다. 휘발강에 이르려면 아직도 하루는 더 걸어야 한다. 서둘러라!"

주몽이 유민들의 무리가 향하는 남쪽으로 말머리를 돌렸다.

부여군의 패배는 자못 처참했다. 중무장한 기마갑병 마흔 가량이 협곡에서 쓸쓸한 고혼이 되었고, 살아 돌아온 나머지도 적의 창검에 크고 작은 부상을 당한 자가 헤아리기 어려울 정도였다. 상대라고 해보았자 고작 정병 서른에 무장조차 변변치 않은 유민 무리가 아니던가. 적을 얕본 결과라고 하기엔 치욕스럽기 그지없는 참담한 패배였다.

대소는 솟구치는 분노를 다스리기 어려웠다.

"주몽, 이놈. 네놈이 감히 그 따위 얕은 수로 날 농락해? 이 찢어죽일 놈!"

더구나 그 자신 쫓기는 짐승처럼 주몽에게 등을 보이고 달아나지 않았던가. 대소가 부상 당한 군사들을 바라보며 풀 죽은 모습을 하고 있는 원종을 향해 소리쳤다.

"호위총관! 당장 전열을 재정비하라! 다시 놈들을 추격하겠다."

"하지만 전하……."

원종이 곤혹스러운 표정으로 대소의 눈치를 살피며 말했다.

"놈들의 매복이 있을지도 모릅니다. 먼저 척후대를 보내 골짜기 안을 살핀 다음에……."

"그렇게 보잘것없는 군사로 두 번씩이나 같은 꾀를 낼 만큼 어리석은 놈이 아니다. 매복은 없을 것이다. 설혹 매복이 있다 하더라도 방심하지 않는다면 이번처럼 쉽게 놈들에게 당하지는 않을 것이다. 속히 출진을 준비시켜라. 이번에는 내 반드시 놈들을 남김없이 도륙하고야 말 것이다."

일찍이 느껴본 적 없는 맹렬한 투지가 대소의 내부에서 거세게 불타올랐다. 그와 함께 이곳까지 오는 내내 가슴속에서 떠나지 않았던 의문이 다시 고개를 들었다.

그런데 놈은 대체 그 망국의 잔당들을 데리고 어디로 가고 있단 말인가. 그 하찮은 인간들이 부여궁 왕자로서의 안락한 삶을 던져버릴 만큼 소중하단 말인가. 대체 이 멍청한 녀석은 무슨 생각을 하고 있단 말인가.

◆ ◆ ◆

꼬박 하루 동안 쉬지 않는 행군이 이어졌다. 차가운 달빛에 의지해 고개를 넘었고, 얼어붙은 태양 아래 들판을 가로질렀다. 날을 세운 바람이 허기지고 추위에 얼어붙은 몸뚱어리를 쉴 새 없이 유린했다. 부여의 기병이 가까이 다가오고 있다는 소식이 시시각각 날아들었다.

잠시라도 걸음을 쉬면 즉시 악귀 같은 부여 군사들이 등 뒤에서 들이
닥칠 것 같았다.

메마른 수숫대 대궁이 바람 속에 성글게 서 있는 들판을 지나자
듬성듬성 물길이 보이는 갯가 자갈밭이 나타났다. 자갈밭 너머로
붉은 흙덩이가 드러나 보이는 산자락과 함께 우뚝한 산이 앞을 가
로막고 있었다. 유민들의 전도를 인도해온 병사가 주몽에게 다가
서며 말했다.

"왕자님! 이 산만 넘으면 곧 휘발강입니다. 하지만 비탈이 가파르고
자갈이 많은 길이라 힘든 걸음이 될 것입니다."

행렬이 산을 오르기 시작했을 때 바른편 산자락을 따라 말을 몰아
달려오는 한 사내가 있었다. 예소야와 함께 본계산으로 오기로 한 협
보였다.

"왕자님!"

홀로 다가오는 협보를 본 주몽의 얼굴이 순간 굳어졌다. 마리가 놀
란 소리를 냈다.

"어떻게 된 일이야? 왜 너 혼자 왔어? 마마는 어찌되신 거야?"

"……."

"말해봐, 어서!"

"송구합니다, 왕자님. 밤이 깊도록 궁의 남문 밖에서 기다렸지만 마
마께선 나타나지 않으셨습니다. 해서 몰래 궁 안으로 들어갔더니, 마
마의 처소를 군사들이 삼엄하게 지키고 있었습니다."

"어찌된 까닭이냐?"

"설란 마마께서 궁을 나서는 예소야 마마를 잡아 거소에 연금시켰
다고 합니다. 사흘간이나 궁 안팎을 돌며 기회를 살폈지만 어쩔 수 없

었습니다.”

“…….”

주몽의 얼굴에 짙은 근심의 빛이 어렸다. 낙심한 표정을 짓고 있던 마리가 결연한 어조로 말했다.

“왕자님! 포악한 대소 왕자가 궁으로 돌아가면 예소야 마마께 무슨 일을 저지를지 모릅니다. 저희들이 부여궁으로 가서 마마를 구해 돌아오겠습니다.”

“…….”

“왕자님! 허락하여 주십시오.”

“……지금은 때가 아니다. 유민들의 목숨이 경각에 달렸다. 저들을 무사히 부여군의 추격에서 구해내는 일이 무엇보다 시급하다.”

“하지만 왕자님…….”

“부여군이 서너 마장 밖에서 추격해오고 있다. 모두들 유민들을 도와 산을 넘도록 하여라!”

행렬이 산 중턱에 채 이르지 못하였을 때였다.

“왕자님! 저길 보십시오!”

마리의 말에 주몽이 산 아래쪽으로 고개를 돌렸다. 그들이 지나온 개울과 그 너머 너른 들판 위로 희미하게 먼지가 피어오르고 있었다. 손가락으로 팅기면 쨍 하는 소리를 낼 듯 메마르고 단단한 느낌을 주는 대기 너머로 대군의 무리가 몰려오고 있었다.

“부여군이다!”

“오……!”

유민의 무리 속에서 절망적인 외침과 탄식이 흘러나왔다. 예상을 뛰어넘는 적의 이른 출현이었다. 기마병들의 신속한 추격에서 대소의 맹렬한 분노가 고스란히 드러나 보이는 듯했다.

"저런 속도라면 산을 채 넘기도 전에 놈들에게 따라 잡힐 것 같습니다, 왕자님. 강가에 닿으려면 아직도 한참이 더 남았는데 어쩌면 좋습니까?"

"……."

산허리에 서서 말없이 들판을 건너다보던 주몽이 유민들을 향해 우렁찬 소리로 말했다.

"모두들 염려하지 마시오! 이제 산을 내려가기만 하면 그곳이 곧 휘발강이오. 서둘러 가면 우리가 먼저 배를 띄울 수 있을 것이오. 염려 말고 속히 걸음을 옮기도록 하시오. 무거운 짐일랑은 모두 버리시오!"

유민들이 아쉬운 표정을 지으며 머뭇거렸다. 마리가 소리쳤다.

"무얼 망설이시오! 천하에 생명보다 중한 것이 무엇이겠소. 생명을 부지한다면 장차 우리는 세상에서 가장 크고 잘사는 나라를 상으로 받게 될 것이오. 그러니 무엇이 아깝고 무엇이 귀하겠소. 모두들 이고 진 물건을 내려놓고 고개를 넘으시오!"

유민들이 부여에서부터 가져온 물건들을 비탈 아래로 던졌다. 그리고 서둘러 걸음을 옮기기 시작했다.

"휘발강이 멀지 않소. 모두들 힘을 내도록 하시오!"

"휘발강에는 미리 준비해둔 배들이 있소. 강을 건너기만 하면 부여군이 더 뒤쫓지는 못할 것이오."

군사들이 유민들의 걸음을 독려하며 소리쳤다. 일행이 안간힘을 다해 다리 힘을 돋우며 비탈을 올랐다.

산마루에 올라서자 차가운 바람 너머로 멀리 긴 꼬리를 이끌며 흘러가는 강이 보였다. 무리 가운데서 환성이 올랐다.

"강이다!"

"와!"

주몽이 그런 그들을 격려했다.

"그렇소. 저곳이 바로 휘발강이오. 그러니 모두들 마지막 힘을 다하여 걸음을 서두르도록 하시오!"

추격자의 무리가 점점 가까워지고 있었다. 산을 오르는 동안에는 먼빛으로 보이던 추격대가 산마루를 넘어 아래 산자락에 이르자 손에 잡힐 듯 가까워졌다. 몰려오는 적의 말발굽 소리가 귓전에 닿을 듯 요란했다. 뿌연 먼지 너머로 대열의 선두에서 말을 몰아 달려오는 대소의 모습이 보였다. 산 아래 들판의 끝자락에 서서 적의 움직임을 지켜보던 주몽이 말했다.

"마리, 너는 속히 무리를 이끌고 나루목으로 가 강을 건너도록 하여라. 그리고 군사들은 전투 대형을 갖추어라. 이곳에서 적을 맞겠다."

유민의 무리들이 몰려와 결연한 목소리로 말했다.

"왕자님! 저희들도 이곳에 남겠습니다. 왕자님과 함께 싸워 적들을 물리치겠습니다."

주몽이 고개를 저었다.

"적들은 중무장한 부여의 정병들이오. 무기도 없이 저들과 맞서는 것은 무모한 일이오. 하지만 우리는 반드시 저들과 싸워 물리칠 것이오. 그러니 염려 말고 어서 강을 건너도록 하시오!"

건너편 산자락 위에서 지축을 흔들며 달려오는 적의 대군을 바라보며 주몽은 마음이 얼음처럼 차갑게 가라앉는 것을 느꼈다.

결코 쉽지 않은 싸움이 되리라는 것을 주몽은 알고 있었다. 말을 휘몰아 달려오는 부여의 군사는 어림잡아도 5백이 넘어 보였다. 이에 맞서 싸울 아군은 서른 남짓한 군사에 협곡에서의 싸움에서 노획한 무기로 무장한 이십여 명의 유민 장정들이 고작이었다. 더구나 상대는 복수의 일념에 불타는 대소 왕자였다. 주몽은 그 상대가 자신일 때 대소가 얼마나 모질고 잔인해지는지를 누구보다 잘 알고 있었다.

주몽은 고개를 돌려 자신과 생사를 함께할 젊은이들을 바라보았다. 오랜 행군에 여위고 거칠어진 얼굴이었지만 창검을 부여잡은 채 부릅뜬 눈으로 적이 다가오기를 기다리는 그들의 모습에서는 한결같은 영웅적인 투지가 엿보였다. 그것은 생사를 초월한 이들에게서만 발견할 수 있는 장엄하고 위대한 용기였다. 그러자 주몽의 가슴 한구석을 먹구름처럼 뒤덮고 있던 불안과 두려움이 말끔히 가시며 맹렬한 투지가 솟구쳤다.

비록 이곳에서 목숨을 버려 쓸쓸한 무주고혼이 된다 한들 무엇이 애석하고 무엇이 한스러우랴. 동이의 신들이 사랑한 백성, 나의 아버지 해모수가 사랑하고 또 내가 사랑하는 저 순박한 백성들을 위해 목숨을 다하는 일인 것을. 장부는 마지막 순간에서 위엄을 잃어서는 안 된다. 더구나 그것이 저 순결한 동이 백성들의 목숨을 대신하는 일임에랴.

주몽이 소리쳤다.

"적들이 비록 대군이라 하나 우리에게는 죽음을 두려워하지 않는 불굴의 용기가 있다. 우리가 스스로 굴복하지 않는 한 아무도 우리를 쓰러뜨리지 못할 것이다. 또한 우리가 허락하지 않는 한 적들은 단 한 걸음도 이곳에서 나아가지 못할 것이다!"

"와!"

믿음직스러운 군사들이 올리는 결의에 찬 함성을 들으며 주몽은 환도 자루를 바투 거머쥐었다. 한 번도 경험하지 못한 어떤 필사적인 용기가 내부에서 용솟음쳤다. 그는 미래에 대한 모든 불안과 생사에 대한 두려움을 잊었다.

그로부터의 싸움은 그곳에 있던 누구도 일찍이 경험하지 못했고, 누구도 들은 바 없을 만큼 영웅적이고 장엄한 것이었다.

한 차례 결의에 찬 환성을 올린 주몽의 군사들이 일제히 시위를 떠난 화살이 되어, 손을 떠난 한 자루 창이 되어 적을 향해 달려갔다. 그 순간 그들 모두는 하나하나가 날카로운 무기였고 단단한 갑주였다. 기세등등하게 몰려오던 부여군이 상대의 맹렬하기 그지없는 공격에 당황한 기색을 보였다.

군사의 수만을 믿고 달려오던 대열이 한순간 파도에 휩쓸리는 모래성이 되어 허물어지기 시작했다. 주몽이 이끄는 일대가 한 줄기 거친 광풍처럼 부여군의 전위를 유린하기 시작했다. 광기 어린 악귀처럼 창검을 휘두르며 달려드는 적을 보고 부여군은 반쯤 얼이 빠진 모습이었다. 부여의 장수들이 말을 몰아 앞으로 나서며 병사들의 싸움을 독려하는 고함을 질러댔지만 한번 두려움을 느낀 부여군은 선뜻 적과 맞서지 못한 채 주춤거릴 따름이었다. 곳곳에서 부여 군사들이 비명을 올리며 쓰러지고 있었다.

"으악!"

"억!"

생사를 도외시한 주몽의 군사들은 더 이상 어떤 두려움도 없어 보였다. 압도적인 군세에도 불구하고 부여군은 적의 창검 앞에서 속절없이 비명을 지르며 스러져갔다. 찌르고 베고 후리고 짓밟는 주몽군의 용전분투는 부여군으로 하여금 지옥에서 온 악귀를 대한 듯 두려움을 느끼게 하였다.

아군의 일각이 무너지는 것을 지켜보던 대소가 협도를 빼어들고 혼전의 한복판으로 뛰어들었다.

"이놈들!"

예상치 못한 적의 세찬 기세에 당황한 기색을 보이던 장수들이 군사들을 이끌고 대소의 뒤를 따라 싸움판에 가세했다. 대소가 긴 협도를 한 가닥 붓대처럼 가볍게 휘두르며 주몽을 향해 달려들었다.

"이놈, 주몽아! 이곳을 네놈 무덤으로 만들어주마!"

주몽이 난전의 와중에서 말머리를 돌려 달려오는 대소에 맞섰다. 칼과 칼이 맞부딪는 날카로운 금속성이 메마른 겨울 하늘 위로 솟구쳤다.

쨍!

살얼음같이 희고 차가운 겨울 햇살이 칼날 위에서 부서져 내렸다. 두 사람 사이에 전력을 다한 검투가 순식간에 서너 합 펼쳐졌다. 일찍이 부여 제일검을 다투던 대소와 주몽이었다. 그들이 펼쳐 보이는 현란한 검의 기예가 하늘과 땅을 가리는 자옥한 먼지가 되어 피어났다.

검을 맞대는 시간이 길어지면서 조금씩 승기를 잡아나가는 쪽은 주몽이었다. 먹이를 노리는 매의 부리와 같이 매서운 대소의 공격을 주몽이 가벼운 보법과 여유 있는 도법으로 받아내고 있었다. 그리고 사이사이 대소의 빈틈을 노려 파고드는 공격의 칼끝이 날카롭고 위맹해 순간순간 대소의 간담을 서늘하게 했다.

주몽의 날카로운 칼날에 위기를 넘기는 순간이 늘어나면서 대소의 호흡이 점차 거칠어지고 있었다. 차가운 겨울바람 속에서도 대소의 이마에선 굵은 땀방울이 맺혀 흘러내렸다. 허공을 베며 날아드는 대소의 협도를 가볍게 빗겨낸 주몽이 몸을 낮추는 동시에 환도를 뻗어 대소의 가슴팍을 찔렀다.

"헉!"

다급한 비명을 올리며 대소가 몸을 뒤로 젖혔다. 기분 나쁜 파열음과 함께 대소의 연환갑이 주몽의 칼끝에 의해 찢어졌다. 말 위에서 떨어질 듯 위태롭게 몸을 추스르는 대소의 찢긴 갑옷 사이로 선혈이 배어나오고 있었다.

"전하!"

검투를 지켜보던 대소의 부장이 고함을 지르며 싸움판으로 뛰어들었다. 뒤이어 대소의 호위군사들이 일제히 주몽을 에워싸며 공격을 시작했다.

주몽 군사들의 형편이 임의롭지 못했다. 군사들 하나하나가 한결같이 죽기를 각오한 채 싸움에 임했지만 그들을 바라고 사방에서 쏟아지는 적의 창검을 막아내기엔 역불급인 형국이었다. 처음부터 군사의 세에 있어서 같은 저울에 올려 비교할 수 없는 양 진영이었다.

하나 둘 주몽의 군사들 쪽에서 비명이 솟고, 온몸에 피를 쏟으며 쓰러지는 자들이 늘어갔다. 적의 공격을 막아내는 군사들의 칼끝이 눈에 띄게 무뎌져 있었다.

형편은 주몽도 마찬가지였다. 오직 자신만을 바라고 덤벼드는 수많은 적들을 상대로 힘겨운 싸움을 벌이고 있었다. 두 겹 세 겹 두터운 벽을 쌓은 채 사방에서 달려드는 적들을 상대하며 주몽은 도산검림刀山劍林에 갇힌 듯한 느낌에 사로잡혔다. 절망감에 흩어지려는 정신을 가다듬으며 주몽이 바른편에서 달려드는 적의 가슴을 단칼에 베어 넘겼다.

"으악!"

처절한 비명과 함께 적의 갈라진 가슴에서 뿜어져 나온 붉은 피가 바닥을 적셨다. 피를 본 부여 군사들이 사방에서 불꽃을 향해 달려드는 부나방처럼 더욱 맹렬하게 주몽을 향해 달려들었다. 그 가운데 가장 맹렬한 공격을 쏟아붓는 이는 대소였다. 가슴에 입은 상처에도 불구하고 대소는 금방이라도 주몽을 도륙할 듯 맹렬한 공격을 멈추지 않았다.

쏟아지는 적의 공격을 한 자루 환도로 막아내며 주몽이 눈길을 돌려 사방을 살펴보았다. 숲을 이룬 적의 창검 사이로 용전분투하는 자신의 군사들이 보였다. 하지만 어느덧 그 수가 처음의 절반 정도로 줄어 있었다. 살아남아 적을 상대하는 군사들조차 바람 앞에 놓인 촛불처럼 위태로워 보였다. 아, 저들은 얼마나 더 버틸 수 있을 것인가.

주몽은 머지않아 다가올 최후를 예감했다. 죽음이 두렵거나 슬프지는 않았다. 저 영용하고 순결한 영혼들과 함께할 죽음인데 무엇이 두렵고 무엇이 아쉬울 것인가. 저들과 함께할 죽음이라면 초열지옥이라도 기꺼이 걸어가리라 싶었다.

유민들은 무사히 강을 건넜을까. 미리 사람을 보내 준비해둔 배들이 그들을 추적자의 발길이 닿지 못할 곳으로 데려다줄 것이다. 하지만 그때까지는 죽어 넋이 되더라도 적들과의 싸움을 멈출 수 없다.

한 차례 맹렬한 칼부림으로 덤벼드는 적들을 물리친 뒤 주몽이 소리쳤다.

"자랑스러운 동이의 용사들은 마지막까지 적과의 싸움을 포기하지 말라! 우리는 신의 뜻을 받든 신의 군사들이니 우리를 핍박하는 자들은 만세 전부터 이 땅과 백성을 가호해온 신들이 용서치 않으리라! 신

의 거룩한 칼이 저들을 주멸할 때까지 용사들은 죽음을 두려워하지
말고 적들과 맞서라!"

그때였다.

칼과 칼이 부딪는 날카로운 금속성 사이로 낯선 음향이 들려오고
있었다. 방향을 가늠할 수 없는 곳으로부터 땅 위를 달리는 폭풍처럼,
하늘을 달리는 뇌우처럼 무거운 힘이 실린 소리가 다가들고 있었다.
신의 손길이 땅을 두드리듯 힘차게 들려오는 그 소리는 무수한 군마
의 발굽 소리였다.

"와!"

그와 함께 많은 사람들이 한꺼번에 외쳐대는 함성이 벽력처럼 귓전
을 두드렸다. 창검을 맞대고 있던 군사들이 누가 먼저랄 것도 없이 무
기를 거두어들이고 소리를 좇아 고개를 돌렸다.

"아!"

강나루 쪽 너른 들판 너머에서 무수한 인마가 기치와 창검을 드
높이 세운 채 달려오고 있었다. 족히 기천을 헤아릴 만한 대군의
무리였다.

예기치 않은 기마병의 출현에 접전을 벌이고 있던 군사들이 한결같
이 놀라운 표정을 지었다. 하늘에서 내려온 듯 땅에서 솟은 듯 난데없
이 나타나 말을 휘몰아 달려오는 저들은 누구란 말인가.

주몽의 얼굴에 절망적인 빛이 어렸다. 저들이 누구든 고립무원인
자신들의 우군일 턱이 없는 까닭이었다. 그렇다면 이미 강가에 닿았
을 유민들은 어떻게 되었단 말인가. 그들이 달려오고 있는 곳은 유민
들이 나아간 나루목 쪽이었다.

달려오는 기마병을 지켜보던 주몽의 군사들 속에서 어느 순간 드높

은 환성이 일었다.

"와!"

주몽이 눈길을 들어 다가오는 군사들을 바라보았다. 대군을 이끌고 달려오던 장수가 소리쳤다.

"역적 대소의 무리를 한 놈도 남김없이 도륙하라!"

선두에서 군사를 몰아오는 말 탄 장수의 모습이 눈에 익었다.

"오……."

주몽의 입에서 나직한 탄성이 터져나왔다. 하늘을 찌를 듯 월도를 치켜세우고 달려오는 이는 흑치 대장군이었다. 그렇다면 그를 따르는 무리는 전날 금와왕의 명을 받고 부여 도성을 향해 진격하려다 뜻을 이루지 못한 채 서변으로 돌아간 그의 2천 군사들일 터였다.

"주몽 왕자님!"

풀을 베듯 앞을 막아서는 부여군을 쓰러뜨리며 다가온 흑치가 주몽을 향해 말했다.

"소장, 대장군 흑치입니다. 이젠 안심하십시오. 소장이 왕자님을 보필하겠습니다."

"……."

주몽이 감격에 겨운 눈길로 흑치를 바라보았다. 아무도 뜻하지 않았던, 하늘이 내린 천군과도 같은 원군이었고 신장과도 같은 흑치였다. 예기치 않았던 원군에 용기백배한 주몽의 군사들이 환성을 올리며 적을 향해 뛰어들었다.

흑치의 군사들이 들판을 휩쓰는 물길처럼 전장을 휩쓸기 시작했다. 상황이 이에 이르자 그때까지 수의 우세를 바탕으로 주몽의 군사들을 몰아대던 부여군은 그야말로 세찬 밀물에 쓸리는 모래성보다 나은 것이 없는 형국이 되고 말았다. 여유 있게 군사들을 독려하던 부여의 장수들마저 더 이상 맞서 싸울 염을 내지 못한 채 달아날 궁리를 하는 기색이 역력했다.

그로부터 펼쳐진 싸움은 상대를 둔 겨룸이 아니라 쫓는 자와 쫓기는 자, 죄를 지은 자와 주벌을 당하는 자들 사이의 일방적인 살육일 뿐이었다. 세찬 홍수와 같은 기세로 싸움판에 뛰어든 흑치의 군사들이 부여군을 무참하게 도륙하기 시작했다. 이미 전의를 잃어버린 부여군은 저마다 칼자루를 돌려 잡고 달아나기에 급급했다.

상황이 이에 이르자 천하의 대소도 건사할 것은 명예와 자부심 따위가 아니라 오직 자신의 한 목숨밖에 없다는 듯 말머리를 돌려 달아나기 시작했다. 그 뒤를 지휘 장수들이 저마다 꼬리를 말아 쥔 강아지 꼴이 되어 달아났다. 달아나는 대소 뒤로 월도를 높이 치켜든 흑치가 말을 내달리며 쫓았다.

"네 이놈, 대소야! 어딜 달아나느냐! 아비를 저버리고 나라를 훔친 도적놈이 구차한 목숨을 건져 어디로 달아나려는 것이냐!"

"와!"

흑치의 군사들이 들판 너머까지 말을 몰아 마치 산짐승을 모는 사냥꾼처럼 달아나는 부여군을 뒤쫓았다. 너른 들판 곳곳에 베이고 찔리고 잘린 부여군의 시신이 어지러이 널려 있었다. 군사들 사이에서 승리를 기뻐하는 환성이 솟아올랐다.

"와! 적을 물리쳤다!"

"우리가 이겼다!"

주몽이 감격에 겨운 눈길로 환성을 올리는 군사들을 바라보았다.

"주몽 왕자님!"

말머리를 몰아 다가온 흑치가 주몽을 향해 군례를 올렸다.

"큰일 날 뻔하셨습니다. 너무 늦지나 않았는지 걱정이었습니다."

"흑치 대장군! 대장군이 어떻게 여길?"

"왕자님께서 유민을 거두어 부여 도성을 떠나셨다는 소식을 뒤늦게 들었습니다. 필시 대소가 뒤를 쫓으리라는 생각에 급히 군사를 몰아 달려왔습니다."

전날 사출도 제가들의 개입으로 부여 궁성 진입의 뜻을 이루지 못한 흑치는 군사의 일부를 서변으로 돌려보내고, 그 자신은 궁성 밖에 진주하며 대왕 금와의 영을 기다리고 있었다.

"고맙소, 장군! 장군께서 이 몸과 유민들을 살리셨소."

사지에서 살아난 주몽의 군사들이 온 들판이 떠나갈 듯 환성을 올렸다. 이곳저곳에서 기뻐 웃음을 터뜨리는 소리가 요란했다. 주몽의 눈길이 강 나루목을 향했다. 주몽이 군사들을 향해 소리 높여 외쳤다.

"의롭고 충용한 동이의 군사들이여! 그대들의 영웅적인 용기와 숭고한 희생으로 우리는 불의한 적을 물리치고 죽음의 위기에 놓인 동이의 백성들을 구하였다. 이 하늘에 동이의 신이 거하고, 이 땅에 동이의 생민이 거하는 한, 오늘 그대들이 보인 희생과 감투는 모든 동이 백성의 가슴속에 밝은 해가 되어 영원히 빛날 것이다! 이제 우리는 함께 본계산으로 향할 것이다. 그곳에서 새로운 군대를 조직하여 조상들의 땅을 범한 한의 적도들을 물리치고 다물의 큰 뜻을 이룰 것이다."

"와!"

격전을 치러낸 용사들이 토해내는 우렁찬 함성이 들판을 뒤흔들며 차가운 겨울 하늘 위로 울려 퍼졌다.

계루에 드리운 암운

　부여 도성에서 남쪽으로 5백여 리에 상거한 본계산은 산악이 험준하고 골짜기가 깊어 인근에 사는 산민山民들도 쉽게 발을 들이길 꺼리는 곳이었다. 산의 앞과 뒤로 날카로운 산봉들이 군왕을 시위하는 위사들처럼 둘러선 가운데 돌올한 본계산은 주위의 많은 산 가운데서도 가히 제왕이라 할 만한 풍모를 지닌 산이었다.

　전날 주몽이 마리 등과 함께 천하를 편력하던 중 흥안령산맥興安嶺山脈의 줄기를 넘다 본계산 속 깊은 곳에 뜻밖에도 수천의 군사를 주둔시킬 만한 너른 평지가 있음을 눈여겨보았다. 평지의 사방이 날카로운 벼랑으로 둘러싸인 데다 그곳으로 통하는 유일한 길인 산협은 비탈이 깎아지른 듯 가파르고 곳곳에 거친 바위가 길을 가로막고 있어, 수백의 군사로 능히 수만 군사를 막아낼 수 있는 천험의 요새라 할 만했다.

주몽은 그곳에 영채를 열고, 군의 조직을 새롭게 편제하였다. 주몽이 부여를 떠나며 데려온 군사와 유민들 중 군에 들기를 자원한 자들, 그리고 흑치의 군사 가운데 본계산에 남기를 원하는 군사들을 모아 오와 열을 벌여 세우자 무려 5백에 이르는 어연번듯한 면모를 갖춘 군대가 되었다.

주몽은 군대의 이름을 다물군이라 명하였다. 그리고 하늘로부터 부여받은 신성한 왕권을 상징하는 새인 삼족오를 그려 넣은 기치를 영채 위에 드높이 세웠다.

극력 고사에도 불구하고 주변의 한결같은 추대를 받아 주몽이 다물군의 총대장에 올랐다. 끝까지 금와의 신하임을 자처한 흑치는 동도를 권하는 주몽의 권유를 뿌리친 채 부대의 주력이 있는 부여의 서변으로 돌아갔다. 하지만 그 자신 주몽과 다물군의 대의를 지지하며 도움이 필요할 경우 목숨을 아끼지 않고 동심협력할 것을 맹서했다.

선인仙人의 직을 보임 받은 마리와 협보, 오이가 군대의 훈련을 맡았다. 오와 열을 정연히 한 다물의 군사들 앞으로 나선 주몽이 허리에 찬 칼을 뽑아 높이 들었다. 그리고 우렁차고 엄숙한 목소리로 말했다.

"동이의 영용한 용사들은 들으라! 우리가 다물의 기치를 세운 이 땅은 일찍이 하늘의 한 분 주인이신 천제께서 하늘 아래 첫 번째 나라를 세우기 위해 그 바탕으로 삼으신 거룩한 땅이다. 천제께서 비정하신 이 땅은 그로부터 홍익인간, 제세이화의 도로 다스려지니 그 백성은 스스로 인애롭고 나라는 풍요로워 사해의 기림과 공경을 받았다. 그런데 유구하고 면면한 역사의 끝에 이르러 대륙의 중원족이 일시간 세력의 강성함을 믿고 천제의 나라 조선을 침범하여 강토를 유린하고 백성을 핍박하였다. 이로써 유구하게 이어져온 천제의 나라는 허무하게 무너지고 중원 만족蠻族의 지배를 받기에 이르렀으니 아, 하늘의 도가 이로써 무너졌다……."

주몽의 목소리가 의분으로 떨리기 시작했다. 주몽을 바라보는 5백여 군사들의 가슴 또한 슬픔과 고통으로 격탕되었다. 위엄이 넘치는 주몽의 목소리가 점점 드높아갔다.

"하지만 거룩한 천제의 백성이 어찌 중원 만족의 노예가 되어 살아갈 수 있으랴! 이에 동이의 의로운 용사들은 이 땅을 침범한 중원족으로부터 거룩한 강역을 회복하고, 나아가 대륙의 만족을 쳐 그 잘못을 꾸짖고 하늘의 바른 도를 가르치기 위해 이렇게 다물의 기치를 드높이 올렸다. 오늘 천제께서 택하시고 어진 조상들이 가꾸신 이 땅에서 그 충용한 자손들인 우리들이 엄숙하게 다물을 선언하니, 다물이란 곧 옛 땅의 되찾음이며 또한 동이의 정신의 되찾음이며, 잃어버린 신성왕국의 되세움이다. 이로부터 우리는 개벽 이래 이 땅에서 이루어진 모든 거룩한 일들을 되살리려 하니, 앞으로 이 땅과 동이의 백성에게 더 이상 굴종과 수치와 억압은 없을 것이다. 의로운 다물의 용사들은 신들이 허락한 동이의 강토를 되찾고 이 땅 위에 영원히 지지 않는 거룩한 천년왕국, 동이의 나라가 세워지는 날까지 결코 굴하지 말고 끝까지 한마음으로 매진할지라. 신령한 조상들의 신이 우리를 도울 것이다!"

"와! 다물군 만세!"

"주몽 대장 만세!"

다물의 용사들이 일제히 창검을 흔들며 외치는 소리가 하늘 위로 우렁차게 울려 퍼졌다.

그날부터 주몽은 군대의 기율을 엄정히 하고 군사들을 조련하는 일에 매진했다. 텅 빈 공지에 속속 영채가 세워지고 마장과 병기고가 들어섰다. 너른 평지를 골라 조련장을 닦았다. 날짐승도 날개를 쉬어갈 만큼 험준한 본계산 다물군의 본영에 그로부터 훈련에 임하는 군사들의 기합과 병장기 부딪는 소리가 그칠 때가 없었다.

열흘 남짓 지난 어느 날이었다. 나무를 엮어 만든 장대에 올라 군사들의 훈련을 지켜보던 주몽에게 오이가 다가와 고했다.

"대장님! 제일 초소를 지키는 초병들이 수상한 자들을 포박하였다는 보고가 왔습니다. 수십 인의 무리가 산의 경계를 엿보고 있었다고 합니다."

과연 한 무리의 사내들이 영채로 통하는 산협 입구의 초소에 포박된 채 꿇어앉혀져 있었다. 초라한 입성에도 불구하고 태도가 당당하고, 주몽을 바라보는 눈길은 한결같이 형형한 정기를 띠고 있었다.

"이곳은 다물군의 지경이고 나는 그 대장인 주몽이다. 웬 자들인데 이렇게 무리를 지어와 나를 만나려 한단 말이냐?"

주몽의 말에 무리의 우두머리인 듯한 검은 두건 차림의 사내가 자리에서 일어나 예를 표했다.

"대장님. 저희들은 옛 조선의 수도인 평양성에 살던 망국민의 후예입니다. 조선이 한나라 도적들의 말발굽에 짓밟혀 국기國基를 잃어버린 뒤, 조선의 관인이던 저희 부모들은 언젠가는 잃어버린 조국을 되찾으리라는 희망을 안고 선대로부터 살아온 고향을 떠났습니다. 그때부터 유리걸식을 겨우 면한 객향살이가 수십여 년. 그간 청운의 뜻을 품고 고향을 떠나온 자들의 태반이 병들고 늙어 세상을 떠났지만 그들의 후예인 저희들은 아직도 조선 부흥의 큰 뜻을 가슴에 품은 채 하루하루를 살아가고 있었습니다."

“…….”

“그러던 차 부여 서변을 지키는 군사들로부터 부여의 왕자이신 주몽 대장께서 본계산에 영채를 열고 다물군을 조직하여 옛 조선의 부흥을 도모하신다는 소식을 들었습니다. 이는 곧 저희들의 피맺힌 오랜 소망과도 다르지 않은 바, 저희들은 흑암의 어둠 속에서 광명을 만난 듯, 나락 속에서 은인을 만난 듯 반갑고 기쁜 마음을 억누를 수 없어 이렇게 한달음에 달려왔습니다. 주몽 대장님. 저희들을 대장님의 솔하에 거두시어 조선 부흥의 대업에 작은 도구로 써주시기를 간곡히 청합니다.”

주몽은 가슴이 감동으로 차오르며 눈시울이 뜨거워지는 것을 느꼈다. 주몽이 가슴이 느꺼워져 미처 할 말을 찾지 못하고 있을 때 곁에서 그들을 지켜보던 오이가 나서며 말했다.

“당신들의 의기가 참으로 장하고 가상하오. 당신들의 희망대로 우리 다물군은 반드시 이 땅에서 한나라 오랑캐들을 내쫓고 잃어버린 옛 땅을 되찾을 것이오. 하지만 이곳은 깊은 산중이라 땅이 좁고 험해 많은 군사를 기를 만한 곳이 못 되오. 뿐만 아니라 아직 군대의 기율과 체제가 엄정하지 않아 많은 군사를 훈련하는 일이 생각처럼 쉽지가 않소. 그러니 비록 뜻은 가상하지만 지금은 당신들을 받아줄 수가 없소. 우선은 돌아가 생업에 힘쓰며 때를 기다리시오. 우리 다물군이 한나라와의 전쟁에 나서는 날 그대들을 부를 것이니 그때 우리와 함께 대업을 이뤄봅시다.”

오이가 그렇게 말하는 속사정을 짐작하고도 남음이 있었다. 5백여 다물군의 사기는 가히 하늘을 찌를 만했으나 군사들을 먹일 식량이 부족했다. 흑치가 실어 보내준 양곡으로 그동안은 어찌어찌 어려움을 넘겼지만, 이제는 그마저 바닥을 보이고 있어 도무지 앞날이 보이지 않는 지경이었다. 오이의 말처럼 깊은 산중이라 경작을 할 땅도 부족하지만 너른 들이 있다 한들 지금은 하늘과 땅이 온통 얼어붙은 겨울이었다. 온 산을 뒤진대도 허기를 면할 열매 한 알, 메마른 입을 적실 풀뿌리 한 가닥 구하기도 힘든 형편이었다. 지금의 군사들마저 입을 줄여야 할 마당인데 무슨 수로 또 저들을 받아들일 것인가.

하지만 그런 사정을 아는 듯 모르는 듯 유민들은 이대로 돌아갈 생각이 없어 보였다. 검은 두건의 사내가 굳은 의지가 묻어나는 우렁우렁한 목소리로 말했다.

"부장의 말씀은 저희들을 조금도 헤아리지 못하신 처사입니다. 저희들이 고향의 집과 땅을 버리고 이 바람 찬 벌판으로 나선 것은 한시도 한의 다스림을 용납지 않으려는 결의에서 그러한 것이며, 수십 년의 긴 세월이 흐른 지금껏 처음의 뜻을 버리지 않은 것은 그것이 곧 우리들 생명과도 같이 중한 까닭입니다. 다물의 꿈을 향해 가는 길이 어찌 탄탄대로일 것입니까. 그것이 비록 형극의 길이라 할지라도 저희들은 기꺼이 기쁜 마음으로 걸어갈 것입니다. 지난 원수를 갚고 이 땅에 동이 민족의 나라를 다시 세우는 일은 저희가 지금껏 목숨을 부지해온 단 하나의 이유입니다. 앉은 자리에서 목숨을 버릴지언정 단 한 걸음도 이곳에서 물러서지 않겠습니다."

"허허, 딱한 자들일세. 이보시게들. 여기 사정이 당신들을 받아줄 만한 형편이 아니라지 않는가. 우린들 어찌 군사들이 필요하지 않겠는가. 하지만 지금 형편이……."

주몽이 손을 들어 오이의 말을 가로막았다. 그리고 찬 바닥에 무릎을 꿇고 앉은 유민 사내들에게 다가가 손을 내밀어 그들을 일으켜 세웠다.

"이제 그대들의 한 가지 소원이 이루어졌소. 장차 다물의 대업을 이루는 데 큰 역할을 하길 바라오. 오이 선인, 이들을 데려가 다물군에 배속시키고 군무에 참여케 하라."

"하나, 대장님. 지금 우리 처지가 이들을 받아들일 형편이 아님을 아시지 않습니까. 지금 있는 군사들도 하루 한 끼를 온전히 때우기 어려운 형편입니다. 그런 터에 저들까지⋯⋯."

"오이 선인은 군령에 따르라! 뜻이 같으면 그는 곧 벗이고 동지이다. 찾아온 벗을 버릴 순 없는 일이 아닌가."

주몽의 단호한 영에 오이가 도리 없이 유민의 무리를 이끌고 영채로 향했다. 하지만 그것이 전부가 아니었다. 그로부터 시시때때로 동이 땅 각처로부터 장정들이 몰려와 다물군의 군문에 들기를 간청했다. 그럴 때마다 주몽은 수하 장수들의 반대를 물리치고 그들을 받아들여 그 가진 재주에 따라 예하 부대에 배속시켰다. 그렇게 불어난 군사의 수가 한 달여 만에 무려 기백을 헤아릴 정도였다.

군사들을 먹일 식량과 더불어 급한 것이 그들을 무장시킬 무기였다. 어느 날 주몽이 마리를 불러 명했다.

"마리 선인은 지금 곧 군사를 이끌고 계루로 떠나거라."

"계루는 어인 일로⋯⋯?"

"가서 그곳에서 철기방을 연 모팔모 대장을 만나거라. 허면 그가 내어주는 물건이 있을 것이다. 소중히 거두어 돌아오너라."

주몽이 말하는 물건이 무엇인지 짐작이 가는 듯 마리가 고개를 끄덕였다. 그것은 그간 모팔모 대장이 세월을 잊고 만들어온 강철검일 터였다. 지금 다물군에게 무엇보다 필요한 것이 무장을 위한 창검과 갑주임을 모를 리 없는 마리였다.

다물군의 빠듯한 식량 사정은 흑치 장군이 다시 보내온 백여 석의 양곡으로 어려운 고비를 넘기고 있었다. 하지만 아직도 봄은 멀고, 군사들의 수는 하루가 다르게 불어나고 있었다.

어느 날 주몽이 예하의 장수들을 모은 자리에서 말했다.

"사흘 후 다물군과 함께 한백 고을 정벌에 나설 것이다. 협보 선인은 군사 이십을 조발하여 원정에 나설 채비를 갖추도록 하라."

한백 고을이란 말에 협보가 기다려온 일이라는 듯 반가운 기색을 보였다.

"알겠습니다, 대장님! 삼가 영을 받들겠습니다."

곁에 앉아 있던 오이가 염려가 묻어나는 소리로 말했다.

"하지만 대장님. 한백이 비록 작은 고을이라 하나 군장이 다스리는 어엿한 부족 집단인데 이십의 군사로 공략이 가능하겠습니까? 군장인 설탁이란 자는 포악하고 교활한 인물이라 만만한 상대로 볼 수가 없습니다."

"네 말이 옳다. 하지만 지금은 추위가 심한 겨울이라 많은 군사가 먼 길을 행군하는 데 어려움이 있다. 오히려 정예한 군사를 이용한 신속한 전투가 더 유효할 수 있다. 옛말에도 속결이 많은 군사보다 낫다고 하지 않더냐."

"하지만 옛말은 옛말일 뿐, 그런 적은 군사로 한 나라를 거두었다는 말은 들어본 적이 없습니다."

"하하하. 내 어찌 옛말에만 의지해 귀한 다물의 군사들을 사지로 몰고 가겠느냐. 싸움이란 강한 곳을 피하고 허한 곳을 치면 그리 많은 힘이 필요치 않은 법이다. 이는 물이 높은 곳을 피하고 스스로 낮은 곳으로 흐르는 이치와 같다. 지금은 겨울이라 외방으로 다니며 상업을 업으로 삼는 한백 고을은 들고 나는 이가 적어 외부에 대한 경계가 소홀할 것이다. 살펴보면 적은 군사로도 공략할 수 있는 허한 곳이 분명히 있을 것이다.”

이틀 후 아침 해가 돋을 무렵, 한백 고을을 정벌하기 위한 원정대가 본계산 영채를 출발했다. 말을 잘 다루고 검술에 능한 자들 가운데 조발한 군사 이십 인을 다물군 총대장 주몽과 부장 오이가 선두에서 이끌었다. 겨울 하늘이 떠나는 용사들을 격려라도 하듯 드물게 맑고 파랬다.

◆ ◆ ◆

대기 속으로 엷은 어스름이 내리는 저녁 무렵, 국밥 인심이 넉넉하기로 소문난 한백 고을의 한 여각에 지친 걸음의 두 사내가 들어섰다. 추위와 피곤에 지친 표정과 커다란 등짐을 걸머진 행색이 영락없이 인근 고을을 찾아다니며 생화질을 하는 도부장수들이었다. 퍼렇게 언 얼굴로 들어선 사내들이 주인의 허락도 있기 전에 봉놋방 문을 열고 안으로 들어서며 소리쳤다.

“어, 그놈의 날씨 한번 오살하게 춥네. 이러다간 마누라 엉덩짝 구경도 하기 전에 불알이 오그라들고 말겠네.”

주인이 다가와 한 차례 행색을 살핀 후 고개를 주억거렸다.

“아궁이에 불땀이 넘치도록 장작을 들여놓았으니 어여 몸들 좀 녹이시우. 근데 어디서들 오는 길이우?”

“어디라면 주인이 대신 걸어줄 참이우? 쓸데없이 신경 쓰지 말고 가서 펄펄 끓는 국밥이나 한 그릇씩 내오시우."

"젠장! 누가 장돌뱅이 아니랄까 봐 성질머리 하곤. 알았수."

투덜거리며 돌아서는 주인 사내의 표정이 그러나 그리 언짢아 보이지 않았다. 오늘따라 어쩐 일인지 여각이 낯선 길손으로 북적이는 까닭이었다. 어제까지만 해도 한겨울 추위에 손보다 주인 식구가 더 많다며 한숨을 쉬던 생각을 하면 오늘은 여간 운 좋은 날이 아니었다.

그날 밤 삼경 무렵, 봉놋방의 여닫이가 열리고 두 그림자가 마당에 깔린 어둠 위로 내려섰다. 해질 무렵 여각에 들어선 두 장사치, 곧 주몽과 오이였다. 한 차례 눈길을 돌려 여각이 잠에 빠진 것을 살핀 두 사람은 곧 조용히 걸음을 옮겨 어둠 속으로 스며들었다.

잠시 뒤 주몽과 오이가 당도한 곳은 한백 고을의 군장이 거하는 관사의 서쪽 담장 아래였다. 그날 아침 한백 고을에 당도하자마자 두 사람이 몇 번이나 관사 담장을 따라 걸으며 살펴보아둔 곳이었다.

주몽이 등에 진 봇짐을 끌러 환도 두 자루와 단궁을 꺼냈다. 잠시 담장 아래 어둠 속에 몸을 숨긴 채 주변을 살핀 주몽이 문득 몸을 솟구쳐 담장 위로 올라섰다. 그 뒤를 오이가 따랐다. 담장 위에 몸을 얹은 채 두 사람은 관사 안의 정경에 눈길을 주었다. 집과 마당이 대부분 짙은 어둠에 잠겼고, 동헌 마당가에 세워둔 홰가 희미한 빛을 뿌리고 있었다.

두 사람은 소리 없이 관아 안으로 내려섰다. 그러곤 조용히 어둠을 밟으며 한 방향을 바라고 나아갔다. 그들이 향하는 곳은 관아 정문께였다.

한백 고을 관아 정문을 지키고 있던 파수병 하나가 수상한 소리를 들은 것은 그로부터 잠시 뒤의 일이었다. 파수병은 옷섶을 파고드는 한기에 몸을 떨며, 오늘 밤은 또 얼마나 길고 모질게 추울 것인가 하는 생각에 가볍게 진저리를 쳤다.

그때 그 소리를 들었다. 무언가 무거운 것이 땅으로 떨어져 내리는 듯 둔중한 소리였다. 처음엔 조금 전 소피를 보러 간 동료가 돌부리에라도 걸려 넘어진 소리려니 했다. 하지만 그럼에도 무언가 마음에 남는 것이 있었다. 잠시 망설이던 파수병이 마침내 소리가 들려온 방향을 향해 걸음을 옮겼다.

뒤꼍 마당 안 흐린 불빛 아래 파수를 보던 동료 병사가 쓰러져 누워 있었다. 얼마나 세차게 낙상을 했는지 죽은 듯 움직임이 없었다. 다가가던 병사가 문득 짧은 비명을 올렸다. 쓰러진 병사의 목에 짧은 단궁 화살이 깊이 박혀 있었다. 병사가 몸을 일으키며 소리를 지르려는 찰나였다.

휙!

바람을 가르는 소리와 함께 어둠 속에서 날아온 화살이 병사의 목 한가운데를 정확하게 꿰뚫었다.

"끙!"

병사가 변변한 비명조차 지르지 못한 채 썩은 나무 등걸이 되어 바닥으로 내동댕이쳐졌다.

어둠 속에서 다가온 두 사내가 쓰러져 누운 두 파수병의 주검을 지나 대문으로 빠르게 다가갔다. 한 차례 사방을 살핀 오이가 대문을 가로지른 빗장을 벗겼다.

삐이걱.

나직한 신음을 내지르며 대문이 열리자 진작부터 문 밖 어둠 속에 숨어 기다리던 장정들이 바람에 불린 듯 소리 없이 관아 안으로 들어섰다. 이십 인의 다물군 용사가 곧 그들이었다.

그들이 실에 꿰인 연처럼 주몽의 지시에 따라 일사불란하게 움직였다. 한백 고을 관아는 주몽에게 낯선 곳이 아니었다. 군장 예천과 그의 딸 예소야. 설탁과 빛 한 점 들어오지 않던 형옥에 대한 기억이 아직도 불에 덴 화상처럼 선연히 남아 있는 곳이었다.

주몽과 다물군이 향한 곳은 군장의 거소가 있는 동헌 쪽이었다. 그들이 몇 개의 협문과 마당을 지나 동헌 출입문에 이르렀을 때였다. 갑자기 어둠 속에서 무장 차림의 병사 하나가 불쑥 몸을 드러내며 소리쳤다.

"웬 놈들이냐?"

관아를 지키는 수직 병사였다. 병사의 말소리가 채 바닥으로 떨어져 내리기도 전 주몽이 칼을 뽑아 병사의 가슴을 베었다. 주몽의 눈길이 병사가 걸어나온 출입문 뒤편의 어둠을 향하였을 때였다.

"괴한이다! 괴한이 침입했다!"

어둠 속에서 소리치며 튀어나오는 자가 있었다. 방금 죽어 넘어진 병사와 짝을 이룬 수직 병사였다. 곁에 섰던 오이가 소리 나는 곳을 향해 몸을 날렸다.

"시간이 없다! 서둘러라!"

주몽의 지시에 따라 다물군 병사들이 칼을 뽑아들고 동헌을 향해 내닫기 시작했다. 수직 병사의 외침에도 한동안 별다른 동요가 없던 한백 고을 관아가 조금씩 술렁이며 잠에서 깨어나고 있었다. 곳곳의 건물에서 등이 밝혀지고, 잠에서 깬 사람들이 눈을 비비며 문 밖으로 나서고 있었다. 관아 곳곳을 지키고 섰던 위병들이 요란한 발소리와 함께 동헌을 향해 달려오고 있었다.

"괴한들이 동헌을 침범했다. 군장님을 보호하라!"

위병의 부장으로 보이는 자가 한 손에 칼을 뽑아든 채 군사를 몰아 달려오고 있었다. 주몽과 다물군이 동헌 뒤편에 있는 군장의 침소 앞에 당도하였을 때는 이미 위병들이 주몽과 다물군의 앞과 뒤를 막아선 다음이었다. 하지만 그 수가 다물군을 압도할 만한 세는 아니었다. 주몽이 망설임 없이 위병들의 사이를 파고들며 소리쳤다.

"다물의 용사들이여! 앞을 가로막는 자들은 가차 없이 베어 다물군의 기상을 저들에게 알려라!"

"와!"

다물군이 함성을 올리며 일제히 위병들을 향해 몸을 날렸다. 곧 희미한 횃불 아래 치열한 공방전이 펼쳐졌다.

앞을 막아서는 적을 가볍게 베어 넘기며 주몽이 대청 위로 뛰어올랐다. 천지가 난리인 와중에도 설탁의 침소에선 별다른 기척이 없었다. 교활한 설탁이 미리 마당의 소요와 일의 전후를 눈치 채고 달아난 것은 아닌지 주몽은 애가 탔다. 다시 앞을 막아서는 한백의 군사들 몇을 베어 넘긴 뒤 주몽이 방문을 걸어차며 방 안으로 뛰어들었다.

"……."

지난밤의 술자리와 농탕질이 한눈에 들여다보이는 방 안 풍경이었다. 떡 벌어진 술상 곁에 반은 벌거벗은 계집을 좌우에 낀 설탁이 만취한 꼴로 여직 잠에 빠져 있었다.

뒤이어 방 안으로 뛰어들어온 오이가 기가 막힌다는 표정으로 혀를 차더니 그대로 걸어가 설탁의 옆구리를 발길로 내질렀다.

"끙!"

신음인지 잠꼬대인지 분간하기 어려운 소리가 나더니 설탁이 허리를 부여잡으며 천천히 상체를 일으켰다. 눈앞에 펼쳐진 정황이 믿기지 않는 듯 설탁이 잠시 눈을 끔뻑였다. 그러더니 비로소 놀란 소리를 냈다.

"네, 네놈들은 누구냐!"

오이가 다짜고짜 다가가 설탁의 뒷덜미를 틀어쥐고 바닥에 메다꽂았다. 그리고 환도의 끝을 설탁의 목에 들이댔다.

"네놈을 잡아가려고 온 저승사자님이시다, 이놈아!"

오이가 설탁의 목덜미를 잡아 밖으로 끌어냈다. 마당의 싸움은 조금 전과는 사뭇 다른 양상을 보이고 있었다. 어지러운 교전 소리에 잠에서 깨어난 한백의 군사들이 저마다 병장기를 거둬들고 동헌으로 몰려드는 중이었다. 너른 마당에 그득한 한백 군사들 속에 이십여 다물 군사들이 외로운 섬처럼 둘러싸여 힘겨운 일전을 펼치고 있었다.

"한백의 군사들은 칼을 거두어라!"

설탁을 주저앉힌 주몽이 마당을 향해 소리쳤다. 주변의 정황에 아랑곳없이 오직 칼을 맞댄 상대와 목숨을 건 싸움을 벌이고 있던 피아의 군사들이 소리에 놀라 하나 둘 창검을 거두었다. 그들의 시선이 일제히 동헌 대청을 향했다. 동헌 마루 밑 댓돌에 비루먹은 강아지처럼 꿇어앉혀진 설탁을 보고 한백 군사들이 놀란 소리를 냈다.

"군장님!"

주몽이 엄숙한 소리로 마당의 군사들을 향해 말했다.

"나는 부여의 왕자이자 다물군의 총대장인 주몽이다! 또한 전 군장 예천 어른의 은혜를 입은 자이자 그 여식인 예소야 아가씨의 부서夫婿이다. 나는 사사로운 욕심으로 한백 고을을 침범하여 그 군장을 해치러 온 것이 아니다. 설탁은 일찍이 자신을 은애로 키워온 예천 군장을 더러운 흉계를 꾸며 살해한 뒤 군장 자리에 오른 악역무도한 자이다. 이는 하늘이 알고 땅이 알고 이 땅의 백성들이 아는 사실이다. 그런 무도한 짓을 저질렀음에도 하늘의 헤아림이 잠시 어두운 틈을 타, 설탁은 고을의 군장으로 다시없는 호사를 누리는 한편 백성들에게 갖은 악정을 저질러왔다. 이에 나는 패덕한 설탁을 응징함으로써 이 땅에 하늘의 바른 도리를 세우기 위해 이곳에 왔다. 그대들 선한 한백의 군사들은 무엇이 의이고 무엇이 충인지를 헤아려 불의한 자를 위해 헛되이 목숨을 버리는 어리석음을 범하지 말라!"

방금 전까지 맞부딪치는 창검 소리로 어지럽던 동헌 마당이 물을 뿌린 듯 조용했다. 주몽이 계속해서 말을 이었다.

"한백의 군사들은 들으라. 그대들은 하늘의 심판을 대신하는 의로운 자들을 대적함으로써 악인의 도당이 되는 오명과 수치를 뒤집어쓰고 살 것인가, 아니면 칼을 버림으로써 악당 설탁의 패덕을 응징하고 이 땅에 새로운 의와 도리를 세울 것인가!"

어둠에 싸인 동헌 마당에 정적이 깃들었다. 날을 세우고 불어가던 겨울바람조차 걸음을 멈춘 듯 적요한 시간이 흘렀다. 그런 어느 때, 어디선가 깊은 정적을 깨뜨리는 소리가 들렸다.

툭.

그러자 마당 여기저기에서 같은 소리가 연이어 들려오기 시작했다. 한백 군사들이 빼들고 있던 창검을 바닥에 내던지고 있었다. 곧 스스로 무장을 해제하는 군사들이 태반을 넘어서고 있었다. 조금 전까지 그들과 칼을 맞대었던 다물군 사이에서 나직한 한숨이 흘러나왔다.

그러자 불안한 눈으로 사태를 살피고 있던 설탁이 모진 눈길을 들어 소리쳤다.

"네 이놈들! 무슨 짓을 하는 것이냐! 당장 칼을 들고 이 도적놈들을 죽이지 못할까!"

설탁이 고래고래 소리를 질러댔지만 한백의 군사들은 이미 싸울 의사를 버린 뒤였다. 저마다 무기를 내던진 채 서로의 얼굴을 건너다보며 사태의 진전을 지켜보는 태도를 보였다.

주몽이 엄숙한 눈길로 마당을 일별한 뒤 다시 말을 이었다.

"뿐만 아니라 설탁은 한백 고을의 원수에게 고을의 정신을 팔아넘긴 자이다. 현토의 양정은 전날 한의 거기장군 시절 철기군을 이끌고 와 무고한 한백 고을 백성의 절반을 도륙하는 만행을 저지른 고을의 불구대천의 원수이다. 그래서 선군장이신 예천 어른께서는 한과 현토 성과는 어떤 교류도 하지 말 것을 엄히 유시하셨다. 그럼에도 설탁은 고을의 원수인 한을 상국으로 받들고 현토의 양정을 아비처럼 섬기며 갖은 재화와 물화를 바쳐 그 마음을 얻은 뒤, 이를 위세 삼아 자신의 지위를 공고히 하는 데 이용하였다."

주몽의 준열한 목소리가 마당을 울렸다. 이를 듣는 군사들 사이에서 은은한 노여움이 일기 시작했다.

"황음과 폭정과 난행과 사치로 한백 고을을 도탄에 빠뜨리고, 한에게 부족의 자존심을 판 설탁은 더 이상 한백 고을의 군장일 수 없는 자이다. 또한 어진 예천 군장을 죽이고 폭정으로 수많은 백성들을 살상한 그는 자신의 목숨밖에는 그 죄를 갈음할 바가 없는 자이다."

군사들이 늘어선 마당 이곳저곳에서 탄식의 소리가 들리고 어디선가 크게 외치는 소리가 들렸다.

"설탁을 죽여라!"

그것이 신호가 된 듯 군사들의 분노에 찬 외침이 하나의 함성이 되어 들리기 시작했다.

"설탁을 죽여라! 설탁을 죽여라!"

돌아가는 사세가 이에 이르자 설탁의 얼굴이 공포와 절망감으로 일그러졌다. 하지만 그는 바닥에서 몸을 일으키더니 마지막 안간힘을 다해 군장의 위엄을 드러내 보이려 했다.

"이놈들! 나는 한백 고을의 군장이다. 군장의 영을 거역하는 자는 역적이란 것을 모르느냐! 어서 이놈들을 처단하지 않고 무엇 하느냐!"

하지만 그의 말은 군사들의 거센 함성에 파묻혀 사라졌다.

"설탁은 한백의 군장이 아니다. 설탁을 죽여라!"

주몽이 걸음을 옮겨 설탁의 앞으로 다가갔다. 그리고 듣는 이를 얼릴 듯한 차가운 음성으로 말했다.

"네놈은 사사로이는 나의 빙부이신 예천 군장님을 해치고 아내인 예소야에게 씻을 수 없는 마음의 상처를 입힌 원수이다. 내 너를 주벌함으로써 예소야 아씨의 원수를 갚고 예천 군장님의 원통한 넋을 위무할 것이다."

설탁이 그제야 공포에 질린 눈으로 주몽을 올려다보며 더듬더듬 애원의 말을 쏟아냈다.

"주, 주몽 왕자……. 정말 나를 죽일 작정이오? ……내가 잘못했소. 그러니 제발 목숨만은 살려주시오."

이튿날, 지난밤의 소란에 잠을 설친 한백 고을 백성들이 이른 아침부터 관사로 몰려들었다. 그리고 활짝 열린 관사 대문 위에 드높이 내걸린 설탁의 수급을 보고 경악했다.

"설탁 군장이 죽었다!"

뜻밖의 사태에 놀란 사람들이 소리를 낮추어 수군거렸다.

아침 해가 동쪽 산봉우리 위로 떠오를 무렵, 관아의 문이 활짝 열리며 주몽과 다물군이 관사를 나섰다. 주몽과 다물군의 대열 뒤로 마소에 가득 실린 양곡 바리가 보였다. 한백 고을의 관인들이 설탁의 재물 창고를 열어 양곡과 피륙과 말을 다물군에게 내놓은 것이었다. 그 뒤로 한백의 군사들이 따랐다.

주몽이 거리를 가득 메운 한백의 백성들을 향해 말했다.

"그동안 한백 고을을 공포와 도탄에 몰아넣은 설탁은 하늘의 벌을 받아 목숨을 잃었소. 이제 한백 고을은 포악한 군장의 학정에서 벗어 났으니, 스스로 어진 군장을 세워 강하고 풍요롭고 인정이 넘치는 나라를 만들길 바라오. 나 주몽은 그대들이 베푼 은혜에 감사한 마음을 안고 돌아가려 하오."

주몽의 말에 백성들이 그제야 안도의 표정을 지으며 깊은 한숨을 내쉬었다. 그때 지난밤부터 일의 형편을 지켜보아온 한백의 장수 하나가 앞으로 걸어나와 주몽 앞에 무릎을 꿇었다. 엄숙히 군례를 올린 군사가 입을 열어 말했다.

"주몽 대장님! 패악한 군장 설탁을 처단하여 이 땅에 바른 도리를 세우신 일은 모든 백성이 다 함께 기뻐하고 감사하여야 할 일입니다. 우리 한백 고을은 주몽 대장님께 크나큰 은혜를 입었습니다. 대장님께서 다물군을 조직하여 동이 땅에서 한족의 무리를 물리치시려는 뜻은 또한 저들에게 큰 아픔을 당한 우리 한백 고을 모든 백성들의 뜻과 다르지 않습니다. 하여 저희들도 대장님의 큰 뜻에 동참하여 다물의 대열에 서고자 합니다. 부디 저희들을 거두어주시길 바랍니다."

뜻밖의 말에 주몽이 선뜻 대답을 내놓지 못한 채 망설이고 있을 때였다. 장수의 뒤편에 서 있던 군사들이 한결같이 바닥에 무릎을 꿇으며 소리쳤다.

"저희들을 거두어주시길 바랍니다!"

다물군에 들기를 간청하는 한백의 군사들을 다독여 주저앉히는 일은 쉽지 않았다. 오래전 양정의 만행으로 한나라에 피맺힌 원한을 가진 젊은이들이었다. 주몽은 그들에게 먼저 한백 고을의 내정을 안정시킬 것을 당부하고, 때가 오면 반드시 불러 다물의 대열에 동참케 할 것이라 약속했다. 한백의 군사와 백성 수백이 고을 밖까지 주몽의 뒤를 좇아 배웅했다.

◆ ◆ ◆

"송양이 오나연맹의 군장 회의를 소집하였다고?"

"그렇습니다, 아버지. 사흘 후 비류에서 열겠다는 통지가 도착했습니다."

"이런 방자한 자가 있나! 대군장인 너의 허락도 없이 제 놈이 무슨 권한으로 감히 군장 회의를 소집하였단 말이냐?"

소서노의 대답에 연타발이 버럭 노성을 터뜨렸다. 노엽고 놀랍기는 그 자리에 모인 이들도 마찬가지였다. 비류의 송양이 보내온 전갈을 받고 모인 계루의 행수 회의 자리였다.

계필이 붉어진 얼굴로 소리치듯 말했다.

"이것은 대군장이신 소서노 군장님과 우리 계루에 대한 도전이자 반역입니다. 송양 이놈을 그냥 두고 보아서는 안 되겠습니다, 군장님! 이번 기회에 아주 혼꾸멍을 내놓아야 합니다."

"그렇게 감정적으로 대하실 일이 아닙니다, 대행수님. 전부터 졸본의 대군장 자리를 넘봐온 송양이 무언가 계략을 꾸미고 있는 것이 분명합니다. 상황을 살펴 적절한 대책을 마련하여야 할 일입니다."

그렇게 말하는 사용의 표정이 전에 없이 걱정스러운 빛을 띠고 있었다.

"대군장 자리를 넘봐? 송양 제 놈이 감히……."

"송양은 결코 만만히 보아서는 안 될 자입니다. 부여에서 우리 계루가 가지고 있던 소금 전매권과 각종 교역권을 넘겨받은 뒤부터 졸본의 대군장에 오르려는 야욕을 노골적으로 드러내 보이고 있습니다. 부여와의 교역을 통해 얻은 재부를 바탕으로 군사를 늘리고 현토성으로부터 도검과 갑주를 은밀히 사들이고 있다는 소문입니다."

"으음……."

계루의 북쪽, 압록강 중류 지역에 위치한 비류는 졸본의 오소국五小國 가운데서도 세력이 그리 두드러진 나라는 아니었다. 압록강 지류에 자리한 다섯 나라, 즉 계루나·비류나·연나·관나·환나 가운데 땅의 넓이나 인마의 수에서 단연 첫손에 꼽히는 것이 계루였다. 뿐만 아니라 반농반목을 업으로 삼아온 다른 나라와는 달리 일찍부터 상업에 힘써온 까닭에 나라의 재부가 다른 네 나라의 그것과 맞먹을 만큼 부강했다. 이런 까닭에 졸본 오국연맹의 맹주라 할 대군장 자리는 대대로 계루의 것이었다.

그런데 십여 년 전 송양이 비류의 군장 자리에 오르면서 이런 오국연맹의 세력 구도에 균열이 일어났다. 젊고 야심만만한 송양은 계루의 힘의 원천이 상업을 통한 재부의 축적에 있다고 판단하고, 그 자신 군장에 오르기 전인 소년 시절 한의 장안으로 건너가 한족 대상고의 수하에서 장사를 배웠다. 그리고 졸본으로 돌아와 비류의 군장에 오르자 곧 상단을 꾸리고 그 자신 상고가 되어 본격적으로 장삿길에 나서기 시작했다. 천성이 영악하고 탐욕스러운 자라 그 수완과 성과가 자못 놀라웠다.

하지만 누대에 걸쳐 동이 전역과 멀리 중원 땅에까지 상권을 형성해온 계루의 연타발 상단을 상대할 바는 아니었다. 이에 송양이 선택한 것이 현토군 태수 양정이었다. 송양은 갖은 재화와 교언으로 양정의 환심을 사고 그의 위세를 빌려 동이 땅에서 그 세력을 넓혀가기 시작했다.

그러던 차 대소가 연타발 상단에 주었던 부여의 소금 전매권과 여러 교역권을 회수하자 양정의 도움을 받아 이를 거두어 가짐으로써 순식간에 동이 제일의 상단으로 올라섰다.

송양의 야심은 거기에서 그치지 않았다. 상단을 통해 불어나는 재부를 바탕으로 군사력을 강화하는 한편, 호시탐탐 졸본 오소국 연맹의 수장 자리에 오르려는 야욕을 드러내고 있었다.

"사용 행수의 말이 옳습니다. 송양은 군장님께서 부여에 주재하신 동안 졸본의 이웃 나라에 영향력을 확대하기 위해 갖은 노력을 기울여왔습니다. 이미 송양이 주변 나라를 겁박하여 복속시켰다는 소문이 들리고 있습니다."

우려를 담은 목소리로 우태가 말했다. 침통한 공기가 좌중을 무겁게 내리눌렀다. 괄괄한 성격의 계필이 기어코 결기를 보였다.

"군장님! 전쟁을 일으키는 한이 있더라도 이참에 송양 이놈의 기를 꺾어놓아야 합니다. 그냥 두었다가는 장차 큰일을 벌 놈이 아닙니까?"

어두운 낯빛의 연타발이 고개를 들어 소서노를 바라보았다.

"네 생각은 어떠냐, 소서노야?"

"전쟁은 안 됩니다. 어리석은 송양이 현토성의 양정을 믿고 과욕을 부리지만 이는 결국 양정의 계략에 말려드는 일입니다. 계루와 비류가 전쟁을 벌인다면 양쪽 모두 심각한 타격을 입을 것이 분명하고, 그러면 오래전부터 졸본을 넘보아온 양정이 그 기회를 노려 졸본 전부를 삼키려 들 것입니다."

"으음……."

"제가 군장 회의에 참석하여 송양을 설득해 보겠습니다."

"안 됩니다, 군장님!"

우태가 말리고 나섰다.

"지금 비류로 건너가는 것은 범의 아가리에 드는 일과 다르지 않습니다. 간교한 송양이 무슨 계략을 꾸미는지 모르는 터에 저들에게 가서는 안 됩니다."

그런 우태의 태도에는 지아비로서 불안과 염려가 짙게 드러나 있었다. 소서노가 고개를 저었다.

"지금으로서는 그 방법밖에 없어요. 내가 참석하지 않는다면 송양은 다른 나라를 부추겨 계루의 맹주 자격을 박탈할 것이고 힘으로 우리 계루를 도모하려 할 거예요. 그러면 전쟁을 피할 수 없어요."

"으음……."

연타발이 다시 침통한 신음을 흘렸다.

부여에서의 실패가 연타발에게 준 충격은 매우 컸다. 부여에서 추방당해 돌아온 후 연타발은 모든 의욕을 잃어버린 듯 주위의 한결같은 반대에도 불구하고 군장 자리에서 물러났다. 드러내 말하지 않았지만 연타발은 장사치의 나라로 알려진 계루를 새로운 국가로 만들려는 야심찬 계획을 품었다. 부여의 상권을 장악하고 이를 통해 강철검 제조 기술을 익혀 계루의 군사력과 경제력을 획기적으로 신장하려는 것이 그것이었다. 그래서 이를 기반으로 졸본의 오소국을 통합한, 명실 공히 제왕의 국가를 건설하려는 야심이었다.

하지만 연타발의 꿈은 좌절되었다. 뜻밖에도 대소의 모역으로 인해 전심을 다해온 그의 노력이 수포로 돌아가고 말았다. 일생을 건 자신의 계획이 실패한 이상 새로운 시대는 새로운 사람들에게 맡기는 것이 현명한 일이라 생각했다. 그는 미련 없이 군장 자리에서 물러났다.

소서노가 연민에 찬 눈길로 수심이 만면한 연타발을 건너다보았다. 흰머리까지 성성한 모습이 부여에서 돌아온 후 갑자기 십 년은 더 늙어 보이는 아버지였다. 소서노는 아버지가 심중에 품어온 원대한 꿈이 무엇인지 모르지 않았다. 그것은 또한 계루의 새 군장이 된 자신의 꿈이기도 했다. 그 자신 다섯 개의 나라로 나눠져 있는 졸본에 한 겨레붙이의 나라인 통일된 왕국을 세우고, 나아가 동이 땅에 천 년의 세월에도 스러지지 않을 대제국을 건설하려는 뜻을 품어온 지 오래였다. 하지만 어리석은 송양이 한의 주구인 양정을 등에 업은 채 형제국을 겁박하고는 계루를 넘보고 있었다.

어떤 어려움이 있더라도 졸본 땅에서 동족끼리 피를 흘리며 싸우는 일은 막아야 하리라…….

* * *

새로이 서까래와 용마루를 올린 송양의 관아는 바야흐로 욱일승천의 기세를 구가하는 비류의 위세를 한눈에 드러내듯 크고 화려하기 그지없었다. 군장 회의가 열린 송양의 집무실 또한 집기 하나까지 귀하지 않아 보이는 것이 없었다.

오만하게도 회의장의 중앙 상석에 떡하니 자리한 송양은 오색 수가 놓인 화려한 비단 포에 드높은 관을 쓴 채 한껏 위엄을 부리고 있었다. 좌우의 연나, 환나, 관나의 군장이 굳은 표정으로 소서노를 맞았다.

가늘게 뜬 눈길로 좌중을 둘러보던 송양이 이윽고 입을 열었다.

"여러 군장들, 먼 길 오시느라 수고들 하셨소이다. 각 나라가 저마다 안팎의 일로 바쁜 이때 이렇게 갑자기 군장 모임을 마련한 것은 우리 졸본의 장래와 관련하여 중대한 문제를 함께 논의하기 위함이오."

이렇게 하여 송양이 내어놓은 것이 졸본 대군장의 탄핵과 새로운 대군장의 추대에 관한 건이었다. 소서노로서는 이미 예견한 일이었다. 대군장인 소서노의 잘못을 책하는 송양의 질타가 실로 신랄했다.

"우리 졸본은 동방의 수많은 나라 가운데 그 위세를 자랑할 만한 대국은 아니지만 대대로 어질고 지혜로운 대군장의 영도 아래 주변 나라들의 부러움을 살 만큼 풍요롭고 평화로운 시절을 지내왔소. 그런데 근년 들어 나라마다 어려움이 깃들어 갈등과 불화가 끊이지 않고 백성들은 괴로움을 호소하느라 목이 멜 지경에 이르렀소. 형편이 이렇게 된 까닭은 졸본을 이끌어가는 대군장의 지도력이 부족한 탓이란 것이 내외의 한결같은 지적이오. 어리석은 대군장의 잘못된 영도로 인하여 지금 우리 졸본은 장차 동이 땅에서 나라의 흔적조차 사라질지도 모를 위험에 처해 있는 것이오."

듣고 있던 관나의 군장이 송양의 말을 이어받았다.

"전임인 연타발 대군장과 현재의 소서노 대군장은 오랫동안 졸본을 떠나 부여에 주재하며 졸본 일에는 하등 관심도 보이지 않았소. 이는 대군장으로서의 역할을 스스로 포기한 것으로, 오늘날 졸본이 겪는 어려움은 모두 이들 대군장의 무책임과 어리석음에서 비롯된 것이오."

노년의 연나 군장이 느릿느릿 입을 열었다.

"우리 졸본의 군장들은 더 이상 어리석고 무능한 대군장의 방임을 묵과할 수가 없소. 우리는 졸본이 결딴날지도 모른다는 위기감에서 이제 소서노 대군장의 지난 잘못을 물어 대군장 자리에서 물러나게 하고, 대신 지혜롭고 힘 있는 대군장을 새로이 세워 졸본의 지도자로 삼을 것을 결의하였소."

하는 말들이 한결같이 솜씨 좋은 장인이 짜맞춘 요철처럼 척척 맞아떨어지고 있었다.

다시 한동안 성토가 이어진 뒤 송양이 짐짓 위엄을 내세운 태도로 소서노를 향해 말했다.

"나 송양을 비롯한 졸본의 군장들은 더 이상 졸본 대군장으로서 계루 소서노 군장의 지위를 인정하지 않기로 결의하였다. 소서노 군장은 자신의 무능과 어리석음을 부끄럽게 여겨 스스로 대군장의 자리에서 물러나기를 바란다. 만약 이를 거부한다면……."

송양이 흰자위가 번득이는 잔혹한 눈길로 소서노를 쏘아본 뒤 말을 이었다.

"계루는 더 이상 우리 졸본의 형제국이 아니다. 따라서 졸본 모든 나라가 연대하여 계루를 쳐 진멸해버릴 것이다. 졸본의 군장은 대군장의 자리를 내놓든지, 아니면 백성과 함께 죽음을 맞든지 선택하라."

동헌 대청 위로 나섰을 때 건너편 지붕 용마루 위에 높이 뜬 해의 빛살이 날카롭게 눈을 찔렀다. 소서노는 잠시 정신이 아득해지는 것을 느끼며 눈을 감았다. 송양의 집무실을 걸어나올 때 등 뒤에서 들려오던 송양의 비웃음이 귓전에 이명처럼 맴돌았다.

"천하의 계루도 망조가 단단히 들었구먼. 저런 철없는 계집을 군장으로 앉히는 걸 보면. 흐흐흐……. 이제 머지않아 계루가 망할 것이 자명한 일이니 우리는 느긋하게 지켜보기나 합시다."

소서노는 송양의 요구를 받아들여 대군장 자리에서 물러났다. 그리고 다른 세 군장의 추대를 받아 비류의 송양이 새로 대군장에 올랐다. 이어 계루에 가해진 대군장 송양의 요구는 참으로 가혹하고 모욕적이었다.

"앞으로 계루의 군장은 해마다 대군장에게 신년 하례를 올리도록 하라!"

"국가 간의 모든 상거래는 대군장의 허락을 받아 행하도록 하라!"

"계루는 상단 호위무사를 제외한 모든 군사의 무장을 해제하고 군대를 해산하라!"

"해마다 계루는 대군장의 나라인 비류에 부용하여 정해진바 공물을 바치도록 하라!"

몸속의 피톨이 쿵쿵 소리를 내며 혈관을 내달리고, 온몸을 불태워 버릴 듯 몸속 깊은 곳에서 분노의 불길이 솟구쳤다. 당장이라도 계루의 군사를 몰아 오만하고 간교한 송양과 생사를 도외시한 일전을 결하고픈 충동을 참기 어려웠다. 하지만 소서노는 이를 악문 채 천천히 흔들림 없는 걸음으로 대청을 내려 마당을 걸었다.

문가에서 소서노를 기다리던 우태가 짐작이 가는 일이라는 듯 안타깝고 우울한 표정을 짓고 있었다. 우태가 다가와 소서노의 어깨를 감싸 안았다.

"잘 하였소, 부인. 굽힘으로 폄을 삼는 것이 처세의 기본이라 하였소. 오늘 일시간의 수치를 견딤으로써 훗날의 큰 영광을 기다리도록 합시다."

우태가 나직한 소리로 말했다.

계루로 돌아가는 길이 한없이 길고 멀게 느껴졌다. 저문 날빛을 등 뒤로 받으며 말을 타고 가는 소서노의 가슴이 도적이 다녀간 곳간처럼 텅 빈 듯 여겨졌다. 견딜 수 없게 공허하고 쓸쓸했다.

이러한 느낌은 언젠가 죽은 줄 알았던 주몽이 살아 돌아왔다는 소식을 전해 들은 그날의 쓸쓸했던 기분과도 닮아 있었다. 졸본 상단이 대소에게 추방당해 부여를 떠나온 직후의 일이었다. 어느 날 저녁 우태가 불안과 염려를 표정 아래 감춘 얼굴로 무심한 듯 말했다.

"부인, 주몽 왕자가 돌아왔소. 살아서 부여궁으로 환궁하였소."

견딜 수 없는 서러움처럼 혹은 참을 수 없는 기쁨처럼 미묘한 감정이 가슴속에서 소용돌이쳤다. 하지만 점차 가슴속에서 격탕하던 감정이 가라앉으며 소서노의 마음은 텅 비어갔다. 아무런 느낌도 아무런 감정도 느껴지지 않는 텅 빈 마음이었다. 그저 견딜 수 없이 공허하고 쓸쓸할 뿐이었다.

그가 살아 있다.

그가 없는 세상에서 자신은 다른 사내의 지어미였다. 그리고 지금 그가 살아 돌아온 세상에서도 자신은 여전히 다른 사내의 지어미였다. 이제 자신에게 남겨진 것은 그와 함께가 아닌 땅에서 그의 존재를 느끼며 살아가야 하는 쓸쓸하고 공허한 삶이었다……. 그것은 그의 죽음을 전해 들었던 때와는 전혀 다른 쓸쓸함이고 공허함이었다.

부여로부터 또 다른 충격적인 소식이 날아든 것은 그로부터 다시 얼마 후의 일이었다. 주몽이 임둔과 진번군의 정벌 전쟁 와중에 부상당한 자신을 살려준 여인과 혼례를 올렸다는 소식이었다. 이름이 예소야라고 하였던가…….

애써 마음을 다잡으려 노력했지만 한번 무너진 마음은 다시는 온전히 회복되지 않았다. 그럴수록 소서노는 남편 우태에게 갖은 정성을 바치고 나라 일에 전념하려 애썼다. 어느 때는 마음의 상처를 잊은 듯 여겨지기도 했다. 그러나 때때로 방심한 상태에서 갑자기 날아온 화살이 가슴을 꿰뚫듯 격심한 충격과 고통과 슬픔과 절망감이 느껴졌다. 그럴 때면 자신의 존재가 아스라이 스러져버린 듯한 느낌에 정신을 가누기조차 힘이 들었다. 한없이 멍한 표정을 짓고 있는 소서노를 우태가 우울한 눈길로 바라보았다.

이날 쓸쓸한 얼굴로 계루를 향해 돌아가는 아내를 바라보는 우태의 표정이 그때처럼 우울했다. 우태가 말을 몰아 다가와 나직한 소리로 말했다.

"너무 상심 마시오, 부인. 지금 송양이 잠시 세를 얻어 하늘 높은 줄 모르고 날뛰고 있지만 저 권세가 과연 얼마나 가겠소. 세상이 생긴 이래 교만하여 망하지 않은 자가 단 하나도 없다 하였소. 마음을 너그러이 가지고 송양이 스스로 망하는 것을 지켜보도록 합시다."

우태의 위로는 소서노의 쓸쓸한 마음에 조금도 위안이 되지 못했다. 송양의 패망이 자신의 공허하고 상처 입은 마음을 채우고 회복시켜 주리라 믿어지지 않는 까닭이었다. 자신의 이 텅 빈 마음을 위로해 줄 사람은 이제 더 이상 지상에 존재하지 않는다는 자각이 소서노를 더욱 쓸쓸하게 하였다.

계루로 돌아온 소서노에게 한 가지 뜻밖의 소식이 기다리고 있었다. 그간 계루에 머물던 신녀 여미을이 계루를 떠났다는 소식이었다. 여미을이 어디로 갔을까를 추측하는 분분한 말들이 있었다. 대체적인 짐작은 아마도 본계산에 영채를 연 다물군의 주몽에게로 갔을 거라는 것이었다.

계루로 돌아온 이튿날, 맥을 놓고 있는 소서노를 진맥한 의원이 회임을 알렸다. 슬픔과 분노에 휩싸여 있던 계루에 일순 봄바람 같은 기쁨의 기운이 돌았다. 며칠 후 기운을 차린 소서노가 다시 사람들 앞에 섰다.

"뜻이 있는 사람에게 어려움이란 없습니다. 하늘은 스스로 돕는 자를 돕는다고 하였습니다. 모두들 자기가 맡은 직분에 충실하면서 조용히 때를 기다리세요. 우리 계루가 이전의 영광과 위엄을 회복할 날이 반드시 올 것입니다. 그때의 영광과 위엄은 이전의 그것보다 더욱 크고 드높을 것입니다. 무엇보다 상업에 더욱 힘써 나라의 재부를 축적하도록 하세요. 또한 철기방의 모팔모 대장에게 가능한 한 모든 지원을 아끼지 않음으로써 강철검 생산에 어려움이 없도록 하세요."

소서노가 졸본 상단의 행수와 백성들에게 당부한 말이었다.

모둔곡의 세 의인

다물군의 세가 나날이 커져갔다. 다물군에 관한 소문이 고삐 없는 말이 되어 동이 땅 전역으로 퍼져갔고, 소문을 들은 옛 조선의 백성들이 앞을 다투어 본계산으로 몰려들었다. 망국의 유민뿐 아니라 동예와 옥저, 행인, 구마, 양맥, 황룡국 등 동이의 크고 작은 나라의 젊은이들 가운데서도 다물의 대열에 합류하는 자가 적지 않았다. 심각했던 식량 문제도 여름에 접어들면서 나아졌다. 언 땅이 풀리면서 개간을 시작한 땅에 소출이 시작되었고, 동이 곳곳에서 뜻있는 이들이 십시일반 모은 양곡을 보내왔다. 현토와 낙랑 등 한의 지배를 받는 지역의 부유한 대가들도 은밀히 마소가 끄는 수레에 양곡을 실어 보냈다.

그동안 대소의 두 차례 공격이 있었다. 다물군의 세력이 커지는 것을 우려한 대소가 대군을 내어 다물군 공략에 나섰다. 하지만 두 번 모두 다물군의 근거지인 본계산에는 한 걸음도 들이지 못한 채 패퇴해 돌아갔다. 두 번째 싸움은 본계산을 공격한 부여군 가운데 열에 서넛도 무사히 돌아가지 못한 대참패였다.

주몽의 다물군이 이처럼 큰 승리를 거둘 수 있었던 것은 죽음을 두려워하지 않는 다물군의 용맹 때문이었지만, 하늘과 땅의 상을 살핀 여미을의 적절한 조언이 큰 힘이 되었다.

장대에 올라 군사들의 훈련을 지켜보는 주몽 곁으로 여미을이 조용히 다가갔다. 주변의 숲을 베어 넓힌 드넓은 조련장에선 한 번도 거르는 날이 없는 군사들의 훈련이 한창이었다. 옛 조선의 위장군衛將軍을 지낸 노년의 장수가 다물군에게 진법 훈련을 행하고 있었다.

"군사들의 움직임이 날로 민첩하고 유연해지고 있습니다."

여미을의 말에 주몽이 흡족한 미소를 보였다.

"군사를 조련하는 장수가 경험이 많은 노장인 데다 군사들이 한결같이 열의를 가지고 임하여 그럴 것입니다."

"옛말에 교묘한 용병이란 상산常山에 사는 솔연率然이란 뱀을 다루는 것과 같다 하였습니다. 이 뱀은 대가리를 치면 꼬리가 나와서 휘감고, 꼬리를 치면 대가리가 나와서 물지요. 또 중간을 치면 대가리와 꼬리가 모두 나와서 대항해온다고 합니다. 오늘 다물군을 보니 솔연의 교묘한 움직임이 무색할 지경입니다."

"그렇습니까? 하지만 다물군은 뱀이 아니라 용의 기상을 갖춘 군대입니다. 장차 한의 대군을 상대하여야 할 군사들이니 마땅히 그러해야지요. 하하하……."

다물군의 훈련이 끝나자 주몽과 여미을은 병사 곁 커다란 굴참나무 아래 놓인 평상으로 자리를 옮겨 차를 나누었다. 숲에서 불어오는 삽상한 바람이 이마에 배인 땀을 씻어주었다. 바람에는 훈훈하고 그윽

한 나무 내음이 배어 있었다.

"다물군의 기세가 가히 하늘을 찌를 듯합니다. 한결같이 일당백의 기개가 엿보입니다."

여미을이 군사를 훈련시키는 데 많은 힘을 쏟고 있는 주몽의 노고를 치하했다.

"다물의 대의 아래 모인 군사들이니 어찌 아니 그렇겠습니까. 하지만 아직은 작고 약한 군대입니다. 아직 제대로 된 복색조차 갖추지 못하였구요."

그렇게 말하는 주몽의 얼굴이 문득 어두워졌다. 그의 시선은 군대라 하나 아직 대부분이 농군복 차림새인 다물군이 열을 지어 영채로 돌아가는 모습을 향해 있었다.

"부여는 여전히 호시탐탐 우리를 공격할 기회를 노리고, 현토도 다물군을 정벌하기 위해 군사를 움직이려는 조짐을 보이고 있다고 합니다. 이렇게 산 속에 앉아 저들의 공격을 물리치기 위해 노심초사해야 하니, 어느 날에 현토와 낙랑, 임둔, 진번을 동이 땅에서 내쫓고 한을 쳐 다물을 이룰 수 있을지 안타까울 따름입니다."

주몽이 전에 없이 답답한 마음을 드러내 보였다. 여미을이 부형같이 자애로운 미소를 띤 얼굴로 말했다.

"천하를 굽이 흐르는 장강도 한 가닥 샘물에서 비롯되고 하늘을 가리는 거목도 한 톨 씨앗에서 비롯되지요. 오늘 이곳의 작은 군사들이 장차 다물을 이루고, 나아가 동이족의 영원한 왕국을 건설하는 기틀이 될 것입니다. 고래로부터 겨우 일여—旅*와 일성—成**을 가지고 나라를 일으킨 이들이 적지 않습니다. 다물군이 본계산을 벗어나 세상으로 나가는 날, 사해가 그 발굽 아래 무릎을 꿇을 것입니다."

"……."

"그날이 결코 머지않았으니 대장께서는 의기를 잃지 마십시오. 다물군이 비록 군세가 미약하고, 많은 땅 많은 족속이 두서없이 모인 군대라 하나 그 군사 하나하나가 대의를 위해 목숨을 버리겠다는 굳은 의지를 지닌 자들이라 세상 어느 대국의 군대라 할지라도 함부로 상대하지 못할 것입니다."

"어찌 그를 모르겠습니까. 다만 저들의 뜨거운 열망과 굳은 결의에도 불구하고 다물의 길이 너무 멀어 보이는 까닭에……."

여미을의 눈길이 문득 경책警責의 빛을 띤 채 주몽을 바라보았다.

"대장님! 무리를 이끄는 자는 어떤 난관에도 가벼이 흔들려서는 안 됩니다. 우두머리의 흔들림은 미풍일지라도 무리의 흔들림은 태풍이 될 것이기 때문입니다. 무릇 무리의 머리 된 자는 오직 강철 같은 의지로 스스로를 다스려나가야 합니다. 그래야 무리를 안정시켜 일사불란한 지휘를 이끌어낼 수 있습니다."

"송구합니다. 여미을님의 말씀 명심하겠습니다."

여미을이 무리의 머리 된 자의 도에 대해 이르기 시작했다.

"무리를 거느리는 자는 좋아하고 싫어하는 것을 함부로 드러내서는 안 됩니다. 아랫사람들이 여기에 영합할 것이기 때문입니다. 수령이 좋아하는 것을 즐겨 행하고 싫어하는 것을 꺼린다면 온전한 조직이 될 수 없습니다."

"어질고 너그러운 사람은 봄바람이 따뜻한 기운을 베풀어 만물을

---

* 일여 : 5백 명의 군사.
** 일성 : 사방 십 리의 땅.

키우는 것처럼, 그를 만나면 만물이 모두 살아나는 그런 사람입니다. 무릇 아랫사람을 거느리는 자의 품성이 이러해야 합니다. 그래야 아랫사람의 장점이 살아나고 단점이 자취를 감출 것이기 때문입니다.”

여미을은 장수의 도에 대해서도 이르기 시작했다.

“잘 싸우는 자는 반드시 이길 수 있는 상대와 싸워 이기는 자입니다. 이길지 질지 운을 하늘에 맡기고 싸우는 것은 설혹 이긴다 하더라도 참으로 이기는 것이 아닙니다. 싸움의 바른 도는 강하고 많은 군사로 약하고 적은 군사와 싸워 이기는 것입니다. 즉 분명하고 확실한 승리입니다.”

“육국六國을 멸망시킨 것은 진秦이라고 하지만 실은 이들 나라가 망한 원인은 육국 자신들에게 있었습니다. 나라든 군대든 스스로 자신을 친 후에 남이 치게 되는 것입니다. 스스로 자신을 다스려 내실을 굳건히 한다면 결코 외부의 적이 넘보지 못할 것입니다.”

“천지의 덕 중에 가장 큰 것이 생生이라 하였습니다. 장수가 전장에 나섬이 상대를 죽여 적을 멸하기 위함이라 하나, 이 경우 장수의 도 또한 만물을 살리고자 함을 근본으로 삼아야 할 것입니다. 적을 죽이고 멸망시키는 것은 어쩔 수 없을 때에만 하는 방법이 되어야 합니다.”

“장수는 진영의 장막 속에서 꾸미는 계획만으로 천 리 밖 고을의 어린아이와 노파를 죽일 수 있습니다. 군대의 장수는 군사를 쓰는 일에 있어서 언제나 신중에 신중을 기해야 합니다.”

주몽이 일어나 여미을에게 엎드려 절하고 그의 가르침을 받았다.

“여미을님의 귀한 가르침을 마음에 깊이 새겨 언제나 잊지 않도록 하겠습니다.”

여미을이 다시 예의 자애로운 미소로 주몽을 바라보았다.

“하늘의 뜻이 대장님에게 임하고, 동이 산천의 신명이 다물군을 보우하고 있습니다. 일시간의 어려움과 실패가 있더라도 결코 좌절하지 말고 다물의 대망을 향해 나아가시기 바랍니다.”

“…….”

“다물군의 세가 아직은 미약하여 저들의 주의를 끌지 못하지만, 머잖아 한과 현토가 대군을 일으켜 다물군을 공격할 것입니다. 이는 예전 해모수 장군과 그의 군사가 당한 핍박보다 훨씬 더 강하고 집요할 것입니다. 대장께서는 부디 슬기로운 지혜와 강한 의지로 어려움을 물리치시길 바랍니다.”

“각골명심하여 반드시 그리 행하겠습니다.”

여미을이 잠시 생각에 잠긴 눈치더니 다시 특유의 나직한 어조로 말을 이었다.

“전쟁이란 다양한 상황과 다양한 경우가 함께 어우러져 벌어집니다. 이런 전쟁에서 적과 상대해 이기려면 다양한 분야에서 인재를 확보하여야 합니다. 대장께서는 무엇보다 천하의 뛰어난 인재를 모으는 일에 힘쓰시기를 바랍니다.”

“그리하겠습니다.”

“동이 땅은 예부터 뛰어난 인재들이 많은 곳입니다. 세상에 몸을 드러내지 않는 기인과 재사들이 동이에는 많습니다. 제가 계루에 있을 때 동가강佟佳江 가의 모둔곡毛屯谷에 비범한 재주를 가진 세 호걸이 숨어 있다는 풍문을 들었습니다. 세상의 소문을 다 믿을 바는 아니나, 혹 뜻밖의 복룡봉추伏龍鳳雛를 만날 수도 있으니 유념해두셔도 좋을 듯합니다.”

“그리하겠습니다.”

◆ ◆ ◆

불덩이 같은 해가 하늘 한가운데 떠 뜨거운 볕살을 내리퍼붓는 유월의 한낮. 두 사람이 모래와 돌멩이와 관목이 어우러진 나직한 언덕길을 느릿느릿 나아가고 있었다. 푸른 산자락 너머로 멀리 동가강의 흰 허리가 언뜻언뜻 드러나 보이는 산중이었다. 한나라 풍의 화려한 비단 화복을 떨쳐입은 젊은 공자가 높직한 호마에 올라앉아 흔들흔들 앞서가고, 부담을 등에 진 노복이 비 오듯 땀을 쏟으며 그 뒤를 따르고 있었다.

비탈이 끝나는 등성이 위로 올라서자 눈앞에 드넓은 밤나무 숲이 펼쳐졌다. 끙끙 입소리를 내며 언덕바지 위에 올라선 노복이 공자 곁으로 다가가더니 숨죽인 소리로 투덜거렸다.

"아이구, 대장님! 오뉴월 땡볕에 팔자에 없는 짐을 지우고 고갯길이라니. 이러다 오이 놈 잡겠습니다. 죽었으면 죽었지 이제 더는 못 가겠습니다."

오이의 말에 화복 차림의 주몽이 눈을 부라리며 나직이 퉁박을 놓았다.

"이놈이 그래도! 대장이란 말을 입에 올리지 말라고 그렇게 다짐을 놓았건만……."

오이가 찔끔하는 표정으로 눈을 내리깔았다.

"알겠습니다요, 공자님. 그런데 대체 어디까지 가실 작정이십니까요?"

연신 쥘부채를 흔들며 오이를 상대하는 사품에 주몽이 신중한 눈길을 들어 주변을 살폈다. 그러더니 천천히 말을 몰아 숲 입구의 나무 그늘 아래로 다가갔다.

"그렇다면 이곳에서 좀 쉬어가도록 하자. 네놈도 잠시 부담을 부리고 쉬도록 해라."

나동그라지듯 그늘 아래 몸뚱어리를 주저앉힌 오이가 웃통을 벗어 부치고 감발을 풀었다. 주몽이 시선을 먼 하늘에다 둔 채 우정 느긋하게 쥘부채를 흔들기 시작했다.

머리 꼭대기에 걸렸던 해가 서쪽으로 조금씩 걸음을 늘이고 있었다. 숲 속에서 불어오는 바람을 타고 이따금 이름을 알 수 없는 산짐승의 울음소리만 들려올 뿐 산은 끝없이 고요했다. 무료한 시간이 조용히 흘러갔다. 내내 무언가를 기다리는 듯한 태도를 보이던 주몽이 이윽고 자리를 털고 일어섰다.

"그만 일어서거라. 갈 길이 멀다."

주몽과 오이가 막 밤나무 숲 속으로 걸음을 들이려는 때였다.

"이놈들, 게 섰거라!"

산을 쩌렁쩌렁 울리는 호통 소리와 함께 엄장이 범 같고 모색이 우락부락한 사내들이 숲에서 걸어나와 주몽의 앞을 막아섰다. 그러곤 진작부터 그들을 지켜보고 있었던 듯 살피는 기색도 없이 제 하고 싶은 말부터 쏟았다.

"보아하니 한가로운 책상물림 같은데, 여기가 감히 어디라고 함부로 발걸음을 들였느냐. 목숨이 아깝거든 몸에 지닌 것을 모두 내놓고 속히 산을 내려가거라. 어물거리다간 목숨은커녕 죽은 몸뚱어리도 건사하지 못할 것이다."

마상에서 사내들의 면면을 살피던 주몽이 느긋하게 말했다.

"깜냥을 보니 네놈들이 이 산의 주인은 아닌 듯하고, 네놈들의 주인이 모둔곡의 세 화적놈이라고 소문난 그자들이냐?"

주몽의 말에 산사나이들이 어라, 하는 표정을 지으며 서로의 얼굴을 돌아보았다. 한 사내가 앞으로 다가서며 새삼 주몽의 행색을 살폈다.

"허, 이런 빌어먹을 자식을 보게. 젖비린내 나는 주둥아리로 감히 우리 장군님을 희롱해? 네놈은 모가지가 몇 개는 되는 모양이구나."

주몽이 말없이 말에서 내리더니 오이의 등에서 부담을 내렸다. 열어젖혀진 부담을 본 사내들의 눈이 휘둥그레졌다. 갖가지 귀한 물건들이 그 안에 가득했다.

"너희들이 원하는 것이라면 여기 있으니 가져가거라. 하지만 한 가지 내 말을 들어주면 이보다 갑절은 많은 물화를 내어놓을 것이다."

거침없는 주몽의 태도에 사내들이 어딘지 기가 꺾인 모습으로 말을 받았다.

"무엇인지 말해보아라."

"나를 너희들의 장군이란 자에게 데려다다오."

잠시 의심 어린 눈길로 저희들의 얼굴을 건너다보던 사내들이 갑자기 달려들더니 주몽과 오이를 오라 짓기 시작했다.

사내들이 주몽을 데려간 곳은 산 속 깊은 곳에 자리한 그들의 산채였다. 오라를 지은 주몽을 앞세운 사내들이 숲을 지나고 고개를 넘고 협곡을 가로질러 당도한 곳이었다.

소문과는 달리 단칸 초옥이 두어 채 서 있을 뿐인 단출한 산채였다. 초옥의 사립짝이 열리며 세 사내가 주몽과 오이 앞으로 다가왔다. 한 사내는 삼베옷을 입었고, 다른 한 사내는 검은 납의를, 또 다른 사내는 무늬가 놓인 옷을 입고 있었다. 세상의 소문이 전하는 바에 따르면 이들이 곧 모둔곡의 세 의인, 모둔곡의 세 협자俠耆로 이름난 바로 그자들이었다.

원래 이들 세 사내는 모둔곡의 평범한 농투성이의 자식이었는데 용력이 뛰어나고 성품이 호협하여 사람들 사이에 이름이 높았다. 어려서부터 천성이 활달하여 황구黃口를 갓 벗어난 나이에 농사일을 버리고 유협의 길에 나섰다. 그때 저자의 뒷골목에서 만난 세 사내는 배포가 맞고 뜻이 맞아 곧 피를 나눈 형제들 못지않은 사이가 되었다. 이들은 비록 뒷골목의 인물이었으나 사내들의 의를 중하게 여기고 대의를 위해서는 목숨마저 감연히 버리겠다는 결의를 보였다.

그들 세 사내가 특히 원수처럼 여기고 미워한 것이 동이 땅을 힘으로 타고 앉은 한나라였다. 그런 차에 서너 해 전 모둔곡의 새 곡장谷長이란 자가 현토성의 양정에게 스스로 내속하여 부용하기를 자청하자 큰 분노를 느꼈다. 끓어오르는 의분을 참지 못한 그들은 작정 끝에 관아로 돌입하여 동헌의 서까래를 반쯤 주저앉힌 뒤 산으로 탈신도주하였다.

그 일로 모둔곡의 세 의인이란 이름을 얻은 이들은 산채를 연 뒤 가깝고 먼 고을의 탐욕스러운 부자와 권세 있는 자들을 들이쳐 응징하고, 가난하고 힘없는 자들을 돕기 시작했다. 하지만 이들의 이름을 좇아 따르는 자가 하나 둘 늘어나자 산길을 오가는 부자들을 덮쳐 지닌 재물을 빼앗는 일도 서슴지 않기에 이르렀다. 협자를 자처하지만 꼬락서니는 하릴없는 초적인지라 이즈음 들어 이들 스스로 한심해지는 심사를 가눌 길이 없던 차였다.

"우리를 보자 한 까닭이 무엇이냐?"

삼베옷의 사내가 무뚝뚝한 소리로 물어왔다. 말없이 눈앞의 세 사내를 건너보던 주몽이 문득 호탕한 웃음을 터뜨렸다.

"하하하……. 세상 소문이 모둔곡에 배를 통째로 삼킬 만큼 큰 물고기[탄주지어呑舟之魚]가 산다고 하기에 불원천리 달려왔더니, 큰 물고기는커녕 나그네한테 화적질이나 하는 피라미 새끼들이었구먼. 하하하……."

주몽의 말에 세 사내의 얼굴이 불에 달군 숯덩이처럼 붉어졌다. 검은 옷의 사내가 분기충천하여 소리쳤다.

"이런 단매에 쳐 죽일 놈 같으니라구. 터진 입이라고 함부로 놀리다간 명줄을 끊어놓을 테다, 이놈!"

듣고 있던 오이가 금방이라도 주먹을 휘두르며 덤벼들듯 고함을 질렀다.

"말조심하지 못할까, 이놈! 이분이 누군지나 알고 함부로 입을 놀리는 것이냐!"

곁에서 조용히 지켜보던 무늬옷의 사내가 나섰다.

"웬 자인데 우리를 만나자는 것이냐?"

주몽이 말했다.

"나는 다물군의 대장인 주몽이다. 내 미련한 산짐승처럼 산 속에 숨어 나뭇잎 사이로 하늘을 엿보는 네놈들에게 새로운 하늘을 보여주려고 찾아왔다."

"다물군 대장?"

"그렇다면 부여의 왕자 주몽이란 말이냐?"

들은 말이 있는지 세 사내가 저마다 놀라는 소리를 냈다.

"어떠냐? 나와 함께 세상에 나가 큰 뜻을 펼쳐보지 않겠는가?"

사내들이 의심스러운 눈길로 주몽을 건너다보았다. 삼베옷의 사내가 피식 헛웃음을 터뜨리며 이기죽거렸다.

"일없다. 네놈이 정말 주몽 그자인지 알 바도 없거니와, 설혹 그렇다 한들 우리와 무슨 상관이냐? 우린 천성이 제 팔 제가 흔들며 살아온 자들이라 남의 밑에 들어가 살 마음은 추호도 없다. 그러니 쓸데없는 말일랑 말거라. 당장 산을 내려가지 않으면 이곳에 네놈 무덤을 만들어줄 테다."

"여기서 평생 화적질이나 하다 끝을 보겠다는 말이냐? 산 속에 오래 있다 보니 귓구멍까지 막힌 모양이구나. 지금 세상은 동이 땅을 침범한 한을 물리치려는 다물의 기운으로 들끓고 있다. 명색 사내가 되어서 거룩한 대의를 위해 목숨을 버릴 생각을 하지 못한단 말인가."

주몽의 말에 사내들의 표정이 흔들렸다. 잠시 생각하는 눈빛이던 삼베옷의 사내가 다시 호기롭게 말했다.

"여우굴 속으로 범이 들어갈 수 있겠느냐? 그대가 정녕 다물군의 대장이고 소문처럼 하늘이 낸 영웅이라면 우리들과 무예를 겨뤄 이긴 다음 데려가보거라."

주몽이 난감한 표정으로 그런 사내를 건너다보았다. 삼베옷의 사내가 말했다.

"하하하……. 왜 무예를 겨루자니까 갑자기 뒤가 마려워지느냐? 하하하……."

주몽이 말했다.

"나의 검은 한의 원수를 베기 위한 것이지 동족을 베기 위한 것이 아니다. 하지만 너희들의 생각이 그렇다면 좋을 대로 하거라. 무엇을 어떻게 겨루겠느냐?"

삼베옷의 사내가 환도 두 자루를 들고 앞으로 나섰다. 잔풀이 깔린 너른 마당 위에 두 사내가 마주 섰다. 처음부터 자신만만한 삼베옷의 사내였다. 칼을 나눠잡은 사내가 숨 돌릴 틈도 두지 않고 주몽을 덮쳐 갔다. 주몽이 서둘러 몸을 피하지 않았으면 그 즉시 어육이 날 판이었 다. 사내의 공격을 가벼운 보법으로 피한 주몽이 환도를 내밀며 맞섰 다. 곧 적요하던 산중이 맹렬한 검투의 열기로 가득 차기 시작했다.

참으로 놀라운 것이 삼베옷 사내의 검 쓰는 솜씨였다. 사내가 손을 내밀어 칼을 휘두르기 시작하자 하얀 검신에서 눈부신 검광이 쏟아져 나오더니 이내 하늘을 뒤덮기 시작했다. 주몽의 모습이 그 검광 속에 잠겨 사라졌다 나타나기를 거듭했다.

하지만 더욱 놀라운 것은 주몽의 보법이었다. 사내의 쉴 새 없는 강 맹한 공격에도 불구하고 주몽은 드높이 날아 화살을 피하는 고고한 백학처럼 사내의 공격을 여유 있게 받아내고 있었다.

순식간에 수십여 합의 검투가 두 사람 사이에 펼쳐졌다. 천칭 저울 에 나란히 올려놓은 두 개의 물건처럼 팽팽한 긴장을 보이던 두 사람 의 대결이 시간이 흐르면서 조금씩 세의 우열을 드러내기 시작했다. 그것은 두 사람의 모습과 태도에서 뚜렷이 드러났다. 언제부턴가 삼 베옷 사내의 얼굴이 온통 굵은 땀방울로 뒤덮인 가운데 거친 숨소리 가 풀무질을 하듯 연신 주변을 울렸다. 하지만 사내의 공격을 받아내 는 주몽의 몸놀림은 바람 위를 떠 흐르는 깃털처럼 경쾌했고 숨결 또 한 잔잔했다.

전력을 다한 공격이 무위로 돌아가기를 거듭하자 삼베옷 사내의 표 정이 점차 난감한 빛을 띠기 시작했다. 다급한 마음에 섣부르게 내미 는 공격은 이미 처음의 예기와 힘을 잃고 있었다.

쨍!

한 차례 날카로운 금속성이 허공을 가르며 울려 퍼졌다. 그와 함께 사내의 다급한 비명이 터졌다.

"헉!"

무언가에 이끌리듯 서너 걸음 황급히 뒤로 물러나던 사내가 가까스로 몸을 가누었다. 하지만 어느새 눈앞에 다가와 있는 상대의 칼끝을 보고는 핏기가 가신 얼굴이 되었다. 사내의 허망한 눈길이 주몽의 환도에 튕겨져 저만치 바닥에 떨어져 있는 자신의 칼을 향했다.

주몽의 조용한 눈길이 사내를 건너다보았다. 삼베옷의 사내는 그 조용한 눈길에서 태산 같은 위압감을 느끼며 절로 눈을 내려떴다.

"……내가, 졌소!"

내심 조마조마한 마음으로 대결을 지켜보던 오이가 그예 참지 못하고 히힛, 웃음소리를 냈다.

환도를 거둔 주몽이 몸을 돌려 검은 옷을 입은 사내를 향해 다가갔다.

"그대는 무엇으로 나와 겨루겠는가?"

검은 옷의 사내와 주몽이 나란히 산채 바른편의 커다란 가문비나무를 향해 섰다. 두 사람의 손에는 각기 단궁이 들려 있었다. 대여섯 길은 넘어 보이는 가문비나무 위에 때까치들이 오디 열매 열리듯 가맣게 매달려 방정을 떨어대고 있었다.

두 사람을 지켜보던 무늬옷의 사내가 나무를 향해 서너 개의 돌멩이를 연속으로 날렸다.

후두둑!

돌멩이에 놀란 때까치들이 한꺼번에 날갯짓을 하며 공중으로 날아올랐다. 요란한 새의 날갯짓 소리가 하늘을 뒤덮었다. 그때였다.

핑. 핑…….

주몽과 검은 옷 사내의 손에 들린 단궁에서 화살이 허공을 가르며 날았다. 공중을 날아오르던 때까치들이 툭툭 소리를 내며 땅으로 떨어져 내렸다. 두 사내가 연속으로 쏘아올린 화살들이 한 치 어김없이 공중의 새들을 맞혀 떨어뜨리고 있었다. 광경을 지켜보던 오이와 사내들이 절로 탄성을 토했다.

오래지 않아 잔풀이 깔린 바닥이 떨어진 때까치의 몸뚱어리로 어지러웠다.

난감한 일은 그 다음에 벌어졌다. 바닥의 때까치를 둘러보던 오이가 투덜거렸다.

"젠장! 이보슈, 어느 놈이 누구 화살에 맞아 죽었는지 알 수가 없는데 어떻게 판정을 내리란 말이유?"

검은 옷의 사내가 그제야 대결을 제의한 자신의 실수를 깨달은 듯 난감한 표정을 지었다. 그때 주몽이 빙그레 웃음을 띤 얼굴로 말했다.

"어려워할 것 없다. 내가 쏜 화살은 날짐승의 왼쪽 눈에 박혀 있을 터이니 가려서 살피거라."

검은 옷의 사내가 아연실색한 얼굴이 되어 주몽을 바라보았다. 사내들이 앞을 다투어 때까치의 주검들에게로 달려갔다. 살펴보니 과연 절반이 넘는 새들의 한쪽 눈에 단궁의 화살이 박혀 있었다.

주몽이 믿기지 않는다는 표정을 짓고 있는 무늬옷의 사내를 향해 다가섰다.

"자, 자네는 이제 무엇으로 나와 겨뤄볼 참인가?"

말없이 주몽을 건너다보던 사내가 말했다.

"소인은 겨루지 않겠습니다. 저들을 상대하시는 대장님의 위의는 감히 제가 범접할 바가 아닙니다."

무늬옷의 사내가 주몽 앞에 조용히 무릎을 꿇었다.

"송구합니다, 대장님. 보잘것없는 재주로 대장님을 시험하려 한 저희들의 무례를 용서하여 주십시오."

삼베옷의 사내와 검은 옷의 사내가 뒤를 따라 무릎을 꿇었다. 주몽이 말했다.

"나는 그대들을 강박하러 이곳에 온 것이 아니다. 다물의 대의를 들어 그대들의 동참을 권하러 온 것이다. 용이 바람과 구름을 얻어 기회를 얻듯[풍운지회風雲之會] 그대들과 내가 만나 다물의 대망을 이룰 좋은 기회로 삼기를 원할 따름이네."

"저희들은 삼가 대장님의 뜻에 따르겠습니다. 저는 재사再思라고 합니다."

삼베옷의 사내가 말했다.

"소인은 무골武骨이라 합니다."

검은 옷의 사내가 말했다.

"소인은 묵거默居라 합니다."

무늬옷의 사내가 말했다.

주몽이 다가가 그들의 손을 잡아 일으켰다.

"지금 이 시각에도 동이 백성들의 가슴에선 한 서린 눈물이 흘러내리고 있다네. 이곳에서 한가로이 있을 시간이 없네. 어서 일어서 나와 함께 본계산으로 가세."

"무엇이! 현토로 보내는 폐물이 다물군에게 탈취당했다고?"

"그렇습니다, 전하. 명적산을 넘던 중 다물군의 습격을 받아 호송 군사들은 대부분 죽거나 상하고 물화는 저들 손에 빼앗겼다고 합니다."

"이런 죽일 놈! 주몽 이놈이 감히……."

대소가 탁자를 두 손으로 소리 나게 치며 자리에서 일어섰다. 양정의 생일을 맞아 자신이 직접 물목을 가려 마련한 선물이었다. 부여뿐 아니라 천하 각처로 사람을 보내 물화를 모으는 데만도 적지 않은 시간이 걸렸다. 그런 물건을 노략질해가다니. 천하에 대부여의 왕실이 보내는 폐물을 훔쳐가는 도적이란 전에도 없었고 앞으로도 다시없을 일이었다. 야만적인 말갈과 흉노족도 감히 행한 적이 없었던 일을, 이 찢어 죽여도 시원치 않을 놈이…….

대소는 끓어오르는 분을 가누지 못해 온몸을 떨었다. 부여와 다물군, 자신과 주몽의 얼크러진 사연을 모를 리 없는 양정이 이 일을 두고 자신을 얼마나 한심하게 여길 것인가.

하지만 정작 더욱 놀라운 소식은 그로부터 며칠 후에 전해졌다. 한의 장안으로 보냈던 공물이 다물군의 습격을 받아 또다시 탈취당하고, 예궐을 위해 딸려 보낸 사신마저 간신히 목숨을 부지하여 부여로 도망쳐왔다는 소식이었다. 일 년에 두 번, 봄과 가을에 한의 황실에 보내는 부여의 조공물이었다. 부여가 나라 안에서 생산되는 오곡과 명마, 적옥赤玉, 담비와 원숭이 가죽, 구슬[미주美珠] 따위를 공물로 보내면 한의 황제는 이에 대한 답례[세폐歲幣]로 소금과 철제품, 무기류[병위재물兵威財物]와 위세품[인수印綬]을 보내왔다. 이는 속屬을 청한 나라의 조세라기보다는 부여와 한 사이에 이루어진 일종의 공개적인 공무역이었다. 그런데 그런 조공물을 주몽의 다물군이 다시 약탈해 가버린 것이었다. 부여로서는 나라의 경제를 근심케 하는 심각한 일이 아닐 수 없었다.

"전하! 더 이상 다물군의 만행을 두고 보아서는 아니 될 것입니다. 저들이 한과 부여의 우호관계마저 위협하기에 이른즉, 이제는 어떤 희생을 치르더라도 반드시 저들을 토벌하여 나라의 우환을 제거하여야 할 것입니다. 우리 부여가 보잘것없는 무리에게 번번이 이러한 수모를 당한다면 부여는 장차 동이 땅 모든 나라의 웃음을 사고 말 것입니다."

"그렇습니다, 전하. 저들이 스스로 군대임을 내세우고 있으나 실은 사방의 오합지졸로 이루어진 한 줌도 안 되는 비적의 무리일 뿐입니다. 전날 우리 부여군이 저들을 토벌하는 데 실패한 것은 지형지물에 밝지 못하였고 저들을 가벼이 본 까닭입니다. 시간을 두고 준비한다면 반드시 다물군을 쳐 그 근거와 뿌리를 없앨 수 있을 것입니다."

다물군을 토벌하자는 주청이 조정대신들로부터 쏟아졌다. 이는 또한 대소의 간절한 뜻이기도 했다. 곧 부여의 모든 관서와 부대에 다물군을 토벌하라는 대대적인 훈령이 내려졌다.

그로부터 얼마 후, 뜻밖에도 현토군 태수 양정이 부여를 찾았다. 예기치 않은 일이었으나 또한 짐작하지 못할 바도 아니었다. 양정의 현토군 또한 황룡국과 구다국 등지에서 보내오는 조공물이 다물군에게 번번이 탈취당하고 있다는 소식을 들은 터였다.

"장안의 황궁으로 보낸 조공물을 다물군에게 빼앗겼다는 소식을 들었소. 부여같이 큰 나라가 어찌 그런 수치를 당하였으랴 싶어 내 그 말을 종내 믿지 않으려 하였소. 그런데 이제 부여에 와 들으니 근거 없는 소문은 아닌 듯하여 다만 놀라울 따름이오.”

양정이 불원천리 부여로 달려온 것을 보면 다물군이 현토군에게도 얼마나 큰 근심이 되고 있는지 미루어 짐작이 가는 일이었다. 하나 양정은 은근히 그 근심과 수치를 부여에게 미뤄 다물군의 토벌 또한 부여에게 짐 지우려 하고 있었다. 대소가 고개 숙여 사죄한 뒤 말했다.

“다물군은 우리 부여의 지체에 생긴 종창이자 부스럼이니 이를 없앨 책임 또한 우리에게 있습니다. 태수님께서는 너무 심려치 마십시오. 이 대소가 반드시 놈들을 쳐 이 땅에서 저들의 근거를 없애고야 말 것입니다.”

“허허허, 전하의 말씀을 들으니 든든하기 그지없구려. 하지만 일전에 이미 두 차례의 토벌에서 실패를 거두었다는 소리를 들은바, 다물인지 나물인지 하는 군대가 그리 만만한 세는 아닌 줄 아오. 부여군이 과연 놈들을 쳐서 없앨 수가 있겠소?”

“걱정 마십시오, 태수님. 우리 부여는 놈들의 토벌에 만전을 기하고 있습니다. 이 대소가 토벌대의 선봉에 서서 반드시 다물군을 말끔히 쓸어버리겠습니다.”

“대소 전하의 기백과 용병술이라면 그리 어려운 일은 아닐 듯싶소. 따지고 보면 저들 군사란 것이 근본도 뿌리도 없는 오합지졸이 아니오. 우리 현토성에서도 전하를 도와 철기군의 일대를 보내겠소.”

“고맙습니다.”

“헌데 지금 저들이란 것이 죽을 것을 알면서도 불에 뛰어드는 불나방같이 무모하기 그지없어서 자칫 뜻밖의 화를 당할 수도 있을 것이오. 해서 내가 저들을 토벌할 좋은 계책을 하나 가지고 왔소. 부여나 현토군의 군사들은 터럭 한 올 다치지 않으면서 적을 섬멸할 계책이니, 전하께서도 귀를 기울여보심이 좋을 듯하오만.”

양정의 말에 대소가 솔깃한 표정으로 물었다.

“그래요? 그 계책이 무엇인지 말씀해 주십시오.”

“전쟁이란 원래 적의 강한 곳을 피하고 약한 곳을 쳐야 손쉽게 승리를 차지할 수 있는 것이오. 다물군이 주변의 지형지물을 이용하고 천혜의 험준한 요새에 몸을 숨기고 있는 것은 적의 강한 곳이오. 전날 부여군이 저들의 토벌에 실패한 것도 바로 저들의 강한 곳을 공격하려 했기 때문이오.”

“그렇다면 적의 약한 곳은 어디입니까?”

◆ ◆ ◆

그로부터 달포가량이 지난 어느 날, 다물군의 진영으로 한 가지 소식이 날아들었다. 부여군이 옛 조선의 유민을 압송해 장안으로 가고 있다는 것이었다. 부여 땅에 있는 유민을 색출하여 한으로 보내라는 것은 임둔과 진번을 공격한 뒤로 한이 한결같이 요구하는 바였다. 지난번 주몽이 유민을 데리고 부여를 떠난 일로 큰 낭패를 보았던 부여가 마침내 유민들을 다시 한으로 보내는 것이었다.

“사흘 전 행렬이 비봉산을 넘었는데, 끌려가는 유민의 수가 무려 3백에 이른다고 합니다. 압송하는 군사들 또한 수백이라고 합니다.”

척후를 담당한 부대의 장수가 고한 말이었다. 그 즉시 유민을 구출하기 위한 작전이 마련되고 부대가 조직되었다. 구출에 나설 부대의 군사는 특별히 저들이 향하고 있는 지역의 지리에 밝은 자들과 작전에 자원한 자들이었다.

군사들의 환성 속에 다물군이 막 영채를 출발하려던 즈음이었다. 상기된 낯빛의 여미을이 영채 마당에 나타나 주몽에게 만남을 청했다. 전에 없이 당황한 태도였다.

"산에 올라 기도 중이시라 들었습니다."

벌써 한 달 가까이 산 속의 토굴에 자리 잡은 채 기도를 하던 여미을이었다. 마주 앉은 장수의 막사 안에서 여미을이 말했다.

"대장님, 출진을 그만두십시오."

"출진을 그만두라니, 그 무슨 말씀이십니까, 여미을님?"

"기도 도중 마음이 어지러워 결계를 푼 뒤 천하의 정세를 살폈습니다. 그러던 차 부여에 심어놓은 간자間者로부터 일전에 양정이 부여를 다녀갔다는 소식을 전해 들었습니다."

주몽이 의아한 낯빛이 되어 물었다.

"양정이 부여를 다녀간 일과 유민을 구출하기 위해 출진하는 일이 무슨 연관이라도 있습니까?"

여미을의 눈빛이 아득히 먼 곳을 더듬는 듯 아련해졌다.

"언젠가 오래전에 지금과 똑같은 일이 일어난 적 있지요. 부여 도성 밖 금성산의 영채에서 해모수 장군이 이끄는 다물군이 한의 공략을 준비하던 때였지요. 어느 날, 다물군의 진막 안으로 옛 조선의 유민들이 한의 군사들에게 사로잡혀 한으로 압송되고 있다는 소식이 날아들었지요. 다물군이 한을 공략하기 위해 진공하려 할 바로 그때였지요."

"……"

"해모수 장군은 주위의 만류에도 불구하고 유민 구출에 나섰습니다. 하지만 그것은 한과 부여의 계략이었습니다. 유민을 구하려던 다물군은 적의 함정에 빠져 군사를 모두 잃고, 해모수 장군 자신은 한군의 포로가 되고 말았지요."

"……."

"그 계교를 꾸민 것이 바로 이 몸이고, 그 계교를 행한 것이 양정이었습니다."

"오……!"

주몽이 놀라는 소리를 냈다.

"결국 그 일로 인해 지도자를 잃은 다물군이 해체되고, 대륙으로의 진공을 준비하던 다물의 꿈도 스러지고 말았지요."

"그렇다면 이번 일도?"

"그렇습니다. 이는 필시 대장님을 잡기 위해 양정이 놓은 덫이 분명합니다. 저들이 파놓은 함정에 든다면 또다시 대업을 그르칠 수 있습니다. 출진을 포기하십시오, 대장님."

잠시 생각에 잠겼던 주몽이 고개를 저었다.

"그렇다 하나 여미을님, 저는 가겠습니다."

"대장님!"

"만에 하나 이것이 저들의 함정이 아니라고 한다면 가여운 조선의 유민을 적의 땅으로 보내는 천추의 한을 남기게 될 것입니다. 이는 어떤 경우에도 있어서는 안 될 일입니다. 한으로 끌려가 모진 고초를 겪다 죽을 것이 분명한 저들을 외면한 채 조선의 부흥과 동이 백성의 해방을 외칠 수는 없는 일입니다."

"하지만 일이 잘못될 경우엔 다물의 꿈이 또다시 허무하게 스러질 수 있습니다. 대장님께서는 부디 슬기롭게 판단하시길 바랍니다."

"여미을님의 말씀 깊이 유념하겠습니다."

주몽이 여미을에게 사의한 뒤 조용히 진채를 나섰다.

◆ ◆ ◆

다물군의 척후가 장안으로 향하는 부여군의 종적을 따라잡은 것은 다물군이 본계산 영채를 떠난 지 사흘 만의 일이었다. 과연 3백여의 유민과 이를 압송하는 2백여의 부여군이 한의 장안을 향해 나아가고 있었다.

"조선의 유민과 그들을 압송하는 부여군이 분명하더냐?"

"그렇습니다, 대장님. 행군을 하고 숙영을 하는 것이 영락없는 유민과 호송군의 모습입니다. 유민의 복색 또한 부여에 살던 유민의 것이 분명합니다."

그러나 주몽은 부여군을 공격하는 대신 척후에게 저들의 동정을 다시 한번 면밀히 관찰할 것을 명했다. 이틀 후에 날아든 척후병의 보고는 놀라운 것이었다.

"저들이 유민과 이를 호송하는 병사들이 분명하나 석연찮은 점이 한두 가지가 아닙니다. 무언가를 기다리는 듯 지나치게 느린 행군하며, 유민과 호송 병사들이 나누는 행투가 어딘지 수상합니다. 유민들의 복색 또한 그 아래 갑주를 갖춰 입은 듯 부자연스러워 보입니다."

"으음……."

뒤이어 유민의 후미를 살피려고 보낸 정탐대의 보고는 짐작한 바였지만 또한 놀라웠다.

"중무장한 한의 철기대가 은밀히 부여의 호송부대를 따르고 있습니다. 부여군이 도성을 떠날 때부터 뒤를 따른 듯합니다. 두 부대 사이에 연락병을 놓아 상황을 수시로 주고받고 있습니다."

척후병의 보고에 마리가 짐작한 일이라는 듯 고개를 끄덕였다.

"대장님! 여미을님의 말씀이 과연 틀림없습니다. 부여와 현토성이 모의하여 우리 다물군을 함정에 빠뜨리려 계략을 꾸민 것입니다."

"하, 요런 놈들 보게. 감히 그런 얕은꾀로 우리를 꼬이려고 해. 대장님! 요 쥐새끼 같은 놈들을 어떻게 혼을 내줄까요?"

유민의 구출을 누구보다 큰 목소리로 촉구해온 협보가 분통이 터진다는 표정으로 목소리를 높였다. 한나라 철기대의 강맹함을 알고 있는 오이가 염려스러운 듯 말했다.

"대장님! 저들이 유민이 아닌 바에야 한의 철기대를 건드려 공연히 힘겨운 싸움을 벌일 필요가 있겠습니까. 그만 군사를 거두어 돌아가시지요."

주몽이 고개를 저었다.

"적들의 계략이 밝혀진 이상 기회는 우리에게 있다. 상대의 손에 쥐어진 패를 이미 보아버린 터에 판을 접을 수야 없는 일 아닌가."

주몽이 마리에게 다물군의 일대를 주어 유민의 행렬에 접근하게 했다. 그리고 공격의 기미를 보여 철기대를 유인토록 했다.

이튿날 정오 무렵, 마침내 다물군의 공격이 시작되었다. 중화참을 대기 위해 협곡의 자갈밭에서 걸음을 쉬고 있던 부여군이 창검을 찾아들고 응전했다. 이와 함께 지금껏 유민으로 위장한 부여병이 초라한 유민의 복장을 벗어던지고 응전에 나선 것은 이미 짐작한 바였다. 그리고 마갑을 씌운 기마를 탄 한의 철기대가 때마침 나타나 다물군을 공격하기 시작한 것도 또한 마찬가지였다. 하지만 잠시 뒤 우렁찬 함성과 함께 나타난 다물군이 사방에서 부여군과 철기대를 공격하기 시작한 것은 적어도 적들로서는 전혀 짐작하지 못한 일이었다.

"와!"

"적들을 한 놈도 남기지 말고 베어라!"

의기양양하게 다물군을 들이치던 부여군과 철기대가 도리어 난데없는 다물군의 공격에 기함을 한 듯 놀라 소리치기 시작했다.

"다물군이다!"

"적의 함정이다!"

모팔모가 만든 강철검으로 무장한 다물군에게 양정의 철기대는 더이상 불패의 군대가 아니었다. 뜻밖의 공격을 받은 부여군과 철기대는 제대로 응전할 태세조차 갖추지 못한 채 중심을 잃고 우왕좌왕하기 시작했다. 비슷한 세력을 가진 군대 간의 싸움이 자주 기선을 제압하는 쪽의 승리로 귀결되어지는 양상이 이번에도 그대로 반복되고 있었다.

피아가 어울려 창과 칼을 맞부딪는 난전의 양상도 잠시, 용기를 내어 다물군을 대적하던 일부 철기군마저 파도처럼 밀려드는 다물군의 세찬 공격에 허물어지면서 양편의 싸움은 이미 승패가 판가름 난 형세였다. 그리하여 이제 남은 것은 창검을 거꾸로 잡고 두서없이 달아나는 자와 이를 쫓아 도륙하는 자와의 처절한 한 판 살육극뿐이었다.

"으악!"

"컥!"

좁은 협곡이 부여군과 철기대가 토해내는 처절한 단말마로 가득했다. 목숨을 부지하려 오로지 앞만 보고 달아나는 병사들의 등 뒤로 다물군의 모진 창검이 어김없이 날아가 꽂혔다. 공격을 시작한 뒤 뜨거운 차 한 잔 비울 시간이 채 되기도 전에 협곡 안은 자갈보다 쓰러져 누운 병사들의 시신이 더 즐비한 참상이 펼쳐졌다.

"와!"

천우신조를 입어 산목숨으로 협곡을 벗어난 자가 얼마인지 알 수 없는 노릇이었다. 하지만 처음 협곡에 들어선 부여군과 철기대의 열에 하나도 되지 않을 것이 분명했다. 철기대를 이끌던 양정의 장수와 부여군의 장수도 누군지 모를 칼에 목이 베인 채 죽어 넘어진 몸이 되었다. 다물군의 완벽한 승리였다.

"다물군 만세!"

"주몽 대장님 만세!"

3백여 다물군이 한 목소리로 쏟아내는 함성이 골짜기를 울렸다.

일무광의 변괴

"무엇이! 부여군이 궤멸하고 현토의 철기대마저 무너졌다고?"

"그렇습니다, 전하. 군사를 이끌고 나선 장수와 철기대장도 저들 손에 목숨을 잃었다고 합니다."

유민으로 위장한 부여군이 다물군을 깨뜨리고 주몽을 잡아 돌아온다는 소식을 하루하루 초조한 마음으로 기다리던 대소에게 전해진 것은 뜻밖에도 부여군의 참패 소식이었다. 굴혈 속의 여우를 끌어낼 기가 막힌 계교까지 꾸민 터가 아니던가. 그런 부여군이 오히려 저들에게 참패를 당하다니. 불패의 전과를 자랑하는 한의 철기대까지 뒤를 돕지 않았던가.

"대체 어찌하여, 어찌하여 이런 일이 일어날 수 있단 말이냐? 좀 더 소상하게 전투의 경과에 대해 말해보라."

전장에서 간신히 구명하여 돌아온 군사를 통해 전해 들은 전황은

한 마디로 놀라운 것이었다.

"놈들이 우리의 계략을 꿰뚫고 있었을뿐더러, 오히려 우리 군대를 함정으로 이끌었다고 합니다. 후위에서 공격을 감행한 현토의 철기대마저 구덩이에 빠진 짐승처럼 꼼짝없이 도륙을 당하였다고 합니다."

대소는 호위총관 원종이 고하는 말을 들으며 분노보다 먼저 가슴이 서늘해지는 두려움을 느꼈다. 그것은 전날 주몽의 이해할 수 없는 놀라운 능력을 목도할 때마다 느끼곤 하였던 바로 그 공포감이었다. 주몽이 다물활을 당겨 부러뜨렸을 때, 자신이 갖은 계략을 꾸며 사지에 빠뜨렸어도 번번이 살아 돌아왔을 때, 칼자루조차 제대로 쥐지 못하던 녀석이 뜻밖의 고강한 무술을 펼쳐 보였을 때, 전설 속의 나라 고산국을 찾아가 부여가 겪고 있던 극심한 소금 품귀 사태를 단번에 해결하였을 때……. 그때마다 한결같이 느끼곤 했던 그 낯익은 공포감이었다. 그리고 그것은 곧 주몽을 에우고 도는 해괴하고 신비한 힘, 번번이 그를 위험에서 구해주고 놀라운 능력을 더해주는 하늘의 신비한 도움을 깨달았을 때의 그 아득한 절망감이기도 하였다.

하지만 지금 대소가 느끼는 공포감은 이전과는 그 빛깔이 달랐다. 하늘의 에움과 도움을 받고 있다고는 하나 그때의 주몽은 여전히 유약하고 어리석은 철부지였다. 하지만 지금 혼신을 다한 자신의 분노와 증오를 가볍게 깨뜨리고 부숴버리는 것은 그 자신의 힘으로는 어찌해볼 수 없는 놀라운 힘의 소유자, 거대한 힘의 실체였다. 대소는 다시 한번 가슴이 요란한 굉음을 내며 무너져 내리는 것 같은 절망감을 느꼈다.

그리고 이것은 장차 자신과 부여가 그로 인해 겪게 될 숱한 좌절과 핍박과 고통의 시작일지도 모른다는 생각이 날카로운 예감이 되어 가숨을 쳤다. 이제는 자신의 힘과 능력이 가 닿을 수 없는 곳에 존재하는 주몽……. 어찌해볼 수 없는 거대하고 단단한 벽, 움직일 수도 허물어 뜨릴 수도 없는 거대한 성을 눈앞에 목도한 느낌이었다.

그러자 언제나 그랬던 것처럼 대소의 가슴속에서는 절망감을 용납하지 않는 그 특유의 맹렬한 투지와 분노가 솟구쳐 올랐다.

주몽, 네 이놈…….

네놈을 감싸고 도는 신비한 힘의 실체가 무엇이든, 하늘의 뜻이 어디에 있든, 그것이 나와 부여의 앞날을 가로막는 장애라면 나는 결단코 용서하지 않을 것이다. 그것이 하늘이든, 신명이든……. 설혹 내 힘과 지혜로 닿지 못한다면 악마의 힘을 빌려서라도 결단코 용서치 않을 것이다.

그 순간, 대소의 뇌리에 후원에 거처하는 두 여인이 떠올랐다. 유화와 예소야였다. 그러자 주몽을 향했던 맹렬한 분노가 조금씩 가라앉으며 가슴이 차가운 복수심으로 차오르기 시작했다.

◆ ◆ ◆

"무엇이, 유화 부인과 예소야를 하옥하였다고?"

분노에 찬 금와의 음성이 침전을 울렸다. 소식을 가져온 내관이 금와의 거친 분노에 자라목이 되어 움츠러들었다.

"그렇습니다, 폐하. 부군 전하께서 두 분 마마를 하옥하라는 영을 내려 위사들이 그리 행하였다고 합니다. 지금 궐 안의 형옥에 갇혀 계시다고……."

"이런 방자한 놈 같으니! 제 놈이 감히 부인을……. 여봐라!"

"예, 폐하!"

"지금 대소가 어디에 있느냐? 내 당장 놈을 만나야겠다. 어서 나를 대소가 있는 곳으로 안내하여라."

"폐, 폐하……."

내관의 목소리가 두려움과 염려로 떨렸다. 의식을 되찾은 이후 줄곧 궁궐 위사들에 의해 처소에 연금되어온 금와였다. 일체의 바깥출입이 금지되었으며, 외부인의 출입 또한 유화에게만 허락이 되었다.

"무얼 꾸물거리느냐, 이놈! 어서 안내하지 못할까!"

호통을 내린 금와가 자리에서 일어섰다. 내관이 질겁한 표정이 되어 그 앞에 머리를 조아렸다.

"폐하! 아직 신체 미령하시어 바깥출입은 삼가심이……."

금와가 내관을 밀어내며 성큼성큼 문 쪽으로 걸음을 옮겼다. 금와가 문을 나서자 문 밖을 지키고 있던 무장한 무관들이 앞을 막아서며 고개를 조아렸다.

"폐하! 처소를 떠나셔서는 아니 됩니다. 부군 전하의 영이십니다."

"시끄럽다, 이놈들! 나는 이 나라의 군왕이다. 감히 어느 놈이 내 앞을 가로막겠단 말이냐!"

그동안 자신의 처소에 연금당한 채 무기력한 모습으로 하루하루를 지내던 금와가 처음으로 거친 분노를 드러내 보이고 있었다. 위사들이 금와의 기세에 움찔하는 태도를 보였다.

"하오나, 폐하……."

금와가 손을 내밀어 앞을 막아선 위사의 허리에 걸린 환도를 뽑아 들었다. 그리고 칼끝을 내밀어 위사의 목을 겨누었다.

"네 이놈! 짐의 앞길을 막는다면 네놈의 목을 벨 터이다. 썩 물러나

거라!”

금와가 성큼성큼 걸어 침전을 벗어나기 시작했다. 위사들이 난감한 표정을 지으며 그 뒤를 따랐다.

이미 소식을 들은 대소가 대전에서 홀로 금와를 기다리고 있었다. 다가오는 금와를 향해 대소가 일어나 예를 올린 후 옥좌에 오르기를 청했다. 금와의 노성이 먼저 터졌다.

“유화 부인을 형옥에 가두라 명한 것이 너냐!”

“그렇습니다, 아버님!”

“네 이놈! 짐을 유폐시킨 것도 모자라 유화 부인을 하옥시켰느냐! 그들에게 무슨 죄가 있단 말이냐? 당장 그들을 방면하거라!”

“그리할 수는 없습니다. 유화 부인과 예씨는 나라에 반역한 역적의 가속입니다. 소자는 그에 합당한 처분을 내렸을 따름입니다.”

“어리석은 놈! 무엇이 반역이고 누가 역적이란 말이냐! 그 아이가 부여를 떠난 것은 너의 핍박과 어리석음 때문이다. 그것을 정녕 모른 단 말이냐! 너는 이 나라 부여를 한에게 던져주려 하고 있다. 나라의 장래를 걱정하는 자라면 어느 누가 의분을 느끼지 않을 것이며, 어느 누가 이 나라를 떠나려 하지 않겠느냐?”

금와를 바라보는 대소의 눈길에 은은한 분노가 피어올랐다. 대소가 차가운 음성으로 말했다.

“소자는 이 나라 국왕의 시사를 대리하는 자로, 사직과 백성의 안녕 과 평화를 위해 애쓰고 있습니다. 아버님, 장강의 뒷물이 앞물을 밀어 내듯, 옛 시대는 가고 새로운 시대가 오고 있습니다. 시대가 바뀌고, 이념도 사람도 바뀌고 있습니다. 지난 일에 집착해 새로운 흐름을 거 부하고 낡은 대의만 부르짖는 것은 어리석은 일입니다. 지금 이 시대에 천제의 신국이 무엇이며 신성왕국의 부활이 대체 무엇이란 말입니까? 과거에 대한 어리석은 집착이 사직의 안녕을 위협하고, 백성을 도탄에 빠뜨리고 있습니다. 소자는 우리 부여를 안정시키고 부강하게 만들기 위한 길이라면 한나라가 아니라 원수라 하여도 손을 잡을 것입니다.”

“어리석은 놈! 독립불기獨立不羈는 자주 국가의 기본이다. 자유와 자존을 잃은 나라를 어찌 온전한 나라라 하겠느냐? 그것을 잃은 나라의 백성은 한낱 노예의 무리에 지나지 않는다. 큰 나라에 굴종하고 그 자비를 양식 삼아 살아가는 것이 네가 말하는 안정이고 부강이냐? 나는 진작부터 의심하고 있었다. 네가 금과옥조로 내세우는 사직과 백성의 안녕이란 것이 기실은 권력을 향한 너의 탐욕에서 비롯된 것이 아닌가 하고 말이다. 우리 부여의 유구한 역사를 버리고, 나라의 자존을 버리면서까지 네가 지키고 추구하려는 것이 무엇이냐? 저기 놓여 있는 보좌더냐? 너의 탐욕스러운 권력욕이더냐?”

대소의 얼굴이 붉게 상기되었다. 솟구치는 분노를 참기 어려운 듯 두 눈이 충혈되고 온몸이 가늘게 떨리고 있었다. 대소가 주변에 시립한 호위총관을 향해 소리쳤다.

“무엇을 하고 있느냐! 폐하의 바깥출입이 길어졌다. 어서 폐하를 침소로 모셔라!”

◆ ◆ ◆

그날 이경에 든 늦은 밤, 원후가 금와의 처소를 찾았다. 방문을 청하는 금와의 전갈을 받은 뒤였다.

금와가 의관을 정제한 모습으로 탁자에 앉아 원후를 기다리고 있었다. 낮에 대소와의 다툼을 전해 들은 원후는 조심스레 살피는 눈길로 금와를 바라보았다.

"저를 청하신 까닭이 무엇입니까?"

"왕후를 기다리는 동안 우리가 함께하였던 지난 세월을 돌아보았소."

원후가 흥, 냉소를 띤 얼굴로 말했다.

"폐하의 마음에 제가 존재하지 않는데 지난 세월이 제게 무슨 소용이 있겠습니까."

"미안하오. 이제야 비로소 지난 세월이 왕후와 아이들에게 얼마나 모진 고통의 시간이었는지 깨달았소. 이젠 다 부질없는 생각일 뿐이지만……."

"무슨 말씀이신지 신첩은 알지 못하겠습니다. 제 가슴속에 지난 세월이란 단 한 시도 존재하지 않으니까요. 저에게는 오직 지금 이 시간과 앞으로의 시간만 있을 뿐입니다."

그렇게 말하는 원후의 눈길 속에 분노가 어른거리고 있었다.

"용서하시오, 왕후. 생각하면 짐이 오늘 이런 처지에 이른 것도 모두 짐이 자초한 일이란 생각이 드오. 하여 지금 나에겐 대소에 대한 어떤 원망도, 어떤 서운함도 없소."

"신첩을 보자 하신 이유가 무엇입니까?"

"짐은 이제 부여 국왕의 자리에서 물러나려 하오."

원후가 놀란 눈으로 금와를 올려다보았다.

"그렇다면 대소에게 왕위를 물려주겠단 말씀이십니까?"

"그렇소. 짐은 이미 늙고 병들어 쇠약한 몸. 이 나라 부여를 어거하기엔 힘든 처지가 되었소. 하여 대소에게 부여의 왕좌를 물려주려고 하오.”

“…….”

“대신 왕후에게 한 가지 청이 있소. 유화 부인과 예소야를 방면하여 주몽에게 보내주시오.”

순간, 원후의 두 눈에 분노의 불꽃이 파랗게 피어올랐다. 지독한 배신감을 다스리기 어려운 듯 두 볼이 가볍게 떨리고 있었다.

“…….”

“왕후, 저들에게 죄가 없음은 누구보다 왕후가 잘 알 것이오. 유화 부인은 젊은 시절 지아비를 잃고 평생 한스러운 삶을 살아온 가여운 여인이오. 이제 부인을 아들에게 보내 편안한 만년을 보내게 하여 주시오.”

“……신첩을 청한 까닭이 유화 그년을 살려달라고 애원하시기 위함이었습니까?”

“왕후…….”

“그러니까 저와 거래를 하자 이 말씀이시군요. 유화 그 계집의 목숨과 이 나라 왕의 자리를 놓고 말입니다. 그 계집이 폐하에게 그토록 중한 여인이었습니까? 부여 국왕의 자리와도 맞바꿀 만큼…….”

“왕후, 나는 지금 왕후에게 자비를 청하고 있을 뿐이오.”

“하지만 폐하께서는 지금 사세를 잘못 판단하고 계십니다. 지금 폐하께서 내놓은 패는 그다지 가치가 없는 패이기 때문입니다.”

원후의 목소리가 더욱 차가워지고 더욱 신랄해졌다.

“부여의 왕좌는 더 이상 신이 허락한 자리가 아닙니다. 부여의 권력은 이미 대소의 손아귀에 있습니다. 온 조정과 백성이 대소를 이 나라의 군왕으로 여기고 있는데 허울뿐인 왕좌가 무에 그리 중요하겠습니까?"

"왕후……."

"폐하께서는 지금 자신의 처지를 직시하시기 바랍니다. 지금 부여의 왕좌란 대소가 마음만 먹으면 언제라도 취하여 앉을 수 있는 빈자리일 뿐입니다. 폐하께서 내놓고 말고 할 것이 아니란 말입니다. 아시겠습니까, 폐하!"

금와의 창백한 얼굴 위에 수치와 분노의 빛이 떠올랐다. 원후가 무섭게 쏘아보는 눈길과는 달리 야멸찬 냉소를 입가에 매단 채 말했다.

"호호호……. 유화 그년을 향한 폐하의 지극한 사랑이 감동스러워 눈물이 다 날 지경입니다. 하지만 안타깝게도 폐하의 간절한 소망은 이루어지지 않을 것 같군요. 유화 그년은 결코 감옥에서 나오지 못할 것입니다. 부여의 왕좌가 아니라 하늘나라 옥황상제의 자리를 준다 하여도 말입니다."

원후가 차가운 바람을 일으키며 자리에서 일어섰다.

"저에게 이런 어설픈 거래를 제의하시기 전에 폐하께서는 주몽 그놈이 속히 제 발로 돌아와 목숨을 바치게 해달라고 기원하십시오. 그렇지 않으면 그 계집이 감옥에서 죽어나오는 것을 보시게 될 것입니다."

◆ ◆ ◆

별빛 한 점 비쳐들지 않는 캄캄한 밤이었다. 옥사 밖에 놓인 세 발 달린 둥근 화로는 불이 꺼진 지 오래였다. 이따금 게으른 걸음으로 다가와 옥사 안을 들여다보곤 하던 옥졸도 더 이상 보이지 않았다.

옥사 벽에 등을 기대앉은 유화가 바른편의 검은 어둠을 건너다보았다. 조금 전까지도 이따금 자신을 위로하기 위해 이런저런 말을 붙여오던 예소야는 잠이 든 듯 아무런 기척이 느껴지지 않았다.

감옥에 갇힌 지 벌써 닷새를 넘기고 있었다. 여리디 여린 몸이 겪는 고초가 얼마나 클까. 유화는 예소야가 잠들어 누운 어둠에 시선을 둔 채 나직한 한숨을 내쉬었다.

주몽이 부여 도성을 떠난 후 단 하루도 편안히 잠을 이룬 밤이 없었다. 옥사에 든 후, 무덕을 통해 주몽과 다물군을 치러 갔던 군사가 패잔병의 무리가 되어 돌아왔다는 소식을 들었다. 대소가 자신과 예소야를 감옥에 가둔 것도 그 때문이리라 짐작했다. 자신이 옥사에 있는 한 주몽은 무사한 것이니 자신에 대한 대소의 분노가 다행스럽고 이 밤이 오히려 편하게 느껴지기까지 했다.

이 어두운 옥사에서 남은 목숨을 다한다 하더라도 그리 한스럽거나 슬플 것 같지 않았다. 하지만 저 가여운 아이, 지아비를 떠나보내고 날마다 불안과 두려움으로 밤잠을 잊은 저 아이를 어찌할 것인가. 주몽이 군사를 이끌고 한백 고을로 가 설탁이라는 그곳 군장을 베어 예소야의 원수를 갚았다는 소식을 들었을 때조차 예소야는 기쁜 빛을 띠지 않았다.

그때 잠든 줄 알았던 예소야가 몸을 뒤채는 것이 어둠 속으로 보였다. 나직하게 들려오는 것은 억눌린 신음이었다. 유화가 황급히 무릎걸음으로 다가가 예소야의 어깨에 손을 얹었다. 얇은 모시적삼 아래로 불덩이 같은 열기가 느껴졌다.

"오……. 아가, 정신을 차리거라! 괜찮으냐?"

"어, 어머님……."

"어디가 아픈 게냐?"

예소야가 천천히 몸을 일으켜 앉으며 말했다.

"괜찮습니다, 어머님. 저는 괜찮으니 심려 마십시오. 저보다 어머니
께서……."

유화가 손을 내밀었다. 예소야의 얼굴과 몸이 온통 땀으로 젖어 있
었다. 유화가 옥사의 나무문으로 다가가 소리쳤다.

"옥사정 게 있느냐!"

잠시 뒤 어둠 속에서 발자국 소리가 들리더니 허리에 칼을 찬 옥졸
이 다가왔다.

"무슨 일이십니까, 마마!"

"당장 옥리에게 고하여 의원을 불러오너라. 당장!"

"알겠습니다, 마마."

옥사 밖에 놓인 둥근 쇠접시 모양의 커다란 화로에 불이 붙여지고
잠시 후 태의가 달려왔다.

"마마, 어인 일이십니까?"

"왕자비가 환우에 든 것 같소. 어서 진후하여 보시오."

예소야를 진맥한 태의가 나직이 한숨을 내쉬었다. 유화가 염려스러
운 눈빛으로 물었다.

"어떻소?"

"마마께선 감환이 드신 듯합니다. 곧 탕제를 올리겠습니다."

"……."

"그리고 마마……."

태의가 감춘 말이 있는 듯한 표정으로 유화를 바라보았다.

"왜 그러시오? 말해보시오."

"왕자비 마마께서 아마도 회임을 하신 듯합니다."

옥사의 희미한 어둠 속으로 유화의 놀란 음성이 울려 퍼졌다.

"회임이라 하였소? 예소야가 회임을?"

◆ ◆ ◆

주몽이 이끄는 다물군에 대한 소문이 동이 땅 방방곡곡으로 퍼져나
갔다. 주몽이 부여군과 현토의 철기군을 상대로 거둔 통쾌한 승리는
다소 과장되고 윤색되어 사람들의 입에서 입으로 전해졌다. 소문 속
에서 주몽은 하늘이 내린 신장神將이었으며 다물군은 불패의 군대였
다. 그리고 그런 그들을 쇠줄처럼 단단하게 묶고 있는 것은 거룩한 다
물의 정신이었다.

옛 조선의 유민들이 끊임없이 다물군의 본거지인 본계산으로 모여
들었다. 조선의 부흥을 열망해온 동이의 젊은이들이 자신들의 나라를
버리고 다물군이 되기 위해 몰려왔다.

군대의 규모가 커지자 주몽은 또다시 군의 조직을 재편했다. 그리
고 수하 장수들을 재주와 능력에 따라 적절한 자리에 세웠다. 전략과
전술을 담당할 우군사右軍師에 마리, 좌군사左軍師에 재사, 병마를 담당
할 천관사자天官使者에 협보, 군율을 맡아 다스릴 추관사자秋官使者에
오이가 보임을 받았다. 그리고 본계산 영채의 수비를 맡을 지관사자地
官使者에 무골, 재정을 담당할 동관사자東官使者에 묵거가 각각 임명되
었다. 다물군의 훈련을 맡아 행할 훈련대장은 계루에서 불려온 무송
이 맡았다.

새로이 군제를 편성한 다물군은 창천곡蒼川谷의 중산中山을 공격하여 점령했다.

중산을 공격하기 전 주몽은 계루에서 철기방을 열고 있는 모팔모로부터 한 통의 서찰을 받았다. 서찰에서 모팔모는 제철의 원료가 되는 철광석의 부족을 호소했다. 소서노의 도움으로 대규모 생산 시설을 갖추었지만 철광석이 부족하여 강철검 생산이 여의치 않다는 것이었다. 이에 주몽은 망설이지 않고 창천곡 중산으로의 진격을 명했다. 중산은 동이에서 가장 이름난 철광석 산지로, 중산에서 생산되는 자철석은 철의 함량이 매우 높아 동이 전역을 통틀어도 다시 찾기 어려운 양질의 철광석이었다.

중산 공략은 단 하루 만에 마무리되었다. 중산은 부여와 현토성에 제철 원료를 공급해온 까닭에 적지 않은 수의 부여국 군대가 주둔해 있었지만 다물군의 공격에 변변한 싸움 한번 해보지 못한 채 쫓겨났다. 주몽은 겁을 먹은 중산의 백성들을 좋은 말로 안돈시킨 뒤 합당한 값을 치르고 철광석을 사가겠다고 약속했다.

그로부터 중산에서 생산된 양질의 철광석이 계루에 공급되었다.

다물군이 중산을 점령했다는 소식이 전해진 부여는 경악에 빠졌다. 부여에서 생산되는 철기의 상당 부분이 그 원료를 중산에 의지해온 터였기 때문이었다.

곧 대군을 보내 다물군을 내쫓고 중산을 점령해야 한다는 주장이 조정에서 나왔다.

"전하! 중산으로부터 제철 원료의 공급이 끊어지면 무기의 생산은 고사하고 호미와 쟁기 같은 농기구마저 만들 수 없어, 장차 부여의 백성들이 손으로 땅을 갈고 돌로 곡식을 베는 지경에 이를지도 모릅니다. 무슨 일이 있더라도 중산의 철광산을 되찾아야 합니다."

"그렇습니다, 전하! 다물군이 중산을 공격하여 점령한 데는 달리 까닭이 있을 것입니다. 중산에서 나는 철광석으로 다물군의 철제 무기를 만들려는 것이 분명합니다. 저들이 만드는 무기는 곧 부여를 겨누는 무기가 될 터이니, 이는 장차 우리 부여의 존립에 큰 위협이 될 것입니다. 지금 곧 군대를 일으켜 중산을 공격하라 명하십시오."

대소는 곧 병관부령 정목을 상장군에 세우고 보기步機 5천을 주어 중산을 공격하게 하였다. 하지만 결과는 어이없는 참패였다. 창천곡의 벌판에서 벌인 대전에서 부여군은 다물군 1천여에게 처참한 패배를 당하였다. 부여군의 패배보다 더욱 놀라운 것이 패잔병을 이끌고 뚝비 맞은 강아지 꼴이 되어 돌아온 정목이 고하는 말이었다.

"전하, 저들은 보졸 하나까지 모두 강철검으로 무장하고 있었습니다. 우리 부여군이 군마의 수에서는 앞섰지만 저들의 강철검을 당해 낼 수 없었습니다. 다물군의 강철검은 우리 부여군의 갑주를 단칼에 찢을 정도로 강력했습니다."

"다물군이 강철검으로 무장하였다? 어떻게 그럴 수가 있단 말이냐? 우리 부여도 갖추지 못한 강철무기를 오합지졸에 불과한 저들이 어찌 가졌단 말이냐?"

"소장 또한 처음에는 눈을 믿을 수가 없을 지경이었습니다. 하지만 저들이 가진 것은 분명 한을 능가하는 뛰어난 강철검이었습니다. 우리 부여군이 허무하게 무너진 것이 바로 그 때문입니다."

정목의 보고를 듣는 대소는 한없는 절망과 무력감을 느꼈다. 이제 주몽은 자신의 힘, 자신의 의지로는 더 이상 어떻게 해볼 수 없는 존재가 되어버렸다는 사실을 깨달은 데서 오는 막막하고 허무한 절망감이었다. 자신의 치떨리는 분노와 증오에도 불구하고 주몽은 늘 저만치 먼 거리 밖에 존재하고, 또 점점 더 강해져갔다. 그리고 이제 마침내 자신의 힘으로는 어쩔 수 없는 그런 존재가 되어버렸다. 대체 그 어리석고 나약하기 그지없던 놈을 저토록 거대하고 강한 인간으로 키운 힘의 정체는 무엇일까.

도대체 강철검이라니. 주몽의 다물군이 강철검을 개발하였다는 말은 들은 바도 상상한 바도 없었다. 설혹 개발하였다 하더라도 초적의 산채나 다름없는 본계산에서 그 짧은 시간에 천여 명에 달하는 군사들을 강철검으로 무장시킨다는 것은 있을 수 없는 일이었다. 그렇다면 대체 이 믿기지 않는 사실의 진실은 무엇이란 말인가. 아, 이 또한 저 멍청이를 에우고 도는 저주받을 신의 신비한 힘 때문이란 말인가.

대소는 온몸에 소름이 돋을 듯한 격심한 공포감을 느꼈다. 주몽을 둘러싼 그 알 수 없는 힘은 이제 그를 부여의 정예병으로도 어쩌지 못하는 강성한 군대의 주인으로 만들었다.

공포감은 무서운 분노로 바뀌어갔다. 대소는 자신과 주몽에 대한 이 지겨운 신의 개입에 뼛속 깊이 증오를 느꼈다. 저주받아 마땅한 신이었다. 맹목적인 애정으로 천하의 멍청이를 세상의 추앙을 받는 영웅으로 길러낸 이 어이없고 무지한 신…….

대소는 내부에서 솟구치는 모질고 잔인한 충동에 몸을 떨었다. 할 수만 있다면 자신의 모든 것을 던져서라도 이 어리석은 신에게 복수하고 싶었다. 가장 잔인한 방법으로 그 신을 파괴함으로써 그의 어리석음을 응징하고 싶었다. 아, 저주받아 마땅한 신이여. 천지의 진리에 눈멀고 귀 먼 어리석은 신이여…….

◆ ◆ ◆

　부여의 하늘이 밝은 빛을 잃어가고 있었다. 그 하늘 아래의 백성들
또한 어두운 표정으로 생기와 활력을 잃어가긴 마찬가지였다. 궁궐과
도성 전역을 때 없이 공포로 몰아넣곤 하는 대소의 광기 때문이었다.

　주몽과 그를 에우고 도는 신에 대한 대소의 분노와 증오는 점차 폭
력과 잔혹한 열정이 되어 나타났다. 언제부턴가 대소는 관인들이 맡
아 행하던 죄인에 대한 치죄를 자신이 직접 행하기 시작했다. 도둑놈,
살인자, 간음자, 싸움꾼, 야바위꾼을 때때로 직접 논죄한 뒤 그 집행에
까지 간여했다. 죄의 경중에 따라 태형이나 장형, 도형으로 다스리기
도 하였지만 사형으로 벌하는 경우가 적지 않았다. 그런데 그 징벌의
방법이 참으로 모질고 잔인했다. 코나 발꿈치를 자르는 의형劓刑이나
월형刖刑, 눈알을 뽑는 알안형挖眼刑, 허리를 베어 죽이는 요참형腰斬刑,
산 채로 포대에 담아 물에 던져 죽이는 침수형沈水刑 같은 혹형도 주저
하지 않았다.

　뿐만 아니라 불에 달군 쇠기둥을 맨발로 걷게 하는 포락형炮烙刑, 죄
인을 시루에 넣어 삶아 죽이는 팽형烹刑, 다섯 마리의 소나 말이 끄는
수레에 죄인의 사지와 목을 하나씩 묶어 끈을 연결한 후 찢어 죽이는
거열형車裂刑 같은, 말로만 들어온 참혹한 형벌마저 태연하게 집행해
궁인이나 조정 대신들을 경악케 하였다.

　그런 일들이 대전 마당에서 시시때때로 벌어진 지가 벌써 여러 날,
여러 달째였다. 때로 대소는 자신이 살수殺手가 되어 징벌에 참여하기
도 했다. 그럴 때면 눈앞에서 벌어지는 참혹한 형벌이 다시없는 희락
이라도 되는 듯 껄껄 웃음을 터뜨리며 즐거워했다. 그 모습이 죽음을

탐하는 살인귀의 모습과도 다르지 않아 보는 이들마다 두려움에 치를 떨었다.

궁궐에서 벌어지는 이 광기 어린 피의 향연에 대한 소문이 빠르게 퍼져나가 부여 전역을 공포의 도가니로 몰아넣었다. 어제는 이웃집의 소를 훔친 도둑이 두 다리가 잘렸다더라, 그제는 샛서방과 공모해 남편을 죽인 아낙이 해형醢刑을 당해 젓갈이 되었다더라 하는 소문이 때 없이 사람들의 입에 오르내렸다.

소문을 들은 사람들은 저마다 자신이 그런 참형을 앞둔 자의 표정이 되어 몸을 떨었다. 지은 죄가 없어도 관인이나 군사들을 보면 두려움에 절로 오금이 저렸다. 하지만 대소가 벌이는 피의 향연은 하루하루 도를 더해갔다.

"전하! 오늘 부여의 형벌이 너무나 가혹하여 백성들이 두려움에 떨고 있습니다. 죄인을 지나친 혹형으로 다스리는 일을 멈추시길 바랍니다."

조정의 대신들 가운데 되풀이되는 대소의 광기를 비난하고 나선 이가 있었다. 주부 벼슬에 있는 우염이란 자였다. 평소 청백하기가 맑은 물과 같고 올곧기가 대쪽 같아 도리가 아니고 명분이 없는 일에는 반보도 나아가지 않는 것으로 이름난 자였다.

대전 옥좌 아래 부군의 좌에 의젓이 올라앉은 대소가 우염을 바라보고 있었다. 우염이 부복하여 간절하게 고하는 소리가 대전 바닥을 울렸다.

"전하, 형벌은 불과 같고 인정은 물과 같습니다. 불은 강하나 만물을 태워버리고, 물은 부드러우나 만물을 살리고 키웁니다. 무릇 백성을 다스리는 이는 그 자애로움과 어짊이 때맞춰 내리는 봄비와 같아서

만백성이 그 은혜에 힘입어 살아야 합니다."

듣고 있던 대소의 얼굴에 냉소가 떠올랐다.

"어리석은 소리는 걷어치우시오, 주부. 백성들은 한 사람의 군왕을 상대하지만 군왕은 만백성을 상대하오. 군왕이 저들을 복종하고 굴복하게 만드는 것이 과연 무엇이겠소. 호랑이가 개를 복종시킬 수 있는 것은 발톱과 어금니가 있기 때문이오. 임금도 형벌이라는 무기가 없으면 나라를 다스릴 수 없다는 걸 모르시오?"

"전하! 덕으로써 인정仁政을 베푸는 자는 마음으로부터의 복종을 얻지만 형벌로 다스리는 자는 불신과 반감만을 살 뿐입니다. 전하께서는 백성들을 인정과 덕으로 다스리시어 우리 부여에 어진 왕도의 정치가 펴지게 하소서."

"시끄럽소! 공정하고 엄한 형벌은 어리석은 마소를 이끄는 채찍과 같아서 어리석은 백성들을 죄로부터 구할 것이오. 그대는 이 나라가 살인자와 도둑놈의 나라로 화하는 것을 가만히 두고만 보란 말이오?"

"전하! 세상의 악을 없애기 위해 죄인을 모두 죽일 수는 없는 일입니다. 치자治者의 도는 백성을 살리는 데 있습니다. 전하께서는 모진 형벌이 아니라 덕치德治를 펼쳐 보임으로써 어리석은 백성들을 죄악에서 구하셔야 합니다."

"……."

"진의 상앙商鞅은 세상에 다시없을 엄격한 법을 세웠지만 결국은 자신이 세운 법에 의해 죽음을 당하고 말았습니다. 자승자박이란 이를 두고 이르는 말입니다. 지금 전하의 가혹한 형벌이 자칫 전하와 이 나라 전체를 그 징죄의 대상으로 몰아가지나 않을까 염려스러울 따름입니다."

신랄하기 그지없는 우염의 말이었다. 마침내 대소의 분노가 폭발했다.

"무엇이? 닥치지 못할까! 네놈은 어찌하여 사사건건 내가 하는 일마다 이토록 어긋나는 소리만 골라 한단 말이냐! 네놈이 나에게 반역의 마음을 품은 것이 아닌가?"

"천부당만부당한 말씀이십니다, 전하! 지금 부여는 전하의 가혹한 형벌로 인해 인화와 우애가 사라지고, 불신과 불안과 공포만이 썩어가는 늪의 거품처럼 부풀어 오르고 있습니다. 뜻있는 이들은 한결같이 나라의 장래를 근심하며 잠을 이루지 못하고 있습니다. 신은 이 나라의 장래가……."

"네 이놈! 당장 닥치지 못하겠느냐? 네놈이 감히 나를 가르치려 드는 게냐? 이런 방자한 놈 같으니."

자리를 박차고 일어난 대소가 옥좌 뒤에 걸린 용천검을 빼어들었다. 우염을 향해 다가서는 대소의 눈길에 시뻘건 광기의 불꽃이 넘실거렸다. 시립해 선 대소신료들의 얼굴이 하얗게 질려갔다.

"전하! 이곳은 국사를 논하는 대전입니다. 군왕의 도를 간하는 나라의 중신을 어찌 흉한 검으로 겁박하려 하십니까!"

강직하기로 소문난 우염이었다. 칼을 빼어들고 다가드는 대소를 향해 우염이 꼿꼿한 눈길을 들어 꾸짖듯 소리쳤다.

"이런 죽일 놈!"

대소의 손에 들린 용천검이 허공을 베었다. 칼끝에서 번갯불 같은 빛이 한 차례 번득이더니 우염이 비명을 올리며 바닥으로 쓰러졌다. 우염의 가슴에서 선혈이 샘솟듯 솟구쳐 올랐다.

"아……."

대신들의 입에서 나직하게 억눌린 신음이 흘러나왔다. 목불인견의 참상에 대신들이 저마다 고개를 외로 돌려 외면했다. 분노에 떠는 대소의 고함이 이어졌다.

"어리석은 놈! 네놈 따위가 무엇을 안다고 함부로 주둥아리를 놀리는 것이냐! 세상에 인간의 어진 도가 살아 있고 신령의 바른 가르침이 살아 있다면 어떻게 세상이 이따위로 엉망일 수가 있단 말이냐? 신의 정의가 바로서지 않는 땅에서는 군왕이 이를 대신할 수밖에 없다는 것을 모르느냐? 이 몸이 이 땅에 신의 정의를 바로 세우려 하는데 네놈 따위가 무어라고 감히 떠들어대는 것이냐! 죄인에게 내리는 모진 형벌이야말로 이 땅의 어리석은 백성들에게 정의와 진리가 뭔지 가르쳐줄 것이다. 바로 신이 가르쳐주지 않은 인간의 올바른 정의 말이다! 알겠느냐!"

괴성에 가까운 대소의 고함이 대전을 가득 울리며 퍼져나갔다.

대소의 가혹한 형벌은 그날 이후로도 계속되었다. 오히려 더욱 잦아지고 더욱 잔인해졌다.

그러한 때에 그 일이 있었다. 부여를 걷잡을 수 없는 혼란에 빠뜨리고 대소를 더욱 통제할 수 없는 광기 속으로 몰아넣은 그 일이.

염천의 더위가 사위고 아침저녁으로 삽상한 바람이 이는 팔월이었다. 그날 부여 도성 밖 수수밭에서 가을걷이를 하던 농부가 문득 고된 허리를 들어 하늘을 우러렀다. 어딘지 밭이, 하늘이, 온 천지가 달라지고 있다는 묘한 느낌 때문이었다.

무심코 고개를 들던 그의 눈길이 문득 하늘의 한곳을 향해 고정되었다. 그의 눈이 점점 경악으로 부릅떠졌다.

"저, 저길 좀 보게들. 저게 무슨 조화야!"

농부가 주위를 둘러보며 소리쳤다. 가깝고 먼 논과 밭에서 고된 노역에 빠져 있던 사람들이 하나 둘 허리를 펴 하늘을 바랐다. 그러자 그들의 시선 또한 이내 경이로움으로 빛나기 시작했다.

하늘 한가운데 높이 떠 세상을 뜨겁게 밝히던 해가 사라지고 있었다. 어린 손톱에 칠해진 봉숭아꽃물이 사라지듯이, 만월이 구름에 가려지듯이 그렇게 하늘의 해가 시야에서 사라져가고 있었다.

"해가 사라지고 있다!"

사람들의 입에서 경악에 찬 외침이 터져 나왔다. 처음 그것은 해의 한 귀퉁이에 돋아난 작은 흑점에서 비롯되었다. 까마귀 발자국만큼이나 작은 흑점은 시간이 지나면서 점점 자라나 태양을 잠식하기 시작했다. 베어 먹힌 사과처럼, 떼어진 전병처럼 태양이 줄어들고, 작아져가고 있었다. 그토록 밝은 빛과 뜨거운 열기를 자랑하던 태양이 허무하게도 작은 흑점에게 자신의 살을 내어주며 스러져가고 있었다. 그리하여 종래는 하늘 위에서 온전히 자취를 감추어버렸다.

그와 함께 천지가 깜뿍 어두워졌다. 환한 낮빛을 자랑하던 하늘이 어느새 컴컴한 어둠에 잠겨들었다. 하늘과 땅 위에 거대한 어둠의 장막이 드리워진 것 같았다.

"해가 없어졌다!"

성 밖 들판에서뿐만이 아니었다. 도성 거리 곳곳에서 사람들의 경악에 찬 비명이 터져 나왔다. 일찍이 한 번도 본 적이 없고, 한 번도 들은 적이 없는 기이하고 신비로운 일이었다. 길을 가던 사람들이 걸음을 멈춘 채 하늘을 향해 소리쳤다. 사람들의 외침을 듣고 문 밖을 나선 사람들이 또한 하늘을 올려다보며 소리쳤다.

"해가 사라졌다!"

놀라움은 부여 궁궐에서도 마찬가지였다.

"전하! 참으로 해괴한 일이 벌어지고 있습니다. 하늘에서 해가 사라지고 있습니다."

내관이 고하는 소리에 대소가 불끈 성마른 호통을 내렸다.

"이놈이 감히 나와 농을 하자는 것이냐! 하늘에서 해가 사라진 것이 무슨 대수란 말이냐! 아마도 비가 오려는 게지."

내관이 재차 이르는 소리에 비로소 대소가 의아한 눈빛이 되었다. 지금껏 한 번도 허언을 한 적이 없는 늙은 내관이었다. 대소가 천천히 자리에서 일어나 대전을 나섰다.

"아……."

대소는 어두컴컴한 마당에 서서, 공중에서 해가 자취를 감추어가는 것을 지켜보았다. 이 무슨 해괴한 일이란 말인가. 하늘의 해가 사라지다니. 대소는 한기에 몸이 떨려오는 것을 느꼈다. 일찍이 한 번도 느껴본 적이 없는 격렬한 두려움과 불안감이 몸과 마음을 뒤흔들었다. 이 난데없는 변괴는 대체 무슨 징조란 말인가.

하늘에서 해가 사라지고 세상이 온통 컴컴한 어둠에 잠긴 시간이 계속되었다. 두려움에 질린 사람들이 거리를 달려가며 소리쳤다.

"종말이다! 세상이 망할 것이다! 세상의 종말을 예언하는 신명의 뜻이다!"

외치는 소리가 가시가 되고 칼날이 되어 사람들의 가슴속을 파고들었다.

세상이 망할 것이다. 부여가 망할 것이다…….

차마 섣불리 입을 열어 말할 수 없을 만큼 두려운 일이었으나, 나서서 이를 부정하려는 자도 없었다. 백성들의 가슴속에서 부여와 사직과 자신들의 미래는 이미 멸망을 향해 걸음을 떼기 시작한 것 같았다.

이날 부여의 하늘에 나타난 변괴가 백성들에게 준 충격은 이렇게 컸다. 사라졌던 하늘의 해는 다시 빛을 되찾으며 나타났지만, 사라진 해에 대한 기억은 백성들의 가슴속에 지워지지 않을 공포와 불안이 되어 자리 잡았다.

사람들은 생업에 대한 열정을 잃어버린 채, 미래에 대한 희망을 잃어버린 채 삼삼오오 어두운 낯빛으로 모여 앉아 이제 곧 자신들에게 닥쳐올 재앙에 대해 말하기 시작했다. 그들의 대화 속에서 부여의 사직은 속절없이 무너져 내렸고, 왕궁은 파괴되었으며, 백성들은 나라 없는 망국민이 되어 천하를 유리걸식하였다.

"전하! 전날 부여의 하늘에 나타난 괴이한 일로 인해 부여 전체가 커다란 두려움에 휩싸여 있습니다. 백성들은 생업에서 손을 놓은 채 장차 이 나라에 내려질 재앙에 대해 두려워하고 있습니다. 전하, 저들의 마음을 안정시키지 않으면 어떤 무서운 일이 벌어질지 모릅니다. 속히 대책을 마련하셔야 합니다."

"전하! 나라에 대사령을 내려 형옥에 갇혀 있는 죄인들을 방면하고, 고을의 어진 이들에게 상을 내려 혼란에 빠진 백성들의 마음을 안정시키시길 바랍니다. 예부터 하늘의 변괴는 땅의 도의가 제대로 서지 않고, 사람들이 인의를 버려 일어나는 일이라 하였습니다. 이제 전하께서 선정을 베푸시어 나라의 기풍을 바로 세우면 백성들도 이를 좇아 두려움을 떨칠 수 있을 것입니다."

듣고 있던 대소가 고개를 저었다.

"하늘의 뜻은 인간이 알 수 없는 것이다. 비록 하늘에서 해괴한 일이 있었다고는 하나, 그것이 복의 징조인지 앙화의 징조인지 어떻게 알겠느냐? 알 수 없는 일을 두고 앞서 판단하여 이러쿵저러쿵 호들갑을 떠는 것은 옳은 일이 아니다. 그것이 뜻한 바가 무엇인지는 두고 보면 저절로 알게 될 일. 이를 두고 재앙이 일어날 조짐이니 하여 떠드는 것은 나라에 혼란을 일으키려는 짓이나 다름없다. 앞으로 또다시 이런 말을 입에 올리는 자가 있다면 무거운 죄로 다스릴 것이다!"

"전하……."

"옥사의 문을 열어 죄인들을 풀어주라고? 그럴 수는 없는 일이다. 그대들의 말처럼 하늘에서 이상한 일이 벌어진 것은 땅 위에 바른 도리와 기율이 서지 않았기 때문이다. 앞으로 죄인들을 더욱 엄히 다스려 이 땅에 엄정한 질서와 율법이 서도록 할 것이다."

"……."

"병관부령은 들으라! 세간에 하늘의 변괴를 두고 헛된 소문을 만들어 백성들을 혹세무민하는 자가 적지 않다고 들었다. 군사들을 풀어 그런 자들을 하나도 빠짐없이 잡아들여라. 내가 직접 그자들을 치죄할 것이다!"

대신들이 더 이상 떠들지 못하도록 아금받게 강다짐을 한 다음 대소는 대전을 나섰다. 하늘은 이전과 변함없이 밝고 푸르렀다. 하지만 대소의 가슴 한구석에는 여전히 검은 먹구름이 드리워져 있었다.

◆ ◆ ◆

대소가 걸음을 옮겨 찾아간 곳은 신궁이었다.

신전 안으로 들어서자 어지러울 만큼 짙은 향냄새가 풍겨왔다. 제단 주위를 밝히고 있는 희미한 불빛과 피어오르는 향연이 어우러져

신전 안은 짙은 안개 속 같았다. 신상 아래 제단 앞에서 신녀 마우령이 홀로 기도를 올리고 있었다.

예기치 않은 대소의 방문에 신녀 마우령이 당황한 빛을 띠었다.

"전하! 어인 일로 이렇게 신궁까지 행차하셨습니까?"

"마우령 신녀. 내 신녀에게 물어볼 말이 있어 왔소."

자리에 앉자마자 대소가 그렇게 말했다. 뜻밖의 방문이었으나 그가 물어올 말이 무엇인지 짐작하지 못할 바 아니었다.

"말씀해보시지요."

"신녀는 지금부터 내가 하는 말에 한 치 거짓 없이 답하시오. 알겠소?"

"그리하겠습니다."

"전날 하늘에 해괴한 일이 벌어진 것을 신녀도 모르지 않을 것이오. 그 일을 두고 사람들은 부여에 재앙이 내릴 징조라느니 말들이 많소. 마우령 신녀는 그 일을 어떻게 보시오?"

"……."

우정 태연한 표정과 목소리였지만 불안정해 보이는 눈빛에서 마우령은 대소의 초조와 불안을 읽을 수 있었다.

마우령이 가만히 고개를 들어 대소를 건너다보았다. 대소의 얼굴이 처음인 듯 낯설어 보였다. 그토록 준수하고 영민해 보이던 부여국 제일왕자의 얼굴이 어찌하여 이토록 강퍅하고 표한하게 변하였단 말인가. 마우령은 몰라보게 달라진 대소의 얼굴에서 안타까움과 슬픔을 느꼈다. 이 모두 그가 부군 자리에 올라 대리청정을 시작한 다음에 빚어진 변화였다.

어느 순간 마우령은 가슴이 서늘해지는 공포를 느꼈다. 불안정하게 번득이는 대소의 눈길 속에서 날을 숨긴 격심한 불안과 증오를 보았던 것이다. 마우령은 어쩌면 지금 자신의 한 마디가 자신은 물론 신궁 전체를 죽음으로 몰아갈지도 모른다는 사실을 깨달았다.

대소가 재우치듯 말했다.

"어서 말해보시오, 마우령 신녀. 그대는 신명과 소통하는 신녀이니 이 해괴한 일이 예시하는 바가 무엇인지 알 것이 아니오."

마우령이 나직한 소리로 아뢰었다.

"전하! 일전 부여의 하늘에서 일어났던 일은 일무광日無光입니다. 하늘에서 태양이 일시 빛을 잃는 현상을 이름이지요."

"일무광이라……."

"세간에서는 이를 두고 하늘이 재앙을 내릴 불길한 징조라느니, 나라가 망할 조짐이라느니 떠들고 있다 들었습니다. 하지만 이는 어리석은 자들이 지어낸 터무니없는 망설일 따름입니다. 기이한 일들을 모두 불길한 징조라 여긴다면 세상에 온전할 나라가 없을 것입니다."

"……."

"전날 부여의 하늘에 나타난 일무광은 오히려 우리 부여와 전하에게 기쁘고 반가운 하늘의 계시였습니다. 이는 머지않아 전하께서 보위에 오르실 것을 하늘이 미리 드러내 보인 것입니다."

"내가 보위에 오른다 하였소?"

"그렇습니다, 전하. 하늘에 떠 있던 해가 어둠 속으로 사라진 것은 이전에 부여를 다스리던 군왕의 기운이 스러진 것이고, 어둠 속에서 다시 새로운 해가 나타난 것은 부여에 새 국왕이 나타나리라는 것을 의미합니다. 따라서 이는 전하께서 머지않아 부여의 새로운 군왕으로 등극하시게 되리라는 예시가 아니고 무엇이겠습니까?"

"오, 그것이 참말이오, 신녀!"

"어찌 전하께 거짓을 고하겠습니까. 이는 우리 부여가 다 함께 기뻐해야 할 천지신명의 뜻입니다. 전하께서는 이러한 하늘의 뜻을 겸허히 받아들여 어진 군왕의 덕을 쌓는 일에 더욱 매진하시길 바랍니다."

"오, 그렇다마다요. 마땅히 그리해야지요."

불안과 두려움으로 굳어 있던 대소의 얼굴이 비로소 환하게 펴지며 표정 위로 웃음이 떠올랐다.

◆ ◆ ◆

하지만 부여의 하늘에서 해가 사라진 일에 대한 소문은 시간이 지나도 수그러들기는커녕 더욱 흉흉해져갔다.

사람들이 불안한 눈길과 절망적인 표정으로 나누는 대화에 따르면, 부여 도성의 멸망은 이미 필연이 되어 그들 앞에 당도해 있었다. 사람들은 아무도 희망을 말하지 않았으며 아무도 장래의 꿈을 얘기하지 않았다. 오직 미구에 닥쳐올 무서운 종말에 대해서만 얘기할 뿐이었다. 도대체 나라가 망하고 왕실이 망하고 백성이 망하지 않을 일이라면 어떻게 하늘에서 해가 사라질 수 있단 말인가.

극도의 공포감에 사로잡힌 사람들이 급기야 부여 도성을 떠나기 시작했다. 그들에게 이곳은 절망의 땅이자 파멸의 땅이었으며 한시라도 빨리 벗어나야 할 죽음의 땅이었다. 그런 사람들이 하루하루 늘어갔다.

도성 거리에 무장을 한 병사들의 수가 부쩍 늘어났다. 민심을 어지럽히는 헛된 소문을 퍼뜨리는 자들을 잡아오라는 대소의 명을 받아

나선 병사들이었다. 저잣거리에서, 기루에서, 주막에서 병사들은 날
카로운 눈길을 앞세워 일무광에 대한 소문을 입에 올리는 자들을 잡
아갔다. 담장 안 사랑방에서 머리를 맞댄 채 낮은 소리로 속삭이는 사
람들조차 병사들의 정탐의 손길에서 무사하지 못했다. 사람들이 두엇
만 모여 있어도 어디선가 병사들이 달려와 오라를 내밀었다. 소문을
퍼뜨리는 자들을 하나도 남김없이 잡아오라는 대소의 불같은 다그침
때문이었다. 사람들이 몸을 숨긴 거리는 텅텅 비어갔고 나라의 형옥
은 죄인들로 넘쳐났다.

한 무리의 사람들이 대소 앞으로 끌려왔다. 흉한 소문을 말하다 병
사들에게 잡혀온 저잣거리의 장사치들이었다.

"네놈들이 헛된 소문을 퍼뜨려 민심을 혼란케 한 자들이냐?"

분노와 경멸이 뒤섞인 눈길로 그들을 노려보던 대소가 물었다. 겁
에 질린 사내들 가운데 하나가 더듬거리며 말했다.

"……아닙니다, 전하. 저희는 다만 사람들이 전하는 소문을 그저 옮
기기만 했을 뿐입니다. 저희들이 그런 말을 지어낸 것이 아닙니다."

"네놈들이 들었다는 소문이 무엇이냐?"

대소의 말에 사내의 얼굴이 파랗게 질리기 시작했다. 차마 말할 엄
두를 내지 못한 듯 사내는 고개를 돌려 외면했다. 대소가 차갑게 소리
쳤다.

"어서 고하지 못하겠느냐, 이놈! 사실대로 고하지 않는다면 이 자리
에서 당장 네놈의 목을 베어 죽일 것이다."

사내가 온몸을 사시나무 떨듯 하며 머리를 조아렸다.

"전하, 죽을죄를 지었습니다. 부디 목숨만은 살려주십시오……."

"살고 싶으면 어서 사실대로 말해라! 네놈들이 들었다는 소문이 무

엇이냐?"

"저, 전날 부여의 하늘에서 해가 사라진 것은…… 대소 왕자가 폐하의 권력을 찬탈한…… 패, 패륜 때문이라 하였습니다. 용서하십시오, 전하!"

"그리고 또 무엇을 말하였느냐!"

주변의 공기마저 얼릴 듯 차가운 대소의 목소리였다.

"그래서…… 부여가 하늘의 벌을 받아 곧 망하게 될 거라며……."

"이런 죽일 놈들!"

분노에 찬 대소가 곁에 선 무관의 칼을 빼어들고 다가섰다.

"흥! 부여의 장래에 대해서는 그리도 잘 아는 놈들이 제 명줄이 언제 끊어질지는 몰랐단 말이냐!"

대소의 칼이 허공을 가르자 사내가 고통스런 비명을 흘리며 바닥으로 나동그라졌다. 사내의 가슴팍에서 흘러내린 피가 대궐 마당을 적셨다. 잡혀온 사내들이 저마다 겁에 질린 신음을 삼키며 경악했다.

대소의 시선이 다시 사내들을 향했다. 사내들 속에서 다급한 말이 터져나왔다.

"저, 전하……. 저희는 다만 나라가 걱정돼서 한 말일 뿐이었습니다. 전하를 능멸할 뜻은 조금도 없었습니다. 부디 용서하여……. 악!"

성큼성큼 다가간 대소가 무자비한 칼을 휘둘러 사내들을 유린하기 시작했다. 참혹한 비명과 함께 하늘의 해조차 고개를 돌려 외면할 목불인견의 참상이 그로부터 한동안 펼쳐졌다. 전에도 없었고 후에도 없을 대궐에서의 살육극을 말없이 지켜보는 이가 있었다. 뒤편 전각 기둥 곁에 서서 대궐 마당의 참상을 지켜보는 노대신의 늙고 주름진 얼굴이 이따금 경련을 일으키듯 푸들푸들 떨리고 있었다. 부득불이었다.

그로부터 며칠이 지난 어느 날, 부여국 대사자 부득불이 금와의 처소를 찾았다.

붉은 휘장 안으로 들어서는 노신의 얼굴이 매우 늙고 지쳐 보여 금와는 적잖이 놀랐다. 벌써 여러 날째 등청을 않고 있다는 소식을 들은 터였다.

"어서 오시오, 대사자! 그렇지 않아도 대사자가 신병이라도 든 게 아닌가 염려하던 차였는데, 이렇게 얼굴을 대하니 마음이 놓이는구려. 그런데 이 늦은 시각에 어인 걸음이시오?"

금와를 건너다보는 부득불의 시선이 한없이 우울하고 슬퍼 보였다. 부득불이 천천히 몸을 굽히더니 바닥에 엎드려 큰절을 올렸다.

"폐하! 이 어리석은 자를 부디 꾸짖어주십시오!"

부득불의 목소리가 알 수 없는 격정으로 떨리고 있었다. 갑작스러운 태도에 금와가 놀라 말했다.

"대사자, 어인 일이시오?"

금와가 부득불을 청해 장방 위에 마주 앉았다. 부득불이 추연한 빛이 감도는 얼굴을 들어 금와를 바라보았다. 그리고 회한이 깃들인 목소리로 입을 열었다.

"폐하! 신 부득불, 비록 어리석고 불민하나 지난 세월 이 나라 부여를 위해 오직 한마음으로 충성을 다하였음은 폐하께서도 아시리라 믿습니다."

"……"

"소신, 젊은 나이에 선대왕의 은혜를 입어 조정에 출사한 이후 오늘에 이르기까지 사십여 성상, 신의 마음에는 오직 이 나라에 대한 충성심밖에 없었습니다. 신에게는 이 나라 부여가 곧 하늘이자 신앙이었으며 가족이었습니다.”

어찌 그것을 모르겠는가.

금와는 도성 북쪽 평민들의 주택가에 있는 부득불의 초라한 사저를 떠올렸다. 일국 대신의 집이라 하기엔 너무나 초라한, 작고 낡은 귀틀집에서 그는 늙은 집사와 함께 살고 있었다. 그의 청빈함과 근면함과 강직함은 부여의 백성 된 자라면 모르는 이가 없었다. 그런 까닭에 삼대에 걸쳐 일인지하 만인지상이라 할 대사자의 자리를 지켜온 것이 아니겠는가.

“전날 신이 조정 대신들을 이끌고 대소 왕자를 도와 폐하의 뜻을 꺾은 것도 그 길이 이 나라 부여를 위하는 것이라 믿었던 까닭입니다. 하나, 그것은 어리석은 생각이었습니다. 신의 잘못된 판단으로 인하여 지금 부여는 일찍이 없었던 파멸의 위기를 맞고 있습니다. 오늘 부여가 겪고 있는 고통과 혼란은 모두 이 어리석은 신하로부터 비롯되었습니다. 그러니 어찌 폐하께 엎드려 용서를 빌지 않을 수 있을 것입니까.”

금와가 조용한 음성으로 말을 건넸다.

“짐에게 하고자 하는 말이 무엇이오, 대사자?”

부득불이 잠시 말을 잊은 채 처연한 태도를 보였다. 이윽고 부득불이 지난 여러 날 동안 자신의 집에서 두문불출하며 숙고에 숙고를 거듭해온 바를 말하기 시작했다.

“폐하! 폐하께서 나서서 이 나라 부여를 구하여 주시기를 청하옵나이다.”

“……”

"지금 부여는 낭떠러지를 향해 달려가는 눈먼 말처럼 파멸을 향해 나아가고 있습니다. 아무도 이를 제지할 수 없습니다. 오직 폐하만이 하실 수 있습니다."

"나는 이제 늙고 힘없는 뒷방 노인일 따름이오. 내게 무슨 힘이 있어 그런 일을 할 수 있겠소."

"그렇지 않습니다, 폐하. 신은 폐하께서 무력하여 대소 왕자의 패륜과 모역을 두고 보시는 게 아니란 걸 알고 있습니다. 폐하께서는 자식과 권력을 다투기를 원하지 않으실 따름입니다. 하지만 폐하, 이제는 부여를 생각하셔야 할 때입니다. 이 나라 부여의 사직과 왕실, 그리고 어질고 착한 백성들을 생각하셔야 할 때입니다. 폐하께서 나서서 잘못되고 왜곡되고 어긋난 것을 바로잡으셔야 합니다. 그래서 위기에 빠진 이 나라 부여를 구하소서. 그 일을 하실 분은 오직 폐하밖에 없습니다."

"……."

"폐하! 대소 왕자가 폐하의 오랜 신하들을 축출하였다곤 하지만 아직도 조정에는 폐하께 마음으로 신복하는 신하들이 적지 않습니다. 폐하께서 위기에 빠진 부여를 구하려는 기치를 세우신다면 많은 신하들이 이에 동조할 것입니다. 신이 그 앞자리에 서겠습니다."

부여궁의 은밀한 거사

갓난아기의 울음소리였다.

여리면서도 낭랑한 그 소리에 금와는 문득 걸음을 멈추었다. 유화의 처소에서 들려온 아기의 울음소리는 그동안 가슴속에 잠들어 있던 아련한 어떤 것을 떠올리게 했다. 그것은 아기에게 젖을 먹이는 어머니, 저녁상을 보아놓고 남편을 기다리는 지어미 같은 화목한 가정의 평화로운 정경이었다. 그러나 그것은 단 한 번도 금와의 것이었던 적이 없었다. 그의 시선은 언제나 자신을 기다리는 원후와 아이들이 아니라 유화를 향해 있었다. 그 안타깝고 서글픈 사실에 대한 자각이 금와의 가슴에 새삼 쓸쓸한 느낌을 불러일으켰다.

휘장을 젖히고 안으로 들어서자 아기를 안고 있던 예소야가 몸을 일으켜 인사했다. 아기를 어르고 있었던 듯 웃음 띤 얼굴 그대로 유화가 금와를 맞았다.

"어서 납시세요, 폐하!"

금와가 예소야를 가까이 불러 아기를 들여다보았다. 이제 갓 백일을 넘긴 갓난아기였지만 눈과 입술에서 영민한 정기가 느껴지는 귀여운 아기였다. 예소야가 주몽의 아이를 출산한 것은 석 달여 전이었다. 건강한 사내아이로 이름을 유리琉璃라 하였다. 출산과 함께 예소야와 유화는 갇혀 있던 형옥에서 풀려났다.

"허허허, 유리가 어느새 이렇게 자랐구나. 이 녀석, 벌써 사내 티가 나는 것을 보니 장차 큰 호걸이 되겠는걸. 하하하……."

"그렇습니다, 폐하. 벌써 이 할미를 알아보고 옹알이를 합니다. 얼마나 영특한지 모르겠습니다."

유화가 사람이 달라진 듯 연신 웃음을 띠며 말했다. 주몽의 아들이고 해모수의 손자였다. 이 아이의 어디에 그리운 옛 벗의 모습이 있는가. 유리의 얼굴을 살피던 금와의 마음이 또다시 쓸쓸해졌다.

예소야가 아기를 안고 물러간 후 금와와 유화는 다담상 앞에 앉아 한가로이 차를 나누었다.

"폐하, 전날 부여의 하늘에서 나타난 해괴한 일을 두고 궁궐 안에서도 여러 말이 들리고 있습니다. 엄히 입단속을 시키고 있지만 그 일로 인한 불안이 적지 않은 듯합니다. 거기다 대소 왕자마저 저렇게 과한 책벌로 백성들을 공포에 떨게 하고 있으니……."

"부인, 하늘은 거짓을 말하지 않소. 그 일은 부여에 일어날 큰 변고를 예시한 것이 분명하오."

"폐하, 우리 부여에 어찌 큰 변고가 일어난다 하십니까? 그런 일은 없을 것이니 심려치 마십시오."

"변고는 이미 시작되었소. 나라꼴이 이런 것이 변고가 아니면 무엇이겠소."

"폐하!"

"왕은 권력을 잃어 종이호랑이가 되었고, 백성들은 도탄에 빠져 있고, 나라는 한의 속국이 되어가고 있소. 조정은 간신배의 무리로 뒤덮였고, 나라를 다스리는 자는 망나니가 되어 백성을 제 손으로 도륙하고 있소. 이것이 변고가 아니면 달리 무엇이 변고일 것이오."

"……."

"이 모두가 하늘이 무능한 군왕을 탓하여 내린 벌이니, 하늘에서 나타난 이번 변고의 소이연은 짐으로부터 비롯된 것이오. 짐이 무능하여 나라에 이토록 큰 고통을 안기고 있는 것이오."

"폐하……."

"하지만 이제 짐은 부여가 잘못되어가는 것을 더 이상 좌시하지 않을 것이오. 이제는 나서서 나라의 잘못된 것은 바로잡고 문제가 있는 것들은 고쳐나갈 것이오. 그리고 이를 가로막는 것이 있다면 군왕의 권위를 들어 단호히 처결할 것이오"

금와가 조용한 눈길을 들어 유화를 건너다보았다. 하지만 그런 금와의 시선에서 느껴지는 것이 금강석같이 단단한 신념과 의지가 아니라 견딜 수 없는 고독과 쓸쓸함의 그림자인 것 같아 유화는 마음이 아팠다.

◆ ◆ ◆

본계산 다물군의 영채에 귀한 손이 찾아왔다. 부여국 서변에 주둔하고 있는 흑치 대장군이었다. 뜻밖의 방문 소식에 주몽이 산 입구까지 나가 노장군을 영접했다.

"갑자기 이 궁벽한 곳까지 어인 걸음이십니까? 그렇잖아도 아침부터 까치들이 유난을 떨어 귀인이 오시리라 짐작은 하고 있던 참입니다만, 하하하……."

주몽이 동기간을 만난 듯 반겼다. 흑치가 얼굴에 부드러운 미소를 띤 채 예를 올렸다.

"모둔곡에서, 황룡국에서 천하를 훔치려는 도적들이 몰려들고 있다는 소식을 듣고, 그 도적들 모상이나 보자 하여 걸음하였습니다."

건네는 농과는 달리 흑치의 얼굴에 알 수 없는 긴장의 빛이 어려 있음을 주몽은 보았다. 두 사람은 주몽의 영채에서 마주 앉았다.

"소장은 대왕폐하의 밀칙을 받들어 부여 도성의 공략에 나설 것입니다."

예상치 못한 흑치의 말이었다. 놀란 주몽이 할 말을 찾지 못한 채 흑치를 건너다보았다.

"……."

"지금 부여는 대소 왕자의 악정으로 인해 쓰러지기 직전의 벌레 먹은 고목 같은 형편입니다. 마침내 폐하께서 나라의 어려움을 중하게 여기어 제왕의 위를 회복하기로 결심하셨습니다."

"하지만 부여 도성에는 아직 사출도의 세력과 그 군사들이 적잖이 주둔하고 있는데 장군의 2천 군사로 공략이 가능하겠소?"

"대사자 부득불이 병관부 장수들을 말갈 부락으로 원정을 보내 지금 도성에는 3천여의 군사가 남아 있습니다. 소장이 군사를 몰아가면 조정의 뜻있는 대신들이 동조, 호응하기로 하였습니다. 소장, 부여의 사직과 백성을 위해 목숨을 버려 진충갈력할 것이나 그 성패는 하늘의 뜻에 맡기려 합니다.”

그렇게 말하는 흑치의 표정에 많은 전쟁을 겪어낸 맹장의 어엿한 기개가 엿보였다. 주몽이 여전히 무거운 염려가 어린 얼굴로 말했다.

“대장군께서 전군을 이끌고 도성으로 가시면 서변은 어찌한단 말입니까? 그렇지 않아도 현토의 양정이 어떤 도발을 자행할지 알 수 없는 터에 말입니다.”

“그 일을 두고 대장님께 청을 드리러 찾아왔습니다. 염려하신 바처럼 소장이 서변을 비우면 양정이 틀림없이 부여의 국경을 넘볼 것입니다. 양정이 비록 대소 왕자와의 우호와 선린을 앞세우고 있으나 부여가 약해지면 언제든지 힘으로 도모하려 할 것입니다.”

“……”

“주몽 대장님께서 소장을 대신해 서변의 방위를 맡아주십시오. 이는 결코 가벼이 볼 수 없는 일로, 부여의 안정과 존망을 좌우할 수도 있습니다.”

도성 공략을 결정한 흑치가 겪었을 근심과 염려가 한눈에 잡히는 듯하였다. 부여의 충성스런 장수의 얼굴 위에 고랑처럼 파인 굵은 주름과 억센 눈매를 바라보며 주몽이 고개를 끄덕였다.

“대장군의 뜻을 잘 알겠습니다. 이 몸 주몽, 목숨을 바쳐 한의 도적이 부여 땅에 단 한 발짝도 더러운 걸음을 들이지 못하도록 만들겠습니다.”

“고맙습니다, 대장님!”

마음의 무거운 시름을 던 듯 흑치의 목소리가 밝아졌다.

◆ ◆ ◆

지독한 악몽이었다. 뿔과 이빨과 발톱만이 도드라져 보이는 기이한 짐승에게 또다시 쫓기고 있었다. 날마다 같은 꿈의 반복이었다. 꿈속에서 자신은 그렇게 낯선 짐승에게 쫓겨 숨이 진할 때까지 달리고 또 달렸다. 그러다 지쳐 눈을 뜨면 현실에서의 자신 또한 밤새 무엇엔가 쫓긴 듯 온몸이 흠뻑 땀에 젖어 있곤 했다.

그 밤, 그는 아직도 그 지긋지긋한 둔주遁走 속에 있었다. 그때 누군가가 잠의 수면을 거칠게 흔들며 그를 깨웠다.

"전하!"

눈을 뜨고도 잠시 비현실적인 느낌이 계속되었다. 하지만 그런 순간은 오래 계속되지 않았다. 휘장 밖으로 횃불 빛이 어른거리고, 방 안에 들어서 있던 검은 그림자의 사내가 다급하게 소리치고 있었다.

"전하, 어서 일어나십시오! 큰일 났습니다!"

호위총관 원종이었다. 순간 불길한 예감이 대소의 온몸을 엄습했다.

"무슨 일인데 소란이냐?"

"흑치의 군사가 궁궐 안으로 진입하였습니다, 전하! 지금 반란자들이 궐 안을 몰려다니며 사람들을 죽이고 있습니다……."

"무엇이, 흑치의 군사가! 변방에 있는 흑치의 군사가 어떻게 궁궐 안으로 들어올 수 있었단 말이냐! 그동안 호위총관부는 무엇하였단 말이냐?"

"궐 안에서 내응이 있었습니다. 반란의 적들에게 호응하는 무리가 궐문을 열었습니다! 전하, 헤아릴 수 없이 많은 적들이 물밀듯이 궁궐 안으로 쏟아져 들어와 사람들을 닥치는 대로 살상하며 이곳으로 몰려오고 있습니다. 어서 몸을 피하셔야 합니다."

"이런 죽일 놈들……. 내관은 어디 있느냐! 당장 검과 갑주를 가져 오너라!"

대소가 침소를 나서자 무장한 호위총관부의 위사들이 벌여서 있었다. 어둠 저편 궁궐 정문 쪽으로부터 휘황한 불빛이 어지럽고, 군사들의 함성과 비명이 어우러져 들려왔다. 왕후전 쪽에서 어머니 원후와 여관들이 뛰듯 다가오고 있었다.

"부, 부군! 이게 대체 어찌된 난리란 말인가! 궁궐에 적들이 난입했다니, 어찌 이런 일이 있을 수 있단 말인가!"

"……."

원종이 다급한 소리로 말했다.

"전하, 어서 궁궐수비대가 있는 호위총관부로 몸을 피하십시오! 적들이 곧 이곳으로 몰려올 것입니다!"

원후, 설란과 함께 막 걸음을 옮기려던 대소에게 원종의 부장이 달려와 고한 말은 절망적이었다.

"전하! 호위총관부로 가셔서는 안 됩니다. 그곳도 이미 적들의 손에 떨어졌습니다."

"오!"

원후가 절망에 찬 신음을 터뜨렸다.

"어떻게 된 일이냐! 궁궐수비대가 어찌 그토록 쉽게 무너졌단 말이냐?"

"호위부총관 도금이 수비대 군사를 무장해제시키고 적들에게 항복케 하였습니다. 적들이 궁궐 안으로 들어올 수 있도록 궁궐 문을 연 것도 호위부총관 그자였습니다."

"부총관 그놈이! 이 찢어 죽여도 시원찮을 놈……."

원종이 분노에 차 고함을 질렀다. 부관이 이어 고했다.

"그러고 보니 부총관 그자가 요즘 들어 대사자와 부쩍 자주 어울리는 것 같았습니다. 이 일은 틀림없이 대사자가 적과 내통하여 꾸민 일이며 부총관도 저들에게 회유를 당한 것 같습니다."

"대사자가? 그럴 리가 없다!"

절망적인 상황에서도 대소가 믿기지 않는다는 듯 고개를 저었다. 하지만 저간의 사정이야 어떻든 딱한 것이 지금 그들의 처지였다. 원종이 말했다.

"전하! 아무래도 궁궐은 적들의 손에 든 것 같습니다. 우선은 궁궐을 빠져나가 안전을 도모한 다음 후일을 기약하시는 것이……."

원종의 말이 채 끝나기도 전이었다. 요란한 발소리와 함께 중문이 거칠게 열어젖혀지면서 일단의 군사들이 우르르 쏟아져 들어왔다. 수많은 횃불들이 사방에서 춤을 추듯 우쭐거리며 어둠을 밝혔다.

여관들의 날카로운 비명이 어두운 하늘 위로 솟았다. 궐 마당으로 들어선 무장 군사들이 대소와 원종이 이끄는 위사들을 에워쌌다. 난입한 군사들과 총관부 위사들 사이에 금방이라도 일전이 벌어질 듯 팽팽한 긴장감이 흘렀다. 원종이 소리쳤다.

"이놈들! 여기가 감히 어디라고 함부로 창검을 들고 난입한 것이냐. 여기 계신 분은 대소 왕자님이시다. 썩 물러가지 못할까!"

적의 무리 가운데 갑주 차림의 나이 든 장수가 앞으로 나섰다. 흑치였다.

"흑치 대장군!"

대소가 나직이 소리쳤다.

"이 대체 무슨 무도한 짓이오! 나라의 장수된 자가 야음을 틈타 대군을 몰고 궁궐에 난입하다니, 대장군은 정녕 부여의 역적이 되려 하시오?"

흑치가 두 손을 들어 읍한 뒤 말했다.

"역적이라니, 당치 않으십니다. 소장은 대왕폐하의 영을 받들어 거행하고 있습니다. 전하께선 순순히 폐하의 영을 따르시길 바랍니다."

"폐하의 영이라고?"

"그렇습니다. 폐하께서 전하에게 내린 대리청정의 윤허를 거두셨습니다. 그리고 그동안의 비정의 책임을 물어 포박하라 명하셨습니다."

"으음……."

대소의 입에서 침통한 신음이 흘러나왔다.

"그럼, 이 일이 모두 아버님께서 계획하신 일이라 말이오? 정말 나를 포박하라 명하셨소?"

대소의 얼굴에 체념의 빛이 어렸다. 곁에 지켜서 있던 원종이 분노에 찬 고함을 터뜨렸다.

"전하! 역도들이 내세우는 명분일 따름입니다. 소장이 목숨을 걸고 전하를 보좌하겠습니다."

원종이 검을 뽑아들며 다가드는 흑치의 군사들 앞으로 나섰다. 그 뒤를 따라나서는 위사들 또한 원종과 죽음을 함께하겠다는 결의가 엿보였다.

대소가 손을 내밀어 원종을 말렸다.

"그만두어라! 내 폐하의 영을 따를 터이니, 모두 칼을 거두어라!"

"대소야!"

원후가 안타깝게 소리쳤다.

"안 된다! 누가 너를 잡아간단 말이냐. 네가 무엇을 잘못하였다
고…… 대소야……."

흑치의 군사들이 다가와 대소를 포박했다.

궁궐 안으로 진입한 흑치의 군대는 채 이각이 되지 않아 궁과 궐을
완전히 장악했다. 작은 저항은 있었지만 큰 전투는 없었다. 각처 요로
에 손을 써둔 부득불의 치밀한 계획 덕분이었다. 끝까지 거사에 동참
하기를 거부한 병관부령 정목과 몇몇 사출도 출신 대신들은 흑치가
입궁하기 직전 이미 체포되어 궐 안 모처에 구금되었다. 궁궐 수비를
담당하는 호위총관부는 부총관 도금의 적극적인 활약으로 별다른 충
돌 없이 접수되었다. 이 또한 부득불의 수완이었다.

부여궁 곳곳에 횃불의 물결이 일렁이는 가운데 군사들이 터뜨리는
함성이 컴컴한 새벽하늘 위로 솟아올랐다.

"대왕폐하 만세!"

"부여 만세!"

◆ ◆ ◆

새벽이 오고 아침이 밝았다. 하늘 위에 떠오른 해는 이전의 그것이
었으나 그 햇빛 아래의 부여 도성은 전날의 그것이 아니었다. 새로운
세상, 새로운 날이 밝았다.

대소는 하옥되고 원후와 양설란은 처소에 연금되었다. 아침이 밝기
전, 궐 밖 사처에서 잠들었던 사출도 출신의 대신과 관인들은 몰려온
군사들에게 포박되어 어디론가 끌려갔다.

자줏빛 곤포를 입은 금와가 대전 용상에 올라앉아 어전회의를 주재

했다. 금와가 엄숙한 목소리로 대왕의 친정을 선포하고 나라의 기틀을 새로이 할 것을 선언했다.

왕자의 대리청정 기간 동안 이루어진 많은 시책의 공과가 논단되고 신상필벌이 이루어졌다. 그리고 조정의 직품이 다시 조정되었다. 전날 대소 아래에서 국정을 농단한 간신배들은 낱낱이 가려 처벌하였고 대왕에 대한 절의를 지켜 핍박받던 옛 신하들은 다시 중용되었다. 그 일들로 날마다 하루해가 짧았다.

왕후전 자신의 처소에 연금된 원후에게는 하루하루가 가시방석 위의 날들이었다. 날마다 국왕인 아버지를 능멸하고 나라의 권력을 빼앗은 대소 왕자를 엄벌로 다스려야 한다는 상소가 쏟아졌다. 패륜과 반역, 그리고 그간의 폭정을 들어 참형에 처해야 한다는 주장도 적지 않았다. 여관을 통해 그런 말을 전해 들을 때마다 원후는 낯빛이 파랗게 질릴 정도로 분노했다.

"이, 이런 죽일 놈들이……. 대소가 대전에 있을 때는 눈치나 보며 겁먹은 강아지처럼 꼬리를 흔들어대던 놈들이 감히 대소에게 벌을 내리자고 떠들어대! 내 이놈들을……."

하지만 국왕의 분노가 언제 대소에게 퍼부어질지 모르는 일이라 밤잠을 이룰 수 없는 원후였다. 한 아들은 천만 리 먼 이국땅 장안에 질자로 잡혀가 있고 한 아들은 자신이 다스리던 나라의 형옥에 갇혀 죽을지도 모를 벌을 기다리는 처지였다. 내관을 통해 금와에게 몇 번이나 알현을 청했지만 허락되지 않았다. 창살 없는 감옥인 처소에 갇혀 언제 날아들지 모를 두려운 소식에 귀 기울여야 하는 날들이니 살아도 산 것이라 할 수 없는 하루하루였다.

그래도 한 가닥 희망이라면 처소로 연금되기 전 설란이 한 말이었다.

"걱정 마세요, 왕후마마. 현토성의 아버님께서 부여에서 일어난 사단을 결코 가만히 두고 보지 않으실 겁니다. 흑치 장군이 변방을 지키던 군사를 몰아 도성으로 왔으니 지금의 부여는 울타리 없는 집이나 마찬가지입니다. 아버님께서 반드시 한의 철기군을 몰고 와 이 나라를 바로잡으실 것입니다. 그때까지만 기다리세요, 마마."

그렇다면 마가 고을의 오라버니들 또한 가만히 두고 보지는 않을 것이었다. 마가 군장인 백부 원달고는 세상을 떴지만 현재 마가 고을을 다스리는 것은 여전히 그의 자제들인 동항同行의 오라비들이었다.

그날 궁정사자 벼슬을 살던 원후의 오라비 벌개가 찾아와 문안했다.

"왕후마마……."

비단 채색 관복 대신 사인士人들이 입는 흰 무명포 차림의 벌개가 들어서며 울먹이는 소리를 냈다. 대신들의 대대적인 탄핵을 받았으나 왕후의 오라비란 정상이 참작되어 극형은 면한 채 벼슬자리에서 떨려난 벌개가 향리인 마가 고을로 내려가기 전 인사차 들른 것이었다.

언제나 곁에서 크고 작은 일에 의논 상대가 되어주던 벌개가 떠난다는 말에 그간의 설움이 겹친 듯 원후는 자신도 모르게 눈물을 흘렸다. 처음 보는 원후의 눈물에 벌개 또한 눈시울을 붉혔다.

"마마, 너무 상심치 마십시오. 소나기가 세차면 잠시 나무 아래에서 피하고 바람이 거칠면 고개를 숙여 피하는 것이 상책입니다. 비록 지금은 어려움을 겪고 계시나 머지않아 반드시 좋은 시절이 올 것입니다. 그때까지 부디 강녕하시길 바랍니다."

"오라버니……."

"그런데 마마, 현토군의 태수 양정이 대소 왕자를 돕기 위해 대군을
이끌고 오고 있었다고 합니다."

"오, 그래요?"

원후의 눈물 젖은 얼굴이 순간 환하게 밝아졌다. 얼마나 기다리고
기다렸던 소식인가.

"그래, 언제쯤 부여에 당도할 거라고 합니까?"

"마마, 그게……."

"어서 말씀해보세요, 오라버니!"

"부여를 향해 북진해 오던 중 부여 서쪽 국경 부근에서 매복군의 공
격을 받아 군사의 태반을 잃고 다시 현토로 돌아갔다고 합니다."

벌개의 말에 원후의 가슴이 천 길 낭떠러지로 굴러 떨어졌다. 하마
나하마나 기다려온 일이 이렇게 허무하게 먹차다니.

"뭐라고요? 매복을 당해요? 대체 어떤 군사가 현토 군사를 공격했
단 말입니까? 서변에 주둔했던 흑치 군사들은 지금 도성에 들어와 있
지 않습니까?"

"다물군이라고 합니다. 주몽이 이끄는 다물군이 현토 군사가 지나
갈 길목에 미리 숨어 있다가 공격을 퍼부었다고 합니다. 방심하고 있
던 터라 현토 군사들이 힘 한번 써보지 못하고 당했다고 합니다."

원후의 얼굴이 파랗게 질리며 분노로 푸들푸들 떨렸다.

"이, 이런 죽일 놈……. 주몽 그놈은 우리와 무슨 원수가 졌다고 이
렇게 일마다 훼방을 놓고 나선답니까. 이런 찢어 죽여도 시원치 않을
놈……."

현토로부터 도움이 오지 않는다면 이제 대소는 대신들이 내미는 죄
를 입고 망나니에게 목을 맡길 수밖에 없었다. 어떻게 이럴 수가. 천하

를 쥐고 흔들며 대왕의 자리가 하찮던 내 아들이 어떻게 이럴 수가.

"그럴 수는 없습니다!"

원후가 씹어뱉듯 말을 하며 자리에서 일어섰다.

"마마, 어딜 가려 하십니까? 지금 밖에는 무장한 군사들이……."

"내 폐하를 만나야겠습니다. 만나서 폐하 손으로 직접 우리 모자의 목을 베라고 말하겠습니다."

"마마……."

물러설 수 없는 다물의 길

부여의 도성 거리가 뚜렷이 안정을 찾아갔다. 대왕 금와가 친정에 나섰고, 대소 왕자가 그간의 비정으로 옥에 갇혀 대죄하고 있다는 사실이 전해지면서 휑하던 도성 거리에 사람들의 걸음이 점차 늘어나기 시작했다. 그들의 얼굴에 깃들어 있던 공포와 불안의 빛이 가시면서 웃음이 피어났다. 염병만큼이나 두려워했던 이웃과 다시 대화를 시작했으며, 사람들을 그토록 두려움에 떨게 했던 일무광에 대한 기억도 잊어갔다. 대사령을 내려 옥에 갇힌 자들을 대대적으로 무죄백방시키고 백성들을 안돈시키기 위한 정책들을 대대적으로 시행한 것이 효과를 거두고 있었다.

주몽이 부여를 찾았다. 조선의 유민을 이끌고 도망치듯 부여를 떠난 지 두 해 만의 일이었다. 왕권을 회복한 금와가 아들을 보자고 청한 것이었다.

"폐하! 소자 주몽, 폐하께 문안드립니다."

주몽이 고두하여 큰절을 올렸다. 주몽을 바라보는 금와의 얼굴에 감개무량한 빛이 가득했다.

"그래, 너의 소식은 그간 꾸준히 들어왔다. 큰 어려움을 잘도 이겨냈구나. 참으로 장하다."

그리고 부여의 혼란을 틈타 국경을 넘으려던 양정의 군대를 물리친 공을 크게 치하했다. 그 일이 아니었더라면 부여가 존망의 위기에 처할 수도 있었음을 금와는 모르지 않았다.

그간 주몽이 겪은 어려움을 누구보다 잘 알고 있는 금와였다. 혈혈단신 난민에 지나지 않는 유민들을 데리고 떠난 이후 현토와 부여의 모진 공격에도 쓰러지지 않고 마침내 이겨내 대군의 총수로 자리한 아들이었다. 다물군의 놀라운 활약은 최근에도 끊이지 않고 전해졌다. 다물군은 이미 주변의 크고 작은 고을들을 토평하기 시작해 서로는 계수족과 동만족을 복속하고, 북으로는 선비족을 2백 리 밖으로 밀어냈다고 하였다.

"다물군의 활약이 자못 눈부시다고 들었습니다. 하지만 이제는 대왕폐하께서 왕권을 회복하셨으니, 다시 궁으로 돌아오시는 것이 어떻겠습니까, 왕자님."

금와의 곁에 시립하고 선 부득불이 건넨 말이었다. 그러자 문득 주몽이 얼굴 가득 의아한 빛을 띤 채 부득불을 건너다보았다. 마치 처음 보는 낯선 이를 대하는 듯한 눈빛이었다.

아, 어쩌면 오늘 이 자리에 나를 부른 것은 아버지 금와가 아니라 이자 부득불일지도 모른다. 그리고 지금 자기 스스로 그 까닭을 밝히고 있는 것인지도 모른다.

그 순간, 주몽의 뇌리에 떠오른 생각이었다.

도성으로 군사를 끌어들여 대소를 실각시키고 금와의 왕권을 회복시킨 것이 부득불이라고 들었다. 그리고 거사 후 대소에게 충성하던 간신배 잔당들을 제거하는 등 혼란을 수습하고 나라의 기틀을 새로이 하는 일에 중심적인 역할을 한 것도 부득불이라 했다. 지금 조당을 메운 대신들 대부분이 부득불의 천거로 들어온 자들이었다. 이제 부여의 최대 실권자는 대왕 금와가 아니라 부득불이라는 말까지 들리는 터였다.

주몽을 바라보는 유화의 눈길이 금세 젖어들었다. 불과 두 해 만에 몰라보게 변한 어머니의 모습에 주몽은 놀랐다. 어느덧 흰머리가 눈에 띄게 늘어나 있었고, 곱고 단아하던 자태도 세월의 자취가 역력했다. 지난 시간의 노심초사가 한눈에 잡혀오는 모습이었다. 자신이 부여를 떠난 뒤에 어머니가 겪었을 슬픔과 근심과 고통은 얼마만한 무게였을까.

"어머니, 소자 주몽입니다. 그간 강녕하셨습니까?"

주몽이 문안했다. 불과 몇 년 사이에 너무나 많은 일을 겪은 어머니였다. 주몽의 출정과 실종에 이어진 금와의 와병. 그리고 대소의 집권. 그리고 다시 이어진 아들의 출분과 이로 인한 대소의 모진 핍박. 얼마 전엔 못난 아들로 인해 옥사獄事까지 겪었다고 했다. 그 모든 시간들이 어머니에게 얼마나 큰 아픔과 슬픔이었을까를 생각하니 가슴이 날카로운 바늘에 찔린 듯 고통스러웠다.

"어머니……."

유화가 가만히 고개를 숙여 아들의 절을 받았다. 마음속에서 끓어

오르는 감격을 다스리기 어려운 듯 유화의 목소리가 떨렸다.

"그래, 그동안 너도 무탈하였느냐?"

"예, 어머니!"

좀 더 뚜렷이 아들의 모습을 보고 싶었지만 그만 눈앞이 뿌예지며 아들의 모습이 흐려졌다. 부여의 대군에게 쫓기는 아들이 무사히 구명하여 거처나마 마련하였을까 날마다 근심이었던 유화였다. 아들은 슬픔과 불안으로 가득 찬 자신의 심장을 매고 있는 끈이었다. 살아 있는 한시도 자신은 그 아들에게서 자유롭지 못했다. 혹 어느 날 들려올지도 모를 아들의 불길한 소식에 대한 예감으로 그간 단 한 번도 마음을 열고 웃어보지 못했다. 그런데 그 아들이 이렇게 의젓한 모습으로 자신 앞에 나타난 것이다. 그것도 세상 사람들이 추앙하는 다물군의 대장으로.

유화는 아들이 가고 있는 길이 어디를 향한 것인지 모르지 않았다. 그것은 지아비 해모수가 걸어간 길이었다. 하지만 또한 그 길이 얼마나 힘들고 고통스러운 길인지도 모르지 않았다. 그래서 더욱 안타까운 유화였다.

"에미와 소야는 잘 있다. 너는 어느 곳에 있든지 어떤 상황에 있든지 이 에미를 걱정할 필요는 없다. 알겠느냐?"

"예, 어머니……."

"이 아이가 네 아들이다. 이름을 유리라고 하였다."

유화의 말에 주몽이 고개를 돌려 곁에 앉아 눈시울을 붉히고 있는 예소야를 보았다. 또한 그리운 모습이었다.

"부인!"

예소야가 가만히 고개를 숙였다. 변함없이 여리고 가냘파 보이는 자태가 마음에 아렸다. 주몽의 눈길이 그녀의 품에 안긴 갓난아기를 향했다.

주몽이 고개를 들고 몸을 기울인 채 아이의 얼굴을 들여다보았다. 아주 조그만 아기였다. 흰 강보 속에 얼굴이 하얀 아기가 누워 있었다. 순간 주몽은 가슴속에서 무언가가 쿵 소리를 내며 굴러 떨어지는 듯한 충격을 받았다. 어미의 품에서 잠들어 있는 줄 알았던 아기가 하얗게 웃고 있었던 것이다.

주몽은 무심한 발길이 갑자기 허방을 디뎌 휘청이는 듯 놀란 기분이었다.

아, 저 아이가, 저 흰빛으로 웃고 있는 아기가 내 아들이라니…….

그것은 한 번도 경험해보지 못한 가슴 뭉클한 감동이었다. 나는 이제껏 저 아이가 저리도 순결하고 아름다운 모습으로 세상에 존재하리라는 것을 알지 못한 채 살아가고 있었구나. 그 순간 나는 이 아이에게 아무것도 아니었다.

하지만 이제는 그렇지 않을 것이다. 나는 언제 어느 때나 이 아이를 잊지 않을 것이다. 이 아이를 내 아들로, 사랑하는 지체로 기억하고 잊지 않을 것이다. 나의 아들…….

"아이 이름이…… 유리라 하였소?"

"그렇습니다. 얼마 전에 백일을 넘겼습니다."

"수고하였소, 부인. 그리고 미안하오."

주몽이 마음을 다해 진심 어린 목소리로 말했다.

그 밤, 대왕의 침전은 늦도록 불이 밝았다. 대사자 부득불이 금와를 알현하고 있었다.

“폐하, 반드시 그리하셔야 합니다. 어떤 일이 있어도 주몽 왕자를 본 계산으로 돌려보내서는 아니 되십니다.”

“……”.

“주몽 왕자를 설득하여 다물군을 해체하도록 하셔야 합니다. 그래 서 주몽 왕자가 다물군의 대장이 아니라 부여의 왕자로 돌아오게 하 셔야 합니다. 만약 주몽 왕자가 본계산으로 돌아가 계속 다물군을 이 끌게 된다면 우리 부여는 장차 커다란 우환을 안게 될 것입니다. 우리 부여의 존망이 이 일에 달려 있다고 해도 과언이 아닙니다. 그러니 부 디 신의 말을 유념해주십시오, 폐하!”

“주몽과 다물군이 적대하는 것은 현토와 한이 아닌가. 그런데 어찌 하여 대사자는 그 아이를 이토록 염려하고 경계하는 것이오?”

“폐하, 다물군은 이미 작은 군대라 할 수 없는 세력입니다. 더욱이 앞으로는 더욱 강성한 군대로 성장할 것입니다. 온 동이 백성들이 그 것을 원하고 있기 때문입니다. 저들의 마음속에서 다물군은 오랜 꿈 을 실현시켜줄 천하에 다시없는 의로운 군대이며, 주몽은 한으로부터 동이를 구원할 하늘이 내린 지도자입니다. 이미 저들은 주몽을 해모 수 장군의 현신이라 여기고 있습니다. 머잖아 저들은 주몽을 다물군 의 지도자가 아니라 동이 땅을 어거할 황제로 추앙하려 할 것입니다. 그때가 되면 주몽의 세력은 요원의 불길이 되어 동이 전역을 휩쓸게 될 것입니다. 큰물은 낡은 물건을 떠내려 보내기도 하지만 새 물건도 떠내려 보냅니다. 큰 불은 옥과 돌을 함께 불태워버립니다[옥석구분玉 石俱焚]. 우리 부여가 언제 주몽의 세력에 휩쓸리는 가여운 조각배 신 세가 될지 알 수 없는 일입니다. 부디, 소신의 말을 가납하시어 우리 부여에 천추의 한을 남기지 않으시길 엎드려 청합니다.”

"······알겠소, 대사자."

◆ ◆ ◆

　은성한 잔치가 끝난 다음이었다. 양정의 군대를 물리친 주몽의 공을 치하하기 위해 금와가 마련한 잔치였다. 주몽과 금와는 잔치가 끝난 뒤 대전 별실에서 간소한 주안상을 두고 마주 앉았다. 조금 전까지 기분 좋게 취기가 오른 모습이던 금와의 눈빛이 뜻밖에도 뚜렷했다.
　"주몽아!"
　"예, 폐하!"
　"네가 부여를 떠나야 했던 정황은 잘 알고 있다. 가여운 유민들을 한에게 넘기지 않으려 했던 너의 의기는 칭송받아 마땅한 일이다. 하지만 이제 부여는 과거의 잘못을 바로잡아 안정되어가고 있다. 다시는 한의 터무니없는 요구를 무기력하게 받아들이는 일은 없을 것이다. 짐은 한과 대등한 자리에서 외정外政을 펴나갈 것이다. 그러니 너도 이제는 부여로 돌아오너라."
　짐작했던 일인 듯 주몽은 별다른 반응이 없었다. 금와의 목소리가 간곡해졌다.
　"너에게 보위를 물려주마. 이 나라 부여를 바르게 이끌어나갈 군주의 재목이 너밖에 없다는 것은 짐만의 생각이 아니다. 이 나라는 네가 필요하다."
　"······."
　"다물군을 해체하고 돌아와 이 애비를 도와다오. 짐과 함께 이 나라 부여를 한에 맞설 수 있는 강국으로 만들자꾸나."

“다물군을 해체하라 하셨습니까?”

“한을 물리쳐 다물을 이루고 동이의 유구한 역사와 정신을 회복하는 것이 어찌 다물군을 통해서만 가능한 일이겠느냐? 부여가 또한 그 바탕이 되도록 할 것이다. 그러니 부여로 돌아오도록 하여라.”

“……”

“주몽아!”

“아버님의 말씀 가슴에 새겨들었습니다. 소자, 깊이 생각하여 처신토록 하겠습니다.”

주몽이 절을 올리고 금와의 앞을 물러났다.

그 밤, 새벽이 이슥하도록 주몽은 잠들지 못했다. 처소로 돌아와 잠자리에 들었지만 시간이 지날수록 머릿속은 더욱 맑아왔다. 예소야의 고른 숨소리를 들으며 어둠을 지켜보고 있던 주몽이 조용히 자리를 빠져나왔다.

사월이었지만 밤바람이 차가웠다. 주몽은 느린 걸음으로 마당을 서성거렸다. 서편 하늘에 높이 뜬 만월이 뿌리는 빛으로 마당엔 살얼음이 낀 듯 투명한 달빛이 내려앉아 있었다. 바른편 담장 아래 백양나무 한 그루가 이제 막 솟아오르는 여린 잎사귀를 매단 채 담장 그늘의 어둠 속에 발을 담그고 홀로 서 있었다. 어둠 속에서 금와의 목소리가 들려오는 듯했다.

— 너에게 보위를 물려주마. 이 나라 부여를 바르게 이끌어나갈 군주의 재목이 너밖에 없다는 것은 짐만의 생각이 아니다. 이 나라는 네가 필요하다.

— 다물군을 해체하고 돌아와 이 애비를 도와다오. 짐과 함께 이 나라 부여를 한에 맞설 수 있는 강국으로 만들자꾸나.

금와가 이 나라 부여를 자신에게 주겠다고 했다. 이 나라를 바탕으로 다물을 이루라 하였다……..

부여는 지경이 넓고 거민이 8만 호에 이르는 동방의 강국. 군마를 조련하고 군사력의 확충에 힘쓴다면 동이 땅에서 한의 군현을 몰아내고, 나아가 대륙을 공략해 대동이의 기개를 사해에 떨치는 일이 그리 어렵지만은 않을 것이다. 항차 화적떼처럼 산 속에 영채를 열고 있는 기껏 1천여의 다물군에 비기랴.

하지만 그렇다 한들 저들을 어찌할 것인가. 한의 지배를 끝내 거부한 채 수십 년 세월 동안 바람 찬 들판을 전전해온 그들. 오직 다물의 꿈을 바라고 가족과 고향조차 버린 채 다물군의 군영으로 달려온 그들. 거친 식사와 불편한 잠자리에도 한 마디 불평 없이 다물의 길에 매진하고 있는 그들. 그들의 그 뜨거운 열망과 아름다운 헌신을 어찌할 것인가. 저들을 버리고, 저들과 함께하지 않는 다물이 과연 가능할 것인가.

주몽은 전날 하늘에 나타난 일무광을 기억했다. 그날 하늘에서 어둠이 해를 잡아먹는 광경을 목격한 다물군 속에서 큰 혼란이 일었다. 인간 세상에 내려질 하늘의 재앙에 대한 공포와 두려움은 모든 인간의 피할 수 없는 숙명이었다.

그때 이미 전날 천문을 살펴 일무광이 일어날 것을 예언하였던 여미을이 주몽을 찾아와 말했다.

— 새로운 시대는 옛것의 잔해 위에 세워집니다. 낡은 해가 사라지고 새로운 해가 돋았으니 이제 이 땅에 새로운 시대가 도래할 것입니다. 일무광은 이를 만천하에 알리는 하늘의 엄연한 계시입니다. 저는 어둠을 뚫고 나타난 새로운 해에서 날개를 펼쳐 날아오르는 삼족오를

보았습니다. 삼족오는 다물의 꿈, 해모수 장군의 새이며 주몽 대장의 새입니다. 새로이 펼쳐질 시대는 주몽 대장의 시대이며 그의 영원한 나라입니다.

마당의 어둠 속에 선 주몽은 마음으로 고개를 저었다.

여미을은 틀렸다. 그의 말은 옳지 않다. 앞으로 펼쳐질 시대는 나의 것이 아니라 그들의 것이다. 다물의 꿈에 어린아이 같은 순결한 마음으로 매진해온 그들, 바로 그들이 만들어갈 시대이며 그들이 세울 나라이다. 나는 많은 그들 가운데 하나일 뿐, 어찌 그것을 나만의 것이라 하겠는가.

달빛 속으로 나직한 발자국 소리가 다가왔다.

"서방님! 어이하여 밤이 깊도록 잠을 이루지 못하십니까?"

예소야였다.

"달빛이 너무 고와 절로 걸음이 이끌린 듯하오. 내가 잠을 깨운 모양이구려."

주몽이 다가가 예소야의 손을 마주잡았다. 가냘프고 부드러운 손에서 느껴지는 따뜻한 온기가 주몽에게 전해져왔다. 이 밤 내내 홀로 버려진 듯 외로움 속에 있던 주몽은 그 온기로 인해 큰 위로를 받은 기분이었다.

주몽을 올려다보는 예소야의 눈빛에서 뜻밖에 단단한 결의가 느껴졌다.

"서방님! 신첩 비록 아둔하고 세상의 물정에 밝지 못하나 서방님께서 어이하여 궁을 떠나 그 험한 산야에서 풍찬노숙하시는지 모르지 않습니다. 또한 서방님이 흉중에 품으신 뜻이 얼마나 아름답고 귀한 것인지도 어렴풋이나마 알고 있습니다. 서방님의 뜻은 또한 저의 뜻이기도 합니다. 서방님께서 그 꿈을 향해 나아가시는 길에 혹 저로 인해 그 뜻이 흔들리거나 어려움을 겪으시는 일이 없기를 바랍니다."

예소야의 손을 맞잡은 주몽의 손에 힘이 더해졌다. 주몽의 목소리가 안타까움으로 떨리고 있었다.

"하나, 지금껏 겪은 고초만도 가볍지 않거늘 내 어찌 부인이 겪을 어려움을 외면할 수 있겠소."

"저는 저에게 맡겨진 고난을 묵묵히 이겨냄으로써 서방님이 걸어가시는 길에 동참한다고 여기고 있습니다. 따라서 어떤 어려움이든 즐거운 마음으로 참고 견뎌낼 것입니다. 그러니 혹 저와 아이로 인해 서방님의 큰 뜻이 꺾이는 일이 없기를 간절히 바랍니다. 이는 어머님께서도 마찬가지일 것입니다."

"부인……."

◆ ◆ ◆

금와가 먼 눈빛으로 주몽을 건너다보았다. 그의 깊은 눈길 속에 담긴 것은 분노나 실망감이 아니라 슬픔이었다. 엇갈린 미래를 타고난 자가 느끼는 거역할 수 없는 운명에 대한 슬픔이었다.

"정녕 이 애비 곁을 떠나겠다는 말이냐?"

"송구합니다, 폐하. 소자 부여를 떠나 본계산으로 돌아가겠습니다."

"으음……."

고통과 슬픔을 견디는 한숨이 금와의 입에서 나직이 흘러나왔다. 정녕 이 아이와 나는 함께할 수 없는 것인가. 이것이 이 아이와의 인연의 끝이란 말인가. 가슴속에서 솟구치는 안타까움과 슬픔이 손끝을 저리게 했다.

더욱 슬픈 것은 이날 이후 이 아이와 자신이 함께 나누어 갖게 될 경쟁과 투쟁의 미래였다. 어쩌면 서로를 죽이기 위해, 죽지 않기 위해 분투해야 할 그날들이 손바닥처럼 훤히 들여다보이는 것 같았다. 그런데 이 아이는 이 아비의 슬픔이나 아픔 따윈 아랑곳 않은 채 다물에 대해서만 얘기하고 있구나…….

"소자, 저들 다물의 무리들을 버릴 수 없습니다. 그들은 이미 소자와 피로 맹약한 동지들입니다. 이제 저들 곁으로 돌아가 저들의 꿈이자 소자의 꿈, 그리고 해모수 장군의 꿈인 다물을 위해 목숨 바쳐 헌신하겠습니다."

"이 나라, 이 나라로도 너의 꿈이 부족하더냐? 이 나라를 너에게 줄 것이니 이 나라를 바탕으로 너의 꿈을 펼치라 하지 않았더냐?"

"폐하! 이 나라는 폐하의 나라이며 대소 형님의 나라입니다. 하지만 소자의 꿈은, 소자의 나라는 이 나라처럼 지상에 있지 않습니다."

"이 땅에 있지 않다? 그렇다면 너의 꿈, 너의 나라는 대체 어디에 있느냐?"

"소자의 꿈은 우리 온 동이족의 가슴속에 있습니다. 이 땅 위에 세워져 세월 속에 풍화되어 스러져버리는 것이 아니라 온 동이족의 펄떡이는 심장에 담겨 있고 뜨거운 피톨 속에 녹아 있어 천년 만년 시간이 흘러도 영원히 사라지지 않을 나라를 세우는 것입니다. 다물의 꿈이 그것입니다. 아무리 큰 어려움이 닥쳐도, 어떤 시련이 닥쳐도 결코 포기하지 않고 이 땅을 지켜내고 이 족속의 자존을 지켜낼 동이의 정신, 그것을 오롯이 지켜 전하는 일, 그것이 바로 저의 꿈이며 제가 세우려는 나라입니다. 그것이 있는 한 우리 동이 족속은 앞으로 천년의

시간 만년의 세월이 흐르고 어떤 외세가 침탈한다 하여도 끝내 나라
를 지키고 민족의 자존을 지켜나갈 것입니다.”

금와의 얼굴에 짙은 의문의 빛이 떠올랐다. 주몽의 말은 이제껏 그
가 한 번도 들어보지 못했고 그 누구도 말한 적이 없던 것이었다.

“그렇다면, 이 땅에서 너의 나라는 없느냐?”

“그렇습니다, 폐하. 저는 다물군을 통해 나라를 세우려는 것이 아닙
니다. 동이 땅의 모든 나라는 천제께서 세우신 환국의 전통 속에 존재
합니다. 제가 이루려는 다물은 이 땅에 존재했던 천제의 나라를 회복
하려는 것일 뿐, 누군가의 손에 의해 세워질 나라를 뜻하는 것이 아닙
니다.”

“…….”

“소자, 폐하께 한 가지 청을 드립니다. 지금 옥에 갇혀 있는 대소 형
님에게 관용을 베풀어주시길 바랍니다.”

“대소를 용서하라는 말이냐?”

“형님의 잘못이 비록 가볍지 않으나 그 또한 부여를 위한 충정이었
음을 의심할 수 없습니다. 아름답지 못한 꽃을 탓하지 마시고 그 뿌리
의 수고로움을 가련하게 여기시기를 바랍니다.”

“…….”

주몽을 바라보는 금와의 눈길이 다시 슬픔으로 깊어졌다.

◆ ◆ ◆

궐 밖에 있는 부득불의 사저에 밤이 늦도록 불이 밝았다. 손때로 반
들거리는 자단목 서탁 앞에 허리를 꼿꼿이 세우고 앉은 모습이 살아

있는 사람이 아니라 나무나 돌로 빚은 형물의 형상이었다. 초저녁부터 계속된 부득불의 모습이었다.

하지만 정물처럼 고요한 몸가짐과는 달리 그의 머릿속에는 만 가지 생각이 번개 치듯 어지러이 얽히고설켜 있었다. 그는 자신의 생각을 회의하고 회의하고 회의했다. 그리고 자신의 결정을 부정하고 부정하고 부정했다. 하지만 어쩔 수 없는 일이었다. 그는 자신의 생각을 마침내 결정했고 자신의 결정을 신뢰하기로 마음먹었다.

얼마나 어리석은 자인가, 주몽은.

그는 부여의 왕이 되기를 거부하였다. 그리고 궁벽한 본계산으로 돌아가 다물군 무리의 일원이 되겠다고 하였다. 이 얼마나 어리석은 짓이란 말인가.

금와에게 그 사실을 전해 들었을 때 그의 마음은 정해졌다. 이미 짐작했던 일이었다. 하지만 저녁 내내 그는 다시 회의하고 자신의 결정을 부정했다. 하지만 달리 무슨 길이 있단 말인가.

그가 내세우는 다물의 밝은 대의를 어찌 모르겠는가. 그 대의가 흩뿌리는 그 휘황한 광휘를 어찌 부정하겠는가. 하지만 그것은 그들의 대의였고 그들이 나누어 가질 광휘일 뿐이다.

나 부득불은 부여의 신하이다. 그들이 내세우는 다물이 온 동이를 덮고도 남을 가치라 하더라도 그것이 우리 부여에게 무슨 의미가 있단 말인가. 오히려 그들 대의의 휘황함이 내뿜는 무분별한 열정이 우리 부여와 동이 땅 전체에 가져올 위험을 그는 살피고 있었다. 비록 지금은 한나라의 군현이 동이 땅을 차고앉은 마당이니 그 빛나는 대의가 이끄는 열정은 한곳을 향해 흘러갈 것이다. 하지만 이 땅에서 한의 군현이 물러가고 대륙의 중원족 또한 동이를 돌아볼 여력이 없는 시절이 오면 다물의 그 들끓는 열정은 어디로 향할 것인가. 그때가 되면 다물의 아름다운 대의는 무분별한 정복의 열정이 되어 주변의 약소국을 치는 칼날로 화하리라. 그리고 그 정복의 칼날은 부여에 대해서도 예외가 되지는 않으리라.

어리석은 주몽이 이제 부여를 저버린 채 그 길에 나서려 하고 있다. 그가 부여의 왕이 된다면, 그리하여 부여의 평화와 발전을 위해 앞장선다면 자신은 머리카락을 잘라 신을 삼는 마음으로 그를 섬길 것이다. 그에게 충성을 맹세하고 견마지로를 다할 것이다. 그러나 그는 이를 거부하였다. 이렇게 된 이상 선택은 하나뿐이었다.

그는 죽어야 한다…….

그때 문 밖에서 나직이 아뢰는 집사의 목소리가 들렸다.

"어르신! 호위총관 나으리께서 오셨습니다."

"안으로 뫼셔라!"

휘장이 젖혀지고 갑복을 입은 호위총관 도금이 들어섰다. 형형한 눈빛과 드높은 관골이 무장의 기상을 돋보이게 하는 젊은 장군이었다. 지난번 거사에서 호위부총관으로 있던 그를 부득불이 설득하여 대소를 치는 대열에 앞세웠다. 그의 활약으로 궁성문을 열어 흑치의 군사를 궁 안으로 이끌어 들였고, 호위총관부의 무관들을 무장해제시켜 교전을 막았다. 그 일에 대한 공으로 도금은 새로 호위총관에 제수되었다. 젊은 시절부터 도금은 부득불에게 심열성복해온, 그의 가장 충실한 조력자였다.

말없이 마주 앉는 도금의 얼굴이 긴장으로 굳어 보였다. 이 늦은 밤, 사저로 자신을 부른 데는 각별한 까닭이 있을 터였다.

"소인을 부르셨습니까?"

"지금부터 내가 이르는 말을 잘 듣게. 반드시 그대가 해야 할 일이
있네."

◆ ◆ ◆

궐내 별전別殿에서 잔치가 펼쳐졌다. 내일 본계산으로 떠나는 주몽
을 위해 부득불이 마련한 송별연이었다. 평소 검소하기로 소문난 부
득불답지 않게 육산포림肉山脯林의 상에 악공과 미희들까지 곁들인 어
연번듯한 잔치였다. 부여 도성에 온 이후 여기저기 잔치 자리에 불려
다닌 마리와 협보, 무골도 이런 은성한 자리는 처음인 듯 입이 떡 벌어
져 희희낙락하고 있었다. 평소 웃음이 많은 협보는 주변의 시답잖은
농에도 연신 으하하하 탁자를 두드리며 웃음을 쏟았다.

"한번 생각들 해보라구. 유민들은 아직 강을 건너지도 못했는데, 부
여군이 코앞으로 개미 떼처럼 새까맣게 몰려오는 거야. 거기다 우리
는 며칠을 굶어 칼 뽑을 힘조차 없는데 말야. 그러니 어떡해? 그냥 미
치는 거지."

협보가 전날 유민과 함께 본계산으로 향하던 중 휘발강 앞에서 부
여군과 맞닥뜨린 상황을 입에 침을 튀겨가며 이야기하고 있었다. 마
리가 맞장구를 치고 나섰다.

"그럼. 거의 똥은 마렵고, 소나기는 쏟아지고, 길은 미끄럽고, 꼴짐
은 넘어지고 하는 형편인 거지, 뭐."

"아무튼 미치는 거야. 하지만 우리가 누구야? 천하의 다물군 아니
냐? 다해봐야 쉰도 안 되는 군사로 부여군 5천 명과 죽기를 각오하
고 맞붙어 싸움을 시작한 거야. 좋다, 이놈들! 어서 오너라. 한번 붙

어보자. 우리를 깡그리 죽이기 전까지는 한 발짝도 이곳을 지나갈 수 없다!"

협보의 목소리가 비장해지고 있었다. 옆자리의 무골은 그러나 이미 여러 번 들어 귀에 익은 소리라는 듯 심드렁한 표정이었다.

"우와, 이건 완전히 일당백인 거야. 다물군 한 사람이 부여군 백 명을 상대로 싸운 거라구. 휘발강 앞 벌판이 부여군의 시체로 가득했었다니까. 결국 우리 다물군이 5천도 넘는 부여군을 물리쳤다는 거 아니냐."

그곳이 부여의 대궐 안이란 것도 아랑곳 않은 채 협보가 신이 나서 떠들어댔다. 무골이 들고 있던 술잔을 내려놓으며 피식 웃음을 날렸다.

"쳇! 처음엔 5백이라 그러고 다음엔 2천이라더니 그새 또 5천이 됐수?"

협보가 기분이 상한 듯 찢어진 눈으로 무골을 흘겨보았다. 무골이 모른 체 입 안에 안주를 넣고 쩝쩝 씹어대며 말했다.

"거, 5백이든 5천이든 좋은데 말유. 난 당최 믿음이 안 가. 다른 사람들은 몰라도 형님 솜씨론 통 못 믿을 소리라서……."

협보가 기어이 발끈했다.

"이놈이 또 사람 열 받게 하네! 내 손으로 베어 넘긴 적들이 얼만데. 너 지금 당장 나가서 나랑 한번 붙어볼 테야?"

무골이 손사래를 쳤다.

"아따! 농이요, 농. 하여간에 성질머리 하난 일당백이 아니라 일당천이지."

"뭐라고, 이 자식이 정말!"

좌중에서 와하하 웃음이 일었다. 상석의 부득불이 넘쳐흐르는 술잔을 들어 말했다.

"허허허! 오늘 이 자리에서 다물의 영웅들을 보니 비로소 참된 대장부가 어떤 사람들인지 알 것 같습니다. 이 늙은이가 주몽 왕자님과 다물 용사들의 장대한 무운을 기원하는 술을 들겠습니다."

부득불이 손을 들어올려 단숨에 잔을 비웠다. 그러자 좌중이 다 함께 술잔을 들어 비웠다. 이에 기다렸다는 듯 악공의 연주가 이어지고 미희들의 교태 어린 웃음이 연회장을 메웠다. 미주美酒와 가효佳肴가 넘쳐나는 술상 위로 사내들의 호탕한 웃음소리가 넘나들었다.

그런 가운데 주몽의 왼편에 앉은 묵거만은 무엇이 마음에 차지 않는지 그늘이 드리운 얼굴로 말이 없었다. 그런 모습이 보기에 딱했던지 협보가 몇 번이나 통을 놓았지만 묵거는 종내 표정을 풀지 않았다.

측간이라도 다녀온 듯 한참 자리를 비웠던 묵거가 돌아와 주몽에게 나직이 말을 건넸다.

"대장님! 아무래도 바깥 공기가 심상치 않습니다."

"무슨 말이냐?"

"전각을 지키는 위사들의 수가 지나치게 많습니다. 부여 도성에 온 후 대궐에서의 연회가 처음이 아닌데 이렇게 삼엄한 경비는 처음입니다. 아무래도 이상합니다."

주몽이 눈을 들어 연회장을 둘러보았다. 딱히 무어라 말하기는 어렵지만 좌중에 수상한 기운이 떠돌고 있다고 느낀 것은 주몽도 마찬가지였다. 부득불이야 워낙 노회한 자라 그렇겠지만 그 좌우의 호위 총관이나 병관부 장수들에게서 무어라 말하기 어려운 과장된 웃음과 경직된 태도가 엿보였다.

주몽이 들이붓듯 술잔을 들이켜고 있는 협보를 걱정스러운 눈길로 바라보았다. 주몽이 앞에 놓인 술잔을 단숨에 비운 뒤 부득불을 향해 말했다.

"우리를 위해 이렇게 훌륭한 자리를 마련해주신 대사자의 후의에 깊이 감사드립니다. 밤을 새워 함께 석별의 정을 나눈들 부족하겠지만 우리들은 내일 먼 길을 나설 몸이라 이만 침소로 돌아가겠습니다."

예기치 않은 주몽의 말에 부득불이 문득 놀란 표정을 지었다. 하지만 금세 얼굴 가득 사람 좋은 웃음을 띠며 말했다.

"허허허! 천하의 영웅들께서 이깟 몇 잔 술을 두고 염려하십니까. 본계산이 이곳에서 천 리 밖에 있는 것도 아니니 왕자님께서는 좀 더 연회를 즐기시기 바랍니다. 늙은이의 정성을 설마 이렇게 중동무이로 하시겠습니까?"

이미 취기가 꼭지까지 오른 협보도 안 될 말이라는 듯 투덜거렸다.

"대사자 어르신의 말씀이 백 번 지당하십니다. 이제 막 술맛이 나려는 참인데 벌써 일어서다니요, 대장님."

주몽이 자리에서 일어서더니 부득불을 향해 예를 올렸다. 묵거가 잡은 술잔을 내려놓지 않으려는 협보를 간신히 일으켜 세웠다. 주몽이 성큼성큼 걸음을 옮겨 연회장을 나섰다. 부득불이 날카로운 눈길로 그런 주몽의 뒷모습을 노려보았다.

어느덧 밤이 깊었고, 군데군데 세워 올린 횃불이 마당을 훤히 밝히고 있었다. 그들이 마당을 가로질러 중문으로 다가설 때였다. 문이 획 열어젖혀지며 창검을 앞세운 병사들이 우르르 쏟아져 들어와 좌우로 벌여섰다. 그 앞에 나서는 자는 조금 전까지도 연회장에서 부득불 곁에 앉아 있던 호위총관 도금이었다.

"총관! 이게 무슨 짓이오! 어이하여 병사를 이끌고 나의 앞을 막아서는 것이오?"

주몽의 호통에 도금이 빙그레 웃음 띤 얼굴로 답했다.

"왕자님을 포박하라는 대사자 어르신의 명이시오. 그러니 순순히 오라를 받으시오."

"이놈들이!"

무골과 마리가 소리치며 허리를 더듬어 검을 뽑으려 했으나 허전한 손길만 헛될 뿐이었다. 연회에 나서느라 검을 침소에 놓아두고 온 터였다. 주몽이 마당을 밝힌 횃불에 의지해 주변을 둘러보았다. 이미 치밀하게 대비한 일인 듯 창검으로 무장한 병사들뿐 아니라 수십여 명의 궁수까지 담장 아래 포진한 채 여차하면 화살을 날릴 태세였다.

등 뒤로 천천히 부득불이 다가왔다. 불빛에 비친 그의 그림자가 거인의 그것처럼 주몽 앞에 길게 드리워졌다.

"대사자!"

주몽이 소리쳤다.

"이 무슨 해괴한 일이오! 나를 포박하라니, 대사자가 그리 명하였소?"

"그렇습니다, 왕자님."

별다른 감정을 느낄 수 없는 부득불의 나직한 목소리였다.

"제가 그리 명하였습니다. 뭣들 하느냐, 어서 이들을 포박하지 않고."

대사자의 영에 병사들이 달려들어 오라를 지웠다. 군관복 차림의 장수 하나가 다가오더니 쇠뭉치로 주몽의 다리를 후려쳤다.

"헉!"

주몽이 비명을 지르며 쓰러졌다. 군관복은 다른 사람들도 그렇게 하나씩 무릎을 꿇렸다.

부득불이 주위를 물리쳤다. 사방을 에워싸고 있던 병사들이 썰물처럼 물러가고, 대신 전문 살수가 분명해 보이는 날카로운 눈매의 사내들이 주몽과 마리 등의 주변에 늘어섰다. 그들의 무표정한 눈길 속에 깃들인 매서운 살기에 주몽은 소름이 돋는 느낌이었다.

"폐하께서 이 일을 명하셨소, 대사자?"

주몽의 물음에 대사자가 여전히 감정이 묻어나지 않는 억양으로 대답했다.

"이 일을 명한 것이 누구든, 달라질 것은 아무것도 없습니다. 일을 이렇게 만든 것은 바로 왕자님이시니까요. 왕자님 스스로 자신을 죽음으로 몰아간 것입니다. 그러니 새삼 누구를 원망하실 까닭이 없습니다."

"……."

부득불이 말없이 주몽을 바라보았다. 일렁이는 횃불 빛 속에서 그의 눈길 위로 일말의 안타까움과 슬픔이 떠올랐다 사라지는 것을 주몽은 놓치지 않고 보았다.

"이자들의 목을 베어라!"

부득불이 명했다. 석상 같은 자세로 서 있던 사내들이 훈련된 짐승처럼 즉각 칼을 뽑아들며 앞으로 다가섰다.

"이, 이놈들! 정말 우릴 죽이려 하느냐!"

마리가 겁에 질린 소리를 냈다. 한 사내가 한 걸음에 썩 주몽 앞으로 다가들었다. 잠시 상대를 가늠한 사내가 번개같이 칼을 들어올려 주몽을 베려는 찰나였다.

"그만두어라!"

벽력같은 호통이 숨 막히는 긴장을 깨뜨리며 들려왔다. 살수가 허공에서 칼을 멈춘 채 소리 나는 쪽을 향해 돌아섰다. 부득불의 얼굴이 하얗게 바랬다.

문 앞에 금와가 엄한 눈길로 마당을 지켜보며 서 있었다. 열린 문 뒤로 왕의 위사들이 길게 벌여서 있었다.

"폐하……."

"무슨 일이오? 누가 저 아이를 죽이라 명한 것이오?"

"……."

"어서 말해보시오!"

"신이 그리한 것입니다."

금와의 얼굴이 침통한 빛을 띠며 일그러졌다. 말없이 마당의 광경을 지켜보는 모습이 깊은 상처를 입은 사람처럼 고통스러워 보였다. 이윽고 금와가 입을 열었다.

"저 아이를 풀어주시오."

"폐하, 아니 됩니다!"

부득불이 단호하게 말했다. 순간 푸른 불꽃같은 노여움이 부득불의 얼굴 위로 떠올랐다.

"폐하! 주몽 왕자를 놓아 보내서는 아니 됩니다. 우리 부여의 사직의 명운이 지금 이 순간에 달렸다는 것을 모르십니까? 신, 이 자리에서 목숨을 버리는 한이 있더라도 주몽 왕자를 반드시 죽일 것입니다."

"……."

"네 이놈들, 무엇하느냐! 어서 저 부여의 원수를 목 베지 않고. 당장 저자를 베어 죽여라!"

부득불이 살수들을 향해 광기 어린 고함을 토했다. 하지만 다들 움찔거리기만 할 뿐 아무도 칼을 들려는 자가 없었다.

금와가 주위를 돌아보며 분부했다.

"왕자와 그 졸하들의 포박을 풀어라!"

영을 받은 위사들이 뛰듯이 다가가 주몽의 몸을 묶은 오라를 풀었다. 그 광경을 묵묵히 지켜보던 부득불이 체념한 듯한 표정으로 긴 한숨을 내쉬었다.

"폐하, 오늘의 이 일이 우리 부여에 천추의 한을 남기는 일이었음을 깨달으시는 날이 올 것입니다. 그때가 되면 오히려 목숨을 버려 이 일을 막지 못한 소신을 탓하게 되실 것입니다."

"⋯⋯."

"이로써 우리 부여의 사직은 새 왕국의 말발굽 아래 짓밟혀 바람에 불려가는 티끌처럼 허무하게 스러져버리고 말 것이며, 부여의 백성은 그 자손들에게 복속되어 비참한 노예의 삶을 면치 못하게 될 것입니다. 이 모든 것이 어린 인정에서 비롯되었으니 어찌 통탄하지 않을 것입니까."

"대사자는 그 입을 다물라. 다시 한번 짐과 이 나라 부여를 조롱하고 저주하는 말을 하였다간 내 용서치 않을 것이오!"

"폐하, 차라리 신을 이 자리에서 참하시어 신의 눈으로 부여가 무너져 내리는 참담한 순간을 목격하지 않게 하십시오."

"⋯⋯."

금와의 시선이 결박에서 풀려난 주몽을 향했다. 금와가 바윗덩이같이 무거운 목소리로 입을 열었다.

"어서 네가 가고자 하는 곳으로 떠나거라. 그곳에서 너를 기다리는 것이 새로운 왕국이든 망국의 부활이든, 네가 뜻한 바를 향해 달려가거라. 하지만 너와 나의 인연은 이로써 끝이 났다. 이곳은 이제 더 이상 너의 본향이 아니다. 아무도 너를 기다리지 않을 것이며 아무도 너를 반기지 않을 것이다"

"아버님……."

"우리가 다시 만나는 날 다만 적으로 만나지 않기를 바랄 뿐이다."

주몽이 금와를 향해 엎드려 큰절을 올렸다. 주몽을 외면한 채 마당의 어둠을 향해 시선을 두고 있는 금와의 얼굴에 삭풍이 휘몰고 가는 메마른 겨울나무와도 같은 쓸쓸함이 감돌았다.

◆ ◆ ◆

그 밤, 부득불의 사저에 드문 광경이 빚어졌다. 엄격한 금욕생활을 일관되게 지켜오던 부득불이 폭음을 한 것이다. 늙은 집사를 호통쳐 술을 대령케 한 부득불은 온몸이 술에 잠기도록 무서운 폭음에 빠져들었다. 머리카락에서 술기운이 배어날 정도로 술을 마셨지만 그의 의식은 닦인 청동거울처럼 더욱 맑게 빛날 뿐이었다.

어리석은 자 같으니……. 값싼 인정에 얽매여 다시없는 기회를 놓치다니. 이제 부여는 동이의 맹주로 군림할 수 있는 기회를 스스로 차버리고 말았다. 남은 것이라곤 굴욕과 패배, 곧 멸망으로 나아가는 길뿐이다. 이 어찌 통탄치 않을 것인가.

부득불은 금와에 대한 증오와 환멸이 강력한 취기처럼 온몸에 스멀스멀 피어오르는 것을 느꼈다.

어리석은 왕. 그로 인해 나라는 동방의 유일한 대국으로 발전할 기회를 잃었으며, 오히려 적들에게 목숨을 구걸하며 쫓겨다니는 신세가 되고 말 것이다. 어리석은 왕으로 인하여…….

부득불은 다짐했다.

이 나라 부여가 어찌 금와대왕 혼자만의 것이랴. 아득한 옛날, 간난신고를 이기며 척박한 땅에 나라를 연 시조 동명성왕과 이를 지켜온 열성조, 사직과 나라의 강역을 수호하기 위해 전장에서 뜨거운 피를 쏟으며 죽어간 병사들, 조세와 부역을 감당하며 나라의 바탕이 되어온 이름 없는 백성들, 그들 모두의 헌신과 희생과 노력으로 유지되어 온 것이 이 나라 부여이다.

그런데 어리석은 왕의 어리석은 행위로 인해, 아, 이 유구하고 찬란한 역사를 지닌 부여가 멸망의 길로 들어서야 한단 말인가. 사람이 밟아 행할 길 가운데 하늘 아래 땅 위에 충보다 더 큰 것은 없다고 하지만, 이런 어리석은 왕에게 충성을 다하는 일이 과연 의인가.

그렇지 않을 것이다. 나라의 근본은 왕이 아니라, 왕실이 아니라 이 나라 백성들일 것이니, 백성의 안위를 위협하는 것이면 그가 비록 왕이라 할지라도 단호히 반대하여야 할 것이다. 어리석고 악한 왕을 좇다 결국은 나라와 자기 자신을 망친 수많은 충신지사들을 부득불은 알고 있었다. 하지만 역사가 그들에게 지어준 이름은 충신이 아니라 나라를 망친 간신배였다. 충신과 간신의 차이는 결국 그들이 섬기는 왕의 올바름에 있는 것이다.

어리석은 왕을 향한 맹목적인 받듦과 섬김이 어찌 충성일 수 있으랴. 주발이 네모지면 그 속에 든 물도 네모가 되고, 주발이 둥글면 그 속에 든 물도 둥글게 된다. 마찬가지로 왕이 어질지 못하고 어리석으면 백성 또한 그렇게 되는 것이다. 나라의 어진 신하라면 군왕의 잘

못을 드러내고 밝혀 올바른 길로 가도록 하는 것이 참된 충이 아니겠
는가.
　이런 생각들이 취기로 달아오른 뜨거운 몸뚱어리 속에서 끓는 죽처
럼 쉴 새 없이 들끓었다. 밤이 깊어가고 있었고 비운 술잔은 늘어갔으
나 부득불의 머릿속은 하나의 깨달음과 하나의 결의로 차차 명료해져
갔다.

기적 같은 승리

　자리한 이들의 표정이 한결같이 돌이라도 삼킨 듯 딱딱하게 굳어 보였다. 그리고 그것은 또한 그들의 굳은 의지를 드러내 보이는 것이기도 했다.

　"송양이 오늘 아침 비류를 출발해 현토로 가고 있다는 소식입니다. 그렇다면 내일 중화참에 문주산에 이를 것입니다."

　"규모가 얼마나 되는가?"

　"조공물을 실은 수레가 일곱에다 짐바리를 진 짐꾼이 열, 이를 호위하는 군사들이 스물다섯이라 합니다."

　연타발의 물음에 사용이 답했다. 비류에 심어놓은 계루의 세작이 전해온 소식이었다. 해마다 이맘때면 어김없이 나서는 송양의 조공 행렬이었다. 이를 두고 계루는 이미 오래전부터 준비에 준비를 거듭해온 터였다.

“언제 출발할 거예요?”

소서노가 우태를 향해 물었다. 그런 그녀의 표정에 깊은 염려와 우려가 드러나 보였다.

“출진 준비는 마쳤습니다. 오늘 밤 날이 어두워지면 출발하겠습니다.”

“조심해야 한다. 송양 그놈은 늙은 암고양이만큼이나 교활하고 영리한 놈이라 또 무슨 대비책을 마련해두고 있을지 모른다. 얕잡아보고 섣불리 공격했다간 낭패를 당할 수도 있다. 알겠냐?”

계필 또한 마음이 놓이지 않는 표정이었다.

“걱정 마세요, 아버지. 송양은 우리가 저를 노리고 있는 줄 꿈에도 알지 못할 거예요. 반드시 그자의 목을 가져올 테니 염려 마세요.”

대군장의 자리에 오른 이후 송양이 계루에 가한 핍박과 탄압은 필설로 이루 헤아리기 어려울 정도였다. 계루는 송양의 요구에 따라 상단 호위무사를 제외한 계루의 군사를 무장해제하고 군대를 해산했다. 그리고 해마다 정기적으로 비류에 엄청난 양의 공물을 바쳤다. 나라 안팎에서 이루어지는 모든 큰 상거래는 송양에게 보고하지 않으면 안 되었다. 또 해마다 정초가 되면 소서노가 비류로 건너가 송양에게 신년 하례를 올려야 했다.

이런 굴욕적이고 수치스러운 일들을 소서노는 묵묵히 감내했다. 그러면서 오직 상업에만 힘을 쏟았다.

소서노는 송양에게 고해야 하는 상거래 외에 따로 상단을 꾸려 비밀리에 대규모 상거래를 성사시켜 나갔다. 사용이 그 일을 맡았다. 사용의 상단은 외방에서 외방으로 떠돌며 대규모 상업을 펼쳤다. 이로 인한 막대한 수익이 시시때때로 강물처럼 계루로 흘러들었다.

이렇게 하여 쌓은 거만의 금전을 소서노는 은밀한 곳에 쏟아부었다. 곧 용병을 기르는 일이었다.

계루의 동북쪽, 동이족의 성산으로 일컬어지는 백두산 일대에 거주하는 백산말갈白山靺鞨은 예맥의 일족으로 반농반수렵을 하며 살아가는 산림족이었다. 산골짜기 험한 지형에 반지하 정도로 땅을 파 집을 삼는 수혈竪穴 주거 생활을 하는 이들 족속은 비록 인구가 많지는 않지만 워낙 기질이 억세고 사나워 이웃 나라들이 한결같이 두려워했다.

백산말갈 사람들은 어릴 때부터 활이나 창검을 다루는 데 능했다. 특히 독을 바른 활을 잘 다뤄 쏘는 대로 백발백중일 정도였다. 환경이 워낙 열악한 탓에 이들은 자신들의 강한 전투력을 앞세워 이웃 나라를 자주 노략하기를 서슴지 않았다. 이런 호전성으로 인해 주변 모든 나라들이 이들을 두려워하고 가까이하기를 꺼렸다.

소서노가 관심을 가진 것은 바로 이들 백산말갈 족속의 탁월한 전투력이었다. 소서노는 상업을 통해 축적한 많은 금전을 쾌척하고 이들 족속 가운데 건장하고 전투에 능한 젊은이들을 골라 병대兵隊를 조직하였다. 이른바 용병傭兵으로 쓰기 위함이었다. 그런 것이 어언 삼년, 이제는 소서노가 기른 용병의 수가 기백을 넘어서고 있었다.

소서노는 이들 용병을 이용해 송양의 비류를 무너뜨릴 계획을 세웠다. 피해가 클 수밖에 없는 전면전이 아니라 군장인 송양을 제거함으로써 비류를 무력화시킬 계획이었다. 그리하여 송양의 거취를 면밀히 살펴오고 있었다.

그런 차에 비류에 심어둔 세작으로부터 송양이 양정에게 조공을 바치기 위해 현토성으로 떠나리라는 소식이 왔다. 이에 소서노는 백산말갈의 용사 오십을 가려 뽑아 길목인 문주산에서 습격하기로 계획을 세웠다. 우태가 자신이 나서 용병을 이끌겠다고 자원했다.

날이 어두워지기를 기다려 우태와 사용, 그리고 계루의 장정 몇이 문주산을 향해 떠났다. 혹 지켜보고 있을지도 모를 비류의 눈을 저어 한 때문이었다. 백산말갈의 용병들이 문주산 어름에서 기다리고 있을 터였다. 얼핏 보아서는 이웃 마을에 나들이 가는 행색으로 관사를 떠나는 우태 일행을 소서노가 문 앞까지 나서서 배웅했다.

그들의 큰아들인 비류가 소서노의 치맛자락을 잡고 서 있었다. 우태의 눈길이 아들을 향했다. 아비의 자애로움이 담뿍 담긴 얼굴로 우태가 말했다.

"아버지가 돌아올 동안 어머니 말씀 잘 듣고 있거라. 다녀와서 아버지가 말 타는 법을 가르쳐주마."

소서노가 풋, 웃음을 터뜨렸다.

"이제 두 돌 지난 아이한테 무슨 말 타는 법을 가르친다고 그래요?"

"계루의 사나이는 걸음마보다 말 타는 법을 먼저 배우는 법이라오. 그래야 진정한 사내라 할 수 있지."

소서노와 나란히 선 유모의 품에 아직 젖먹이인 둘째 아들 온조가 안겨 있었다. 우태가 손을 내밀어 아이의 볼을 쓰다듬었다.

"다녀오겠소."

이웃 나들이라도 가는 듯 씩, 사람 좋은 웃음을 지어 보인 우태가 말에 올랐다.

더딘 시간이 흘렀다. 사흘이 지났지만 우태로부터는 소식이 없었다. 나흗날 아침이 밝자 소서노와 사람들의 얼굴에 초조한 빛이 어리기 시작했다. 계획대로 일이 이루어졌다면 늦어도 지난밤까지는 돌아왔어야 할 일이었다.

초조한 시간이 흐르고 그날 어둑발이 내릴 저녁 무렵, 군장 관사 밖이 문득 소란해졌다. 나이 든 노복이 달려와 고했다.

"군장님! 군사들이 돌아왔습니다."

소서노가 품속의 온조를 유모에게 맡기고 빠른 걸음으로 마당에 나섰다. 떠날 때와는 달리 백산말갈의 용사를 직접 거느린 사용이 다가와 소서노에게 군례를 올렸다. 용병을 데리고 돌아왔다는 것은 계획이 성공하였다는 뜻이리라. 소서노가 반색을 하며 말했다.

"수고했다. 그래 일은 잘 마무리되었느냐?"

"……."

소서노를 올려다보는 사용의 얼굴에 침통한 빛이 가득했다.

"무슨 일이야? 송양을 죽이는 데 실패한 거야?"

"……비류의 군사는 전멸했습니다. 그들이 가져가던 공물은 빼앗아 약속대로 백산말갈 고을로 보냈습니다."

"송양은 어찌되었어?"

"전투 중 상처를 입고 달아났습니다. 군사를 내어 쫓았지만 잡지는 못하였습니다."

송양을 죽이지 못한 것은 계획에 큰 차질이 아닐 수 없었다. 비류로 돌아간 송양이 주력군을 정돈하여 언제 계루를 들이칠지 알 수 없는 일이었다. 그렇다면 한시라도 바삐 백산부에 있는 나머지 용병을 데려와 방비를 해야 할 일이었다. 그러고 보면 사용이 낙심한 표정을 지을 만했다.

"군장님……."

사용의 목소리가 떨리고 있었다. 심상찮은 기미를 느낀 소서노가 물었다.

"왜 그래? 무슨 일이 있었던 거야? 서방님은 왜 보이지 않는 거지?"

"……행수님께서 돌아가셨습니다."

사용의 말이 허공에서 공명을 일으키며 소서노의 귓전에서 소용돌이쳤다. 소서노는 잠시 비현실적인 느낌에 빠진 채 우두커니 서 있었다. 웅웅대는 듯하던 사용의 말이 쉬지 않고 귓전을 어지럽혔다. 한동안 의식의 공황상태 속에서 멍한 표정으로 서 있던 소서노가 더듬거리듯 물었다.

"다시 한번 말해봐. 서방님이……."

"적들과 교전 중에 전사하셨습니다. 송양의 호위무사들을 해치우고 송양에게 상처를 입혔지만 등 뒤에서 덤벼든 호위부장의 칼을 맞고 그만 그 자리에서 절명하셨습니다."

"……."

소서노가 천천히 돌아섰다. 그리고 아이들이 있는 자신의 방을 향해 걸음을 옮기기 시작했다. 우태가 돌아오길 기다리던 순간순간 알 수 없게도 마음 깊은 곳을 건드리던 그 불안감의 정체가 바로 이것이었구나……. 그가, 우태 오라버니가 죽었다. 나로부터, 계루로부터, 세상으로부터 떠나버렸다…….

걸음을 내딛던 소서노가 어느 순간 빈 부대처럼 허물어져 내렸다. 사용과 비복들이 놀라 달려갔다.

"군장님!"

깊은 슬픔이 계루의 하늘을 덮었다. 온 나라 사람들의 애통 속에 우태의 장례가 치러졌다. 장례 기간 내내 소서노는 의연한 모습을 잃지 않았다. 영혼이 빠져나간 우태의 차가운 몸이 성 밖에 있는 커다란 느릅나무 아래 놓이고, 허공을 배회하던 독수리들이 날아와 그의 살을 뜯어먹기 시작하는 것을 지켜볼 때도 눈물 한 방울 흘리지 않았다. 그러나 그날 밤, 천지가 깊은 잠에 든 시간, 소서노의 방에서는 새벽이 이르도록 숨죽인 울음이 그치지 않았다.

이튿날, 아침이 채 밝기도 전이었다. 행수 회의를 소집한 소서노가 비류 공략을 선언했다.

"내가 직접 선봉에 서겠어요. 백산부의 용병들을 하나도 남김없이 불러모아 출정 준비를 하세요. 그리고 이전에 군사로 있던 계루의 장정들을 재소집하여 무장시키세요."

◆ ◆ ◆

본계산 다물군 영채의 조련장 한구석에서 씨름판이 벌어졌다. 다물군의 용사들 가운데 힘꼴을 쓰는 자들이 저마다 팔뚝을 걷어붙인 채 씨름판으로 나섰다. 그 가운데 단연 돋보이는 자는 협보였다. 부여 도성의 저잣거리에서부터 완력이라면 당할 자가 없던 소문난 힘꾼이었다.

"이런, 쯧쯧! 다물의 용사라는 자들이 사흘에 피죽 한 그릇도 못 먹었나, 힘쓰는 꼴들이 어째 그래? 그래 가지고서야 한나라 철기군은커녕 화적떼 하나라도 당하겠는가?"

기세가 양양해진 협보가 씨름판을 따라 둘러앉은 다물군을 향해 이기죽거렸다. 협보의 거들먹거리는 꼴에 잠자코 보고 있던 무골이 끙, 몸을 일으켰다.

"거, 처음 보는 사람은 바지 입은 계집인 줄 알겠네. 사내가 되어서 웬 말이 그리 많수. 어디 나랑 한판 붙어봅시다."

바야흐로 양호상투兩虎相鬪, 범 같은 두 사내가 샅바를 부여잡고 맞붙었다. 고목도 뽑아 메친다는 협보의 완력이었고, 거기다 또한 힘이라면 누구에게도 뒤지지 않는다고 자부해온 무골이었다. 두 사내가 거칠게 콧김을 뿜어대며 용을 쓰기 시작했다. 반 푼도 한쪽으로 기움이 없는 팽팽한 대결이 한동안 계속되었다.

"야, 이놈아! 힘만 쓰지 말고 기술을 써! 발을 빗장 걸어 넘기란 말야! 협보 저놈은 힘만 장사지, 통 기술을 몰라!"

구경꾼 속에 섞여 속이 터진다는 듯 소리치는 것은 무송을 따라 잠시 본계산에 다니러 와 있던 모팔모였다.

"그려! 몸을 낮추고 왼다리로 무골이 오른다리 안쪽을 걸어서 그냥 죽을 둥 살 둥 샅바를 당겨! 그럼 그냥 넘어간다구……."

"아녀, 협보! 그게 아니라니까. 무골이를 위로 끌어올렸다가 몸을 돌리면서 패대기를 치란 말야!"

모팔모뿐 아니라 둘러선 자들이 저마다 씨름꾼이 되어 한 마디씩을 던졌다. 그런 순간이었다.

"와!"

군사들의 환성이 한꺼번에 터지며 허공으로 솟구쳤다. 기우뚱 중심을 잃은 채 어어 하던 무골이 그만 쑥 허공으로 들어올려지며 바닥으로 나동그라졌다. 협보가 무를 뽑듯 무골을 들어올려 땅에다 내동댕이친 것이었다. 바닥에 널브러진 무골이 믿기지 않는다는 표정으로 협보를 올려다보고 있었다.

"와! 천관사자가 이겼다."

군사들의 함성이 영채 위로 메아리쳤다. 한껏 기세가 등등해진 협보가 또다시 소리쳤다.

“나와 겨룰 사람이 있으면 지금 당장 나오너라!”

나서는 사람이 없자 협보가 더욱 기세가 올라 소리쳤다.

“나와 상대할 사람이 하나도 없단 말이냐? 누구든 날 이기는 자에게 청동전 열 냥을 내놓겠다.”

군사들 사이에서 다시 환성이 일었다. 하지만 서로 눈치만 볼 뿐 아무도 선뜻 나서려는 자가 없었다.

“없어? 이런 한심한 자들 같으니라구. 그렇게 배짱이 없어서 어떻게 한나라 놈들과 맞서 싸우겠단 말이냐?”

어깨를 우쭐거리며 기고만장해하던 협보가 휘 눈길을 둘러 사람들을 둘러보았다. 협보의 시선이 다물군들 틈에 앉아 있는 주몽을 향했다. 협보가 우렁우렁한 소리로 말했다.

“대장님! 비겁하게 숨어 있지 말고 이리 나오십시오. 어디 한판 붙어봅시다!”

순간 왁자한 웃음이 다물군 용사들 속에서 터져나왔다. 주몽이 난처한 표정을 지으며 망설이자 협보가 다시 소리쳤다.

“뭐하십니까, 대장님! 어서 나오십시오.”

군사들의 함성이 더욱 높아졌다. 모팔모까지 거들고 나섰다.

“대장님! 뭘 망설이십니까? 어서 나가서 저놈 콧대를 납작하게 꺾어놓으십시오!”

도리가 없어진 주몽이 미적미적 자리에서 일어섰다. 다시 다물군들 사이에서 함성이 일었다.

“좋다. 내가 하늘 높은 줄 모르는 네놈의 콧대를 꺾어주마.”

“껄껄껄! 좋습니다, 왕자님. 근데 저는 청동전을 내놓았는데 대장님은 뭘 거시겠습니까?”

"나는 야철대장이 특별히 만들어준 이 강철검을 걸겠다."

주몽이 허리춤에 차고 있던 칼을 끌러 내밀었다. 호승심이 인 협보가 손에 튀튀, 침을 뱉으며 앞으로 나섰다.

"좋습니다. 한판 붙어봅시다."

협보와 주몽이 씨름판에서 맞붙었다. 신이 난 다물군이 땅을 두드리고 고함을 지르며 응원했다. 하지만 둘의 겨루기는 그리 오래가지 못했다. 기세 좋게 용을 쓰는 협보를 처음 몇 번은 용케 피하던 주몽이었다. 하지만 협보가 온 힘을 다해 샅바를 번쩍 들어올려 바닥에 메치자 그만 밟힌 개구리 꼴이 되어 납작 엎어지고 말았다. 사람들 사이에서 낄낄대는 웃음소리와 실망스런 한숨이 동시에 터져나왔다. 협보가 주몽의 칼을 높이 쳐든 채 어린아이같이 펄쩍펄쩍 뛰며 기뻐했다.

땅바닥에 쓰러진 주몽이 겸연쩍은 표정을 지으며 일어섰다. 주몽이 모팔모를 향해 말했다.

"야철대장, 미안하지만 강철검을 다시 만들어줘야겠소."

모팔모가 어림도 없다는 듯 고개를 저었다.

"그렇게 기운을 못 쓰시는데 강철검이 무슨 소용이겠습니까? 오이놈에게 부탁해서 목검이나 한 자루 깎아달라고 하십시오!"

다물군 사이에서 왁자한 웃음이 터졌다. 그때 사람들 틈을 비집고 마리가 다가와 고했다.

"대장님! 계루에서 사용 행수가 왔습니다."

군막에서 마주 앉은 사용의 얼굴이 긴장으로 굳어 있었다.

"잘 오셨소, 사용 행수. 군장님과 연타발 어른께서는 무고하시오?"

"계루에 큰 변고가 생겼습니다. 그 일로 대장님을 찾아온 것입니다."

사용이 침통한 표정으로 말했다. 여인처럼 희고 선 고운 얼굴이 한 번도 본 적이 없을 만큼 무섭게 경직되어 있었다.

"어찌된 연유인지 말해보시오."

"비류 군장 송양의 공격으로 계루가 패멸의 위기를 맞고 있습니다. 송양의 군대가 성을 에워싸고 공격하고 있는데 언제 적의 손에 떨어질지 알 수 없는 지경입니다."

"오……!"

뜻밖의 소식에 주몽이 놀란 소리를 냈다.

"거기다 소서노 군장님은 생사조차 불명한 상태입니다."

"그건 또 무슨 말이오?"

"군장님께서 군사를 이끌고 비류 공략에 나서셨습니다. 하지만 비류 도성 안으로 진격하다 적에게 패해 군사를 잃고 군장님은 실종되셨습니다. 군사들 말로는 적에게 큰 부상을 당하셨다고 합니다. 아마도 비류 성 안 모처에 은신하고 계신 듯합니다만……."

참으로 우려스러운 소식이 아닐 수 없었다.

"믿기지 않는 말이오. 소서노 군장께선 비류와 전면전을 피하기 위해 대군장 자리까지 내놓은 것으로 알고 있소. 하지만 싸우기로 마음먹었다면 송양 따위에게 당할 소서노 군장이 아니오. 어떻게 그런 일이……."

"우태 행수께서 돌아가셨습니다."

"우태 행수가 죽었단 말이오?"

"그렇습니다. 송양을 기습하다 불의의 사고를 당하셨습니다. 장례를 치른 후 군장님께서 원수를 갚겠다며 몸소 군사를 이끌고 비류를 치러 가셨습니다. 행수들 모두가 간곡히 반대하였습니다만 듣지 않으셨습니다."

“으음······.”

“대장님! 지금 계루의 사정이 촌각을 다툴 만큼 화급합니다. 해서 대장님께 구원을 청하러 왔습니다.”

“알겠소. 다물군과 함께 계루로 가겠소. 사용 행수는 돌아가 좀 더 용전하여 적의 공격을 견디라 이르시오.”

“고맙습니다, 대장님!”

주몽이 즉시 오이를 불러 명했다.

“추관사자는 필요한 만큼 군사를 조발하여 별동대를 조직하라. 그리고 곧 비류로 잠입하여 소서노 군장을 구하여라. 촌각도 지체하지 말라.”

◆ ◆ ◆

계루의 저항이 참으로 끈질겼다. 벌써 사흘째 성의 공략에 나섰지만 계루는 기적같이 분투하며 버텨내고 있었다. 주력군의 태반 이상이 소서노와 함께 비류 공략에 나섰다가 궤멸당한 계루였다. 성에 남아 있는 군사라야 백산말갈의 용병 잔병과 한 줌도 되지 않는 상단 호위무사, 그리고 고을 장정들로 급조된 소수의 정병이 고작일 터였다. 그럼에도 혼신을 다한 비류의 공격을 번번이 물리치고 있었다. 거기에는 늙은 연타발의 신기에 가까운 용병用兵과 죽기를 두려워하지 않는 백성들의 용전이 있었다.

“대체 오합지졸만 남은 성 하나를 함락하지 못하고 무얼 하고 있는 것이냐? 벌써 사흘째 일진일퇴 공방만 하고 있으니, 이래서야 언제 연타발 저놈을 잡아 원수를 갚겠느냐?”

초조해진 송양이 짜증스러운 목소리로 부하 장수들을 다그쳤다. 그 자신 우태의 기습으로 왼팔에 심한 자상을 입은 몸이었다. 치료를 채 끝내지 않고 원정에 나선 터라 하루하루 상처가 곪아가고 통증이 심해 초조함이 컸다. 그나마 우태 그놈의 목숨을 빼앗은 것이 얼마나 다행한 일인지 몰랐다. 하지만 계루를 함락해 연타발과 그 일족의 목을 모조리 베지 않고는 가슴속의 울화가 풀리지 않을 것 같았다. 기어코 계루를 짓밟아 성과 고을을 진토로 만들어버린 다음 비류의 농토로 만들어버릴 셈이었다. 그런 다음 명실 공히 졸본의 왕위에 오르리라. 그런 자신의 오랜 꿈이 미상불 목전에 당도해 있었다.

"심려 마십시오, 군장님. 계루성의 북문 쪽 성벽이 무너지고 있습니다. 아침부터 중앙에 있던 군사를 돌려 집중적으로 북벽을 공격하고 있습니다. 머잖아 성 안으로 진입할 수 있을 것입니다."

"그래? 성벽이 무너지는 꼴을 내 눈으로 보아야겠다."

송양이 상처를 처맨 몸을 일으켜 군막을 나섰다. 과연 계루성 북문 어름에서 치열한 전투가 벌어지고 있었다. 군복조차 변변히 갖추지 못한 계루의 군사들이 성벽을 타고 오르는 비류의 정병과 안간힘을 다해 맞서고 있었다. 북문 성루 위 장대에서 늙은 연타발이 고함을 지르며 군사들을 독려하고 있는 것이 보였다. 하지만 이미 기울 대로 기운 전세였다. 한눈에 보아도 계루성의 형세는 계란 위에 세워둔 계란처럼 위태로워 보였다.

"뭣들 하느냐! 마지막 힘까지 다해 적들을 공격하라! 어서 놈들의 성을 함락하라!"

송양이 말을 몰아 앞으로 나서며 고함을 질렀다. 그런 때였다.

갑자기 하늘 한쪽이 무너져 내리는 듯 엄청난 함성이 들려오더니 전장 동편에서부터 일단의 무장기병들이 새까맣게 몰려오기 시작했다. 동편뿐만이 아니었다. 등 뒤쪽에서도 범 같은 장수를 앞세운 군사들이 몰려오고 있었다.

"저놈들은 누구냐? 웬 군대란 말이냐!"

송양이 기겁하여 소리쳤다. 넋을 놓은 표정으로 다가오는 군대를 살피던 송양의 부관이 더듬거리며 말했다.

"삼족오 기치를 보니 다물군인 듯합니다, 군장 어른. 주몽 대장이 직접 다물군을 이끌고 오고 있습니다."

"다, 다물군?"

뜻밖의 사태에 송양이 턱이 한 발은 빠진 듯한 표정을 지었다. 다물군이 누구인가. 한의 철기군을 깨뜨리고 부여의 대병을 토끼 몰듯 몰아 궤멸시켜버린 군대가 아니던가.

비류의 군사들 또한 다물군이란 소리에 벌써 절반은 전의를 잃어버린 표정들이었다.

"다물군이다!"

성 위에서 광경을 지켜보던 계루의 군사들이 일제히 함성을 올렸다.

"와!"

"다물군이 오고 있다!"

요란한 함성과 함께 다물군의 기병이 점점 다가오고 있었다. 가까스로 정신을 수습한 송양이 소리쳤다.

"적을 막아라! 군사들은 모두 다물군을 막아라!"

하지만 기세에 눌린 비류군의 진영에서 제대로 된 응전이 가능할 리 없었다. 빠르게 들판을 건너온 다물군의 선진이 풀밭을 내닫는 기세로 거침없이 비류군의 전열 속으로 뛰어들었다. 그리고 짚단

베듯 비류군을 베어 넘기기 시작했다. 가히 질풍노도와도 같은 기세였다.

용기를 내어 적을 상대하는 자든, 겁을 먹고 꽁무니를 빼는 자든, 엉거주춤 어찌할 바를 몰라 떨고 있는 자든, 다물군의 창검이 휩쓸고 지나간 곳에는 한결같이 피 흘리며 죽어 넘어진 비류군의 시체들로 가득했다. 뒤이어 다물군의 본진이 싸움판에 뛰어들면서 전장은 더욱 처참한 광경으로 화했다. 이곳저곳에서 끔찍한 비명이 쉴 새 없이 터져오르고 바닥으로 나뒹구는 비류군의 주검이 늘어갔다.

"군장님! 속히 퇴각을 명하십시오. 그렇지 않으면 전멸을 면치 못할 것입니다!"

송양의 부장이 다급하게 말을 몰아 달려오며 소리치고 있었다. 송양이 군령을 내렸다.

"퇴각하라!"

"퇴각하라! 모두 퇴각하라!"

그로부터 전장에는 먹잇감을 쫓는 포식자와도 같은 다물군과 죽을 힘을 다해 이를 피해 달아나는 비류군 사이에 처절한 생존극이 펼쳐졌다. 그리고 그 위험은 송양도 예외가 아니었다. 송양 자신 창검을 세워 달려드는 다물군에 넋이 반은 나간 채 달아나기 시작했다. 그 뒤를 다물군 병사들이 지옥에서 온 악귀처럼 사납게 들이쳤다.

꽁지가 빠져라 달려간 비류군은 계루성에서 백여 리를 벗어난 어느 산기슭에 이르러서야 가까스로 정신을 수습했다. 목 위에 달린 것이 온전한 제 머리인지 미심쩍어하는 표정의 군사들을 점고하니 비류를 떠나올 때의 절반에도 미치지 못하는 머릿수였다. 또한 그나마도 태반은 크고 작은 부상을 입은 터였다.

"주몽, 이 찢어 죽여도 시원치 않을 놈……."

사지에서 간신히 벗어나자 조금 전의 일이 한바탕 꿈같고, 새삼 주몽과 다물군에 대한 분노가 끓어올랐다. 처음 계루 공략에 나설 때 그 당당하던 군대가 한순간에 이렇게 볼품없이 오그라든 것을 보며 송양은 으드득 이를 갈았다.

하지만 언제 다시 추격군이 뒤를 들이칠지 모르는 일이라 송양은 장수를 다그쳐 군사들을 움직였다. 비류로 가자면 산을 우회하여 들판을 건너는 평탄한 길이 있지만 다물군 기마대의 추격이 걱정이었다. 해서 기마대가 추격하기 어려운 산을 넘기로 했다.

송양의 군대가 나직한 고개 하나를 넘어 가파른 협곡에 이르렀을 때였다. 갑자기 협곡 양쪽에서 천둥 같은 소리가 들리면서 바위와 화살이 우박처럼 쏟아졌다.

"다물군이다!"

"적의 매복이다!"

그렇잖아도 놀란 가슴에 다시 벼락이라도 맞은 듯 놀라 살피니 비탈 위에서 범 같은 장수 하나가 장창을 꼬나든 채 우레와 같은 소리를 지르고 있었다.

"비류의 촌놈들을 한 놈도 남기지 말고 모두 죽여, 이곳을 놈들의 무덤으로 만들어라!"

주몽의 영을 받고는 미리 군사를 숨겨두고 기다리던 재사였다.

"저, 저놈들이 어떻게 여길……."

하지만 생각하고 따지고 할 겨를이 없었다. 아득해지는 정신을 가까스로 수습하며 송양이 제 먼저 말을 몰아 달아나기 시작했다. 그 뒤로 부장이며 군사들이 꽁지를 감아쥐고 따르기 시작했다. 창검 한번 맞대지 못한 일방적인 패주였다.

◆ ◆ ◆

기적 같은 승리였다. 성이 무너지기 직전 다물군의 도움으로 비류군을 패퇴시킨 계루는 성읍 전체가 다 함께 사지에서 다시 살아난 기쁨을 나누었다. 하지만 그런 기쁨도 잠시, 계루의 하늘을 뒤덮은 불안과 슬픔의 구름은 여전히 걷히지 않고 있었다. 생사를 알 수 없는 군장 소서노 때문이었다.

다물군을 성 안으로 들인 연타발이 그들의 공을 치하하고 사례한 다음 주몽에게 말했다.

"비류에 있는 세작으로부터 소서노가 살아 있다는 소식을 받았습니다. 중한 상처를 입고 은신 중이라고 합니다. 상처가 깊어 한시라도 빨리 구해 치료하지 않으면 목숨을 잃을지도 모른다 합니다. 주몽 대장! 지금 곧 군사를 몰아 비류로 가서 소서노를 구하도록 합시다."

그렇게 말하는 연타발의 태도에 자식을 향한 안타까운 부정이 짙게 드러나 있었다. 그러나 주몽이 만류했다.

"조금 더 기다려보는 게 좋겠습니다. 지금 비류를 공격한다 해도 송양의 방위군이 건재하고 있어 공략이 쉽지 않을 것입니다. 그럴 경우 저들의 경계심만 자극하여 소서노 군장이 더욱 위험해질 수도 있습니다. 본계산을 떠나기 전 소서노 군장을 구하기 위해 별동대를 보내두었습니다. 내일이라도 좋은 소식이 있을지 모르니 기다려보도록 하지요."

숨 막힐 듯 불안하고 초조한 시간이 흘렀다. 이틀이 지나고 사흘이 지나도록 비류로부터는 아무런 소식이 없었다. 연타발의 얼굴에 절망의 빛이 더욱 짙어졌다.

나흘째 되던 날 저녁 무렵이었다. 피를 흘리듯 붉은 노을이 서녘 하늘을 넓게 물들인 그 시각, 계루성의 남문을 지키던 파수병이 놀란 눈을 떠 성 밖으로 이어진 길을 바라보았다. 가을걷이를 기다리는 누런 들판 사이로 말을 탄 대여섯 명의 사람들이 다가오고 있었다. 그런데 그 형상이 자못 괴이했다. 길게 그림자를 끌며 다가오는 사람들의 모습이 한결같이 지옥의 문을 열고 나오기라도 한 듯 흉측하기 그지없었다. 흰 저고리와 바지는 핏물로 얼룩져 있고 머리는 풀어헤친 봉두난발이었다. 인마가 하나같이 극도로 지친 모습이어서 한 발이라도 잘못 내디뎠다간 그대로 고꾸라져 영원히 일어서지 못할 것 같아 보였다. 그 가운데 하나는 이미 목숨을 버린 시신인 듯 말안장 위에 거적처럼 얹혀 있었다.

성문 앞으로 다가온 그들 다섯 사내가 파수병의 검문에 걸음을 멈추었다. 무리의 지도자인 듯한 사내가 천천히 앞으로 나서더니 말했다.

"소서노 군장님께서 돌아오셨다! 어서 안으로 뫼셔라!"

주몽이 나와 그들을 맞았다. 오이가 말에서 내려 군례를 올렸다.

"대장님! 추관사자 오이, 대장님의 군령을 받들어 소서노 군장님을 뫼셔왔습니다."

적의 창검에 망신창이가 된 몸과 광기로 번득이는 눈빛, 스물이 넘은 별동대가 겨우 다섯만 살아 돌아온 것으로 그들이 겪은 악전고투가 어느 정도였는지 짐작이 가고도 남았다. 주몽의 가슴에서 뜨거운 것이 솟구쳤다.

"수고하였다……."

차마 더 이상 입을 열어 말하지 못하고 주몽이 고개를 끄덕였다.

죽은 듯 실려온 소서노의 상태가 위중했다. 등과 다리의 상처가 깊었고 지나치게 피를 많이 흘린 뒤였다. 의원의 갖은 치료에도 의식을 찾지 못한 채 혼수상태가 계속되었다.

짐작처럼 소서노는 비류의 성 안으로 뛰어들어 관아를 들이치려다 적의 반격을 받아 위기에 빠졌다. 계루의 군사들이 궤멸되고 그 자신도 부상을 당한 채 쫓기다 성문 근처 한 농가에 가까스로 몸을 숨겼다. 그곳에서 옛 다물군의 군사였다는 늙수그레한 주인이 성심을 다해 그런 소서노를 보살폈다. 이레째 되는 날 세작과 소식이 닿아 간신히 계루에 소식을 전할 수 있었다.

이 무렵 장사치 복색으로 비류에 잠입한 오이와 별동대가 성읍을 뒤지다 세작과 닿아 소서노를 데려올 수 있었다. 하지만 들어갈 때처럼 장사치로 변장하여 성을 빠져나오려던 별동대는 적들에게 정체가 발각되어 포위당하는 지경에 처했다. 그로부터 죽기를 각오한 치열한 교전과 탈출, 무장 기병의 추격을 따돌리는 지긋지긋한 도주로 지옥과도 같은 어려움을 겪었다. 그 과정에서 열다섯이나 되는 다물군이 목숨을 잃었고, 간신히 다섯만 목숨을 부지하여 돌아온 것이었다.

무엇보다 급한 것이 계루를 방비할 군사력을 재건하는 일이었다. 연타발의 청을 받은 주몽이 나서서 오래전 송양에 의해 해산된 옛 계루의 군사들을 소집하여 모팔모의 철기방에서 생산된 강철기로 무장시켰다. 그리고 백산부의 용병까지 이에 합세하니 순식간에 2천이 넘는 군대가 갖춰졌다.

소슬한 바람에 마당 어귀의 늙은 엄나무 잎사귀가 분분히 내려앉는 가을 저녁, 주몽이 연타발을 찾아가 고했다.

"이제 다물군은 본계산으로 돌아가겠습니다."

연타발이 육친을 대하는 자애로운 표정으로 주몽을 건너다보며 입을 열었다.

"주몽 대장에게 입은 은혜는 계루가 하늘을 이고 있는 동안에는 결코 잊히지 않을 것입니다. 내 주몽 대장에게 한 가지 청을 하겠습니다."

"말씀하십시오."

"다물군의 근거지를 계루로 옮기는 것이 어떠할는지요? 내 들으니 본계산이 비록 천혜의 요새이기는 하나 지경이 좁고 험준하여 많은 군사를 기르기에는 어려움이 있다 하더이다. 다물군이 그동안 적지 않은 부족과 소국들을 복속시켰지만 본영이 궁벽한 곳에 근거한 까닭에 이들을 결집시켜 다물군의 세력으로 거두는 효과를 얻지 못하였습니다. 계루는 비록 그 지경이 넓지는 않으나 사통팔달하는 교통의 요지에 위치해 있고, 또 한 나라를 이룬 땅이라 다물군의 세를 키우고 큰 뜻을 펴나가는 데 어려움이 없을 것입니다. 내 대장에게 계루의 집과 경지와 산을 내어드릴 터이니 대업을 이룰 터전으로 삼으십시오."

주몽이 고사했다.

"어르신의 말씀은 참으로 감사하기 그지없으나 그럴 수는 없습니다. 우리 다물군은 지금도 현토와 부여의 적대를 당하는 처지에 있습니다. 그리고 장차 한과도 대전을 결하게 될 터인데, 우리가 본영을 옮긴다면 그로 인해 장차 계루가 당할 위험과 고초는 상상할 수 없을 것입니다. 어르신의 말씀은 감사하나 따르기 어렵습니다."

"주몽 대장! 내 어찌 그런 생각을 하지 않았을 것이오. 우리 계루는 비록 작은 나라이나 그간 상업에 힘써온 까닭에 일국의 군대를 일으킬 만한 재부를 갖추었소이다. 다물군과 계루가 힘을 합하여 군대를 양성하는 일에 힘쓴다면 능히 현토나 부여와 견주어 부족하지 않은 군사력을 확보할 수 있을 것입니다."

"……."

그날 밤, 주몽이 여미을의 처소를 찾았다. 연타발의 뜻을 전하고 의견을 구했다. 예견한 일이라는 듯 여미을이 망설이는 기색 없이 입을 열었다.

"계루를 포함한 이곳 졸본은 산과 강이 조화롭고, 비록 땅이 드넓지는 않으나 기름져 족히 일국의 수도로 삼을 만한 곳입니다. 산과 강이 완강하여 성을 새로이 쌓는다면 가히 백만 대군을 상대할 수 있는 천험의 요새가 되어 병란을 피할 수 있을 것입니다. 또한 북으로는 요동과 송화강, 남으로는 삼한을 함께 아우를 수 있는 탁월한 지리적 조건을 지녀, 장차 동방의 일대국으로 성장할 새로운 왕국의 터전으로 삼기에 부족함이 없는 곳입니다."

여미을의 말을 귀담아 듣던 주몽은 그의 말이 어딘지 귀에 익다고 생각했다. 그리고 곧 오래전 자신이 태자 경합을 포기한 뒤 부여를 떠나 천하를 편력하던 중 계루에 들렀을 때, 여미을이 자신에게 들려준 말과 일자일구도 다르지 않음을 깨닫고 놀랐다. 그렇다면 여미을은 그때 이미 오늘의 이 일을 예견하고 있었단 말인가.

주몽이 놀란 눈길을 들어 물었다.

"새로운 왕국의 수도라 하셨습니까?"

"그렇습니다."

"하지만 나는 이 땅이 아니라 어느 곳에도 나라를 세울 마음은 없습니다. 나라를 세워 군왕의 자리에 오르고 만승의 자리를 자손만대에 전하는 것은 야심가들의 탐욕일 뿐입니다. 나는 다물군을 이끌어 이곳 동이 땅에서 한의 세력을 내쫓고 이 땅에 동이족의 왕국인 옛 조선의 영광을 되살릴 수 있는 기틀이 다시 마련되기를 바랄 뿐입니다. 지금 동이에는 옛 조선의 부흥을 도모하는 세력이 있고, 부여같이 큰 나라도 있으며, 옥저와 동예, 그리고 무수한 소국들이 있습니다. 이 땅에 동이 족속의 왕국을 건설하는 것은 그들의 몫이지 나의 것은 아닙니다."

"하지만 대장님. 나라에 근거하지 않은 군대는 뿌리 없는 나무와 같습니다. 아무리 가지가 억세고 잎이 무성하다 해도 바람이 불면 한순간에 쓰러지게 됩니다. 대장님께서 다물을 이루시기 위해서는 반드시 튼튼한 국가 위에 기반하여야 할 것입니다."

"……."

"동이 땅에 비록 많은 나라가 존재하고 이들이 모두 동이의 겨레붙이라고 하나, 이들은 천제께서 세우신 신성왕국의 전통으로 볼 때 이미 다른 바탕 위에 서 있습니다. 부여가 다물의 대열에 서지 않고 대장님을 핍박하는 것이 그 뚜렷한 증거입니다. 설혹 이들이 다물의 대열에 동참하여 동이의 영화를 되살리는 일에 나선다고 하더라도 그들이 원하는 것은 그들 나라의 영화이지 동이 족속의 영화는 아닐 것입니다. 지금 동이에는 천제께서 이 땅을 택하고 이 땅 위에 신의 나라를 세우신 뜻을 참되게 구현할 수 있는 새로운 나라가 다시 세워져야 합니다. 그래야만 동이 땅에 진정한 다물이 이루어질 것입니다. 그리고 그 일을 이루실 이는 다름 아닌 대장님이십니다. 이는 해모수 장군님께 내려졌던 소명이며 또한 주몽 대장님에게 내려진 소명입니다.”

“…….”

“새 술을 낡은 부대에 담으면 부대가 터져 술마저 버리게 되는 법입니다. 동이 땅에 생명을 놓아먹이는 동이의 족속들은 지금 환국을 세우고 배달국을 세우고 조선을 세운 천제의 거룩한 뜻이 온전히 실현될 왕국이 새로이 세워지길 간절히 바라고 있습니다.”

“…….”

주몽의 고민이 깊어졌다. 날마다 처소에 깊이 들어앉아 생각에 잠기거나 사람들의 자취가 끊어진 밤 시간에 홀로 일어나 마당을 거닐었다. 이따금 수하의 장수들을 불러 의견을 구할 때도 있었다. 다물의 장수들은 한결같이 이것이 하늘이 내린 기회이니 마땅히 받아들여 다물군이 동이 제일의 군대로 성장하는 기틀로 삼을 것을 권했다.

그런 어느 저녁, 뜻밖에도 소서노가 주몽을 찾았다. 기적처럼 혼수상태에서 깨어나 기력을 회복해가고 있다는 말은 들었지만 뜻밖의 거동에 주몽은 당황한 심경이었다.

“아직 쾌복치 못한 터에 이곳까지 어인 걸음이시오?”

“대장님…….”

병색이 도는 파리한 얼굴이 그녀의 빼어난 아름다움을 더욱 두드러져 보이게 했다. 소서노가 지치고 나른한 표정으로 주몽을 바라보았다. 핏기를 잃어 맑은 물처럼 투명해 보이는 피부와 커다란 두 눈으로 주몽을 건너다보는 소서노에게서 어떤 신비로운 아름다움이 빛나고 있는 듯했다. 주몽은 순간 가슴이 싸해지는 슬픔을 느꼈다. 아아, 소서노…….

“대장님에게 다시없을 큰 은혜를 입었습니다. 이 몸을 살려주었고 계루를 구하셨습니다. 무어라 감사의 말씀을 드려야 할지⋯⋯.”

그렇게 말하는 소서노에게서 육신의 상처로 인한 고통뿐 아니라 마음의 커다란 상처와 고통이 느껴졌다. 안타까움으로 저려오는 마음을 애써 감추며 주몽이 말했다.

“이렇게 건강을 회복 중이니 무엇보다 다행한 일입니다. 부디 쾌복하여 계루 사람들의 근심을 덜어주시길 바랍니다.”

“아버님께서 대장님께 다물군의 본거지를 계루로 옮길 것을 청하셨다 들었습니다.”

“⋯⋯.”

“저의 뜻 또한 아버님과 다르지 않습니다. 이는 단지 대장님과 다물군만을 위해서가 아니라 우리 계루를 위해서 드리는 청입니다.”

“⋯⋯.”

“제가 비록 궁벽한 시골의 어리석은 아녀자이나 대장님께서 매진하시는 다물의 대의를 모르진 않습니다. 우리 계루에게 그 고결한 대업의 일익을 담당할 기회를 허락해 주신다면 이는 온 계루 백성에게 다시없는 광영이 될 것입니다.”

“다물의 길은 우리가 짐작하는 것보다 훨씬 더 험난할 것이오. 그 대열에 섰을 때 계루가 당할 어려움을 생각해보았소?”

“어찌 생각하지 않았을 것입니까. 지금 동이 땅은 바야흐로 약한 것은 강한 것이 잡아먹고 강한 것은 더 강한 것이 잡아먹는 약육강식의 시대가 펼쳐지고 있습니다. 지금 계루가 비류와 현토로부터 당하는 어려움에서 보듯, 계루처럼 작고 약한 나라는 어느 강국의 탐욕에 휩쓸려 스러질지 모를 위험에 놓여 있습니다. 인의와 도의가 사라지고 오직 힘의 정의만이 횡행하는 이 시대에, 대국의 눈치를 보며 닥쳐올 전란에 전전긍긍하기보다는 아름다운 대의에 동참하여 매진함으로써 나라의 자존을 지킬까 합니다.”

그 밤, 주몽은 꿈을 꾸었다. 꿈속에서 그는 해모수와 함께 언덕에 올랐다. 그리고 마침내 눈 아래 펼쳐진 드넓은 초원을 바라보고 섰다. 아, 그가 아버지 해모수와 더불어 가장 평화로운 시간을 보냈던 금성산의 옛 다물군 진채에서였다. 해모수가 그때처럼 감격에 겨운 목소리로 동이의 거룩하고 유구한 역사에 대해 말하고 있었다.

“일찍이 이 땅은 하늘 아래 가장 먼저 태양이 솟은 땅, 그 태양의 열기로 가장 먼저 생명이 움튼 땅. 하늘의 궁륭이 열리고 땅의 흑암이 걷혀, 이 땅에 창세의 문이 열린 뒤로 하늘이 가장 먼저 선택한 땅이다. 아득한 옛날 하늘에 한 신이 있어 사백력斯白力의 하늘에 홀로 거하시니, 그 밝은 빛은 온 땅을 비추고 큰 교화는 만물을 낳았다. 그가 동녀동남 8백을 거룩한 땅 동이의 흑수와 백산에 내려보내 천하의 생령을 널리 이롭게 할 나라를 세우시니, 거룩한 천손의 나라 환국桓國이 곧 그것이었다.

환국은 하늘의 주인이신 환인桓因 천제께서 다스린, 하늘 아래 첫 번째 나라였다. 동서 2만 리, 남북 5만 리에 이르는 강역이 하늘의 덕화로 다스려지니, 나라는 태평하고 백성은 은부하여 그 아름다운 기업이 3천 년에 이르렀다.

그후 환인 천제의 자손이신 환웅桓雄 천제께서 다시 이 땅을 복되게 하기 위해 어진 이 3천과 풍백, 우사, 운사를 거느리고 태백산 신단수에 내려와 신시神市를 여시니 이것이 곧 배달국倍達國의 시작이다. 홍익인간, 제세이화의 밝은 도로 가르치고 다스린 나라는 그 덕과 어짊이 하늘 아래 오직 홀로 우뚝하여 사해가 그를 가리켜 군자의 나라, 불사의 나라라 일컬었다. 배달 환웅에서 거불단 환웅에 이르기까지 1,500여 년 동안 계속되었다.

다시 아득한 세월이 흘러 또한 천제의 자손이신 단군왕검께서 아사달阿斯達에 신국의 기업을 여시니, 그 이름을 조선이라 하였다. 하늘의 계통을 받은 천손의 나라 조선은 기강이 오롯하고 기율이 엄정하여 한 번도 이방의 세력이 넘보지 못한 동방의 일대 강국이었다. 조선은 그 나라가 비록 크고 강했지만 힘을 앞세워 근린을 핍박하지 않았고, 백성들은 하늘의 도를 숭상하고 평화를 사랑하여 변방 족속들의 끝없는 기림과 존숭을 받았다……."

해모수의 엄숙한 목소리가 하늘을 울리고 땅을 울리고 감격에 떠는 주몽의 몸을 울렸다. 말을 그친 해모수가 말없이 먼 하늘 저편을 우러렀다. 해모수가 엄숙하게 거명한 환국, 천제의 나라, 배달국, 환웅, 단군왕검 같은 단어들이 뜨거운 열기처럼 주몽의 몸속으로 흘러들어와 격렬한 떨림을 낳고 있었다.

"주몽아!"

"예, 아버지."

"조선은 무너지고 스러졌지만 그 장엄한 왕국의 기억은 결코 사라지지 않았다. 환인 천제께서 이 땅에 세우신 신국의 그 찬란한 영화는 이 동이 땅 모든 족속의 핏줄 속에 면면히 살아 흐르고 있다. 우리 모든 동이의 족속은 이 나라의 부활에 힘써야 한다. 무너지면 다시 일으키고 스러지면 다시 세워 지상에서 영원히 사라지지 않는 천년왕국을 건설하여야 한다. 이 일은 우리 동이족 모두에게 맡겨진 거역할 수 없는 소명이다……."

이튿날, 주몽은 다물군의 제장들과 함께한 자리에서 다물군의 본거지를 계루로 옮길 것을 밝혔다. 그리고 이곳 계루를 기반으로 하여 조선의 옛 강역을 회복하는 다물을 이루고, 옛 조선을 계승할 새로운 나라를 세우겠다고 엄숙히 선언했다. 주몽이 즉시 소서노와 연타발을 찾아 자신의 이런 뜻을 전하고 사의했다.

하나를 위한 전쟁

계루성의 성 밖 평원에 다물군의 군영이 세워졌다. 본영과 군사들이 주둔할 영채가 속속 세워지고 본계산에 주둔 중이던 군사와 군속들이 옮겨왔다. 다물군이 계루를 새로이 본거지로 삼았다는 소식이 전해지자 다시 가깝고 먼 곳의 젊은이들이 구름처럼 몰려와 군문에 들기를 자원했다. 그렇게 모인 군사들이 순식간에 2천여를 넘어서고 있었다.

군제軍制를 어느 정도 정돈한 주몽이 소서노와 연타발을 찾아가 말했다.

"이제부터 졸본의 통합에 나서려 합니다. 먼저 비류를 쳐 복속시키겠습니다."

연타발이 이미 짐작한 일이라는 듯 고개를 끄덕였다. 하지만 얼굴 위로 못내 염려스러운 빛을 드러내며 말했다.

"송양은 그간 상업을 통해 벌어들인 재화로 군사력의 강화에 힘써 지금은 훈련된 정병이 5천여를 헤아릴 정도입니다. 뿐만 아니라 송양의 강압에 복속한 연나, 관나, 환나 등도 군사를 내어 비류를 도울 것인데, 그럴 경우 저들의 군사는 가히 1만에 가까울 것입니다. 저들을 도모하는 일이 결코 만만치 않을 것입니다."

"요로에 밀정을 넣어 비류의 군사력에 대한 정보를 어느 정도 확보하여 두었습니다. 저들의 움직임을 면밀히 살펴 원정에 나서도록 하겠습니다."

하지만 그럼에도 연타발의 표정에서 근심의 빛이 사라지지 않았다. 연타발의 기색을 살피던 주몽이, 그의 근심이 상대의 강성한 군대 때문만은 아닌 듯하여 물었다.

"어르신께서 달리 근심이 있으신지요? 제게 내릴 말씀이 있으면 무엇이든 하명하여 주십시오."

그제야 연타발이 입을 열었다.

"우리 계루와 다물군이 전력을 다해 건곤일척의 공격을 가하면 비류를 무너뜨리는 일이 불가능하지는 않을 것입니다. 하지만 필시 양쪽이 당할 피해가 결코 만만치 않을 터인데, 생각하면 저들 또한 우리 졸본의 백성들입니다. 이런 참화를 겪으며 저들을 정벌하는 것이 과연 옳은 일인지 모르겠습니다."

주몽이 지체 없이 답했다.

"그 또한 생각해두고 있던 바입니다. 어르신께서는 심려치 마시길 바랍니다."

곧 다물군 진영에 비류 정벌의 군령이 하달되었다. 하지만 그로부터 보름이 지나고 한 달이 되도록 주몽은 출정의 명을 내리지 않았다.

다만 홀로 한가로이 말을 타고 나가 계루의 들판을 달리거나 군사들의 훈련을 참관했다. 그리고 이따금 여미을의 처소를 방문해 긴 시간 이야기를 나누다 돌아오곤 했다.

계절이 초겨울로 접어드는 동짓달에 이르러 마침내 출정의 영이 떨어졌다. 다물군과 계루 연합군이 총대장 주몽의 영도 아래 비류를 향해 떠났다. 보마步馬 3천에 달하는 대군이었다.

다물군이 비류성 밖 십여 리 상거에 이른 것은 이틀 후 정오 무렵이었다. 비류군은 성 밖의 모든 목책 진지를 거두어 이미 성 안으로 숨어버린 뒤였다. 추워지는 날씨를 감안해 성 안에서 적을 맞기로 작정한 듯했다. 다물군은 비류성이 건너다보이는 개활지에 진영을 벌였다. 주몽이 말을 몰아 성문 앞으로 다가서니 멀리 성루 위에 갑주 차림의 장수들이 여럿 벌여서 다물군을 내려다보고 있는 게 보였다.

"가운데 붉은 갑주 차림의 장수가 비류 군장 송양입니다."

주몽의 곁에서 그렇게 말한 자는 계루 최고의 용장이라 칭송받는 청년 장수 부분노扶芬奴였다. 성루 위를 살피던 눈길로 주몽이 물었다.

"그 곁의 늙은 장수들은 누구인가?"

"관나와 환나, 연나의 군장들입니다."

짐작한 대로 졸본 소국연맹의 군장들이 군사를 이끌고 참전하였다. 그렇다면 비류성 안에는 족히 1만을 헤아리는 대병이 진을 치고 있으리라.

주몽이 단기로 말을 몰아 앞으로 나서며 성루를 향해 소리쳤다.

"나는 다물군의 총대장 주몽이다! 비류의 군장 송양은 내 말을 들으라!"

오십 보도 되지 않을 거리까지 다가가 외치는 소리여서, 성루에서

들지 못했을 리 없건만 송양으로부터는 아무런 응대가 없었다. 다시 주몽이 소리쳤다.

"나는 비류를 토벌하러 온 것이 아니다. 지금은 비록 짐승의 손과 발처럼 여러 개로 갈라져 있지만 본디 졸본은 하나의 땅에 뿌리를 둔 하나의 족속이었다. 이제 그 한 몸뚱어리의 지체라 할 나라들이 서로 반목하여 죽고 죽이기에 이르렀으나, 이는 어리석은 인간의 뜻이지 결코 하늘의 뜻이 아니다. 그리하여 나는 졸본의 모든 군장들이 다 함께 화합하는 하나의 나라, 졸본 왕국을 이루기 위해 이 자리에 왔다. 그대는 지금 곧 나와 더불어 이러한 하늘의 뜻을 확인하도록 하라. 만약 하늘의 뜻이 나에게 있지 아니하고 송양 그대에게 있으면 나는 그대에게 충성을 맹세하고 즉시 진채를 헐어 돌아갈 것이다."

그러자 비류의 성루 위에서 송양의 웃음소리가 들려왔다.

"하하하! 젖비린내 나는 어린놈이 세상의 헛된 이름을 앞세워 감히 내 앞에서 헛소리를 지껄이고 있구나! 졸본의 대군장께서 당장 대군을 발해 네놈들을 쓸어버리기 전에 당장 까마귀의 무리[오합烏合]를 끌고 꺼지거라!"

"송양은 들으라! 내가 이곳에서 그대와 더불어 확인코자 하는 것은 인간의 힘과 지혜가 아니라 하늘의 뜻이다. 송양은 즉시 이곳으로 나와서 하늘의 뜻을 확인하기를 원하노라!"

주몽이 말을 돌려 성문 앞 너른 공터 한가운데로 돌아갔다. 그리고 홀로 우두커니 선 채 송양의 응답이 있기를 기다렸다. 송양으로부터는 종내 아무런 답이 없었다. 이윽고 해가 지고 사방이 캄캄한 어둠에 잠겨들자 주몽은 말머리를 돌려 다물군의 진영으로 돌아갔다.

이튿날도 날이 밝자마자 주몽이 말을 몰고 나와 성루를 향해 어제와 똑같은 말을 외쳤다.

"나는 오늘 졸본의 군장들과 더불어 졸본을 하나로 통합할 큰 뜻을 두고, 이에 대한 하늘의 뜻을 확인코자 한다. 만약 하늘의 뜻이 나에게 있지 아니하고 송양 그대에게 있으면 나는 그대에게 충성을 맹세하고 즉시 진채를 헐어 돌아갈 것이다."

그리고 다시 성문 앞 공터에 홀로 선 채 송양의 답을 기다렸다. 그 일이 사흘이 되고 나흘이 되도록 계속되었다.

나흘째 되는 날 정오 무렵, 이윽고 성문이 열리더니 송양과 세 소국 군장이 수하 장수들을 거느린 채 공터로 나왔다. 묵묵히 기다리던 주몽이 가벼이 읍하여 그들을 맞았다. 송양이 미심쩍은 눈초리로 주몽을 살피며 말했다.

"네놈이 무슨 꿍꿍이로 이러는지 모르겠지만 섣불리 꾀를 부리다간 당장 벌집이 될 줄 알아라!"

주몽이 송양의 뒤편을 바라보니 궁사 수십 인이 쇠뇌와 활을 메긴 채 벌여서서 주몽을 노리고 있었다. 주몽이 문득 낯빛을 엄숙히 하여 말했다.

"나는 해모수 장군의 아들 주몽이다! 나의 아버지 해모수가 다섯 용이 끄는 수레를 타고 하늘을 오르내린 천왕랑天王郎이란 사실은 너희들도 이미 들어 알고 있을 것이다. 하여 지금 세상 사람들이 나를 두고 다시 천왕랑이라 하는 것도 그런 까닭인 것이다. 천왕랑의 아들이자 천제의 자손인 나는 동이 땅에 신의 뜻이 햇살처럼 두루 비치는 나라를 세우기 위해 이곳 졸본을 찾았다."

거침없는 주몽의 말에 송양과 세 명의 노군장이 이게 무슨 소리인 가 하는 표정으로 눈을 크게 뜨고 주몽을 건너다보았다. 주몽의 음성이 다시 이어졌다.

"천제께서는 그 후손인 나에게 일러 이곳 졸본 땅에 천하의 생령을 두루 이롭게 할 거룩한 천손의 나라를 세우라 명하셨다. 하여 이제 거룩한 천제의 위의를 앞세워 명하노니 그대들은 엎드려 하늘의 뜻을 받들라!"

예기치 못한 주몽의 말에 당황한 표정을 감추지 못하던 송양과 군장들이 비로소 웃음을 터뜨렸다. 송양이 문득 커다란 웃음을 터뜨리며 쏘아붙였다.

"하하하……. 네놈이 천왕랑의 현신이니, 하늘이 내린 신장이니 하며 허황한 이름을 흩뿌리고 다닌다는 말을 들었지만 이렇게 세 살 먹은 아이들도 믿지 않을 말을 태연하게 지껄이는 것을 보니 실성한 것이 분명하구나. 하하하……."

주몽이 엄숙한 낯빛을 바꾸지 않은 채 말했다.

"너희들의 어리석음을 깨우치기 위하여 내가 이제 한 가지 이적을 보임으로써 하늘의 밝은 뜻을 드러내 보일 것이다. 만약 지금부터 하는 나의 말에 한 치의 거짓이라도 있다면 나는 미리 말한 것처럼 너에게 충성을 맹세하고 진채를 헐어 계루로 돌아갈 것이다. 그리하여 군사들은 모두 고향으로 돌려보내고 칼과 방패는 녹여 쟁기와 보습을 만들 것이다."

송양의 표정 위에 반짝 호기심이 어리기 시작했다.

"……"

"너는 하늘에 나타난 열 개의 해 가운데 아홉 개를 활로 쏘아 떨어뜨린 천제의 아들 후예后羿의 이야기를 들어 알 것이다. 나 또한 천제의 자손임을 증명하기 위해 이제 저 하늘의 해를 활로 쏘아 떨어뜨릴 것이다."

"하늘의 해를 활로 쏘아 떨어뜨리겠다고?"

"……."

"하하하……. 네놈이 정녕 실성을 하여도 보통 실성한 게 아니구나. 아무튼 좋다. 네가 말한 것을 이루지 못할 때에는 약속한 대로 내게 충성을 맹세하겠느냐?"

"그렇다."

"여봐라, 당장 저자에게 활을 가져다주어라."

주몽이 손을 들어 만류한 뒤 뒤편의 다물군을 향해 손짓했다.

주몽의 명을 받은 계루의 군사 하나가 곧 비단 보자기 위에 활과 화살 두 대를 담아 가지고 왔다. 활은 낡을 대로 낡아 시위가 늘어나 보이는 박달나무 단궁이었고, 화살은 끝에 새의 깃털이 달린, 한눈에도 엉성하기 그지없어 보이는 시누대살이었다. 아무리 빼어난 활의 명인이라 하여도 저것으로 무얼 쏘아 맞히겠다는 염을 내기 어려워 보이는 활이고 화살이었다.

주몽이 고개를 들어 하늘을 우러렀다. 흰 구름덩이 사이로 밝은 해가 드높이 떠 빛나고 있었다. 시각은 정오에서 한 식경이 지난 무렵이었다. 쏟아지는 햇살을 온몸으로 받으며 한동안 우두커니 서 있던 주몽이 천천히 활을 들어올렸다. 그리고 화살을 시위에 메겼다.

하늘의 해를 겨냥한 채 굳은 듯 움직임이 없던 주몽이 우렁찬 사자후를 토해냈다.

"나는 천제의 자손이자 천왕랑의 아들이며 물의 신 하백의 외손이다! 하늘의 일월과 성신은 나에게 복종하라!"

순간 시위를 떠난 화살이 바람을 가르며 하늘을 날았다. 뜨겁게 불타고 있는 해를 향해 날아간 화살은 종내 아득한 허공 속으로 사라졌다.

"아!"

누군가의 입에서 나직한 탄성이 흘러나왔다. 계루와 졸본 양 진영의 군사들이 모두 하나의 시선이 되어 하늘의 해를 우러렀다.

하늘 한가운데에서 태양은 여전히 뜨겁게 불타오르고 있었다.

숨죽인 긴장감을 견디고 있던 사람들 속에서 실망스런 한숨이 흘러나왔다.

"하하하……."

송양이 하늘과 땅이 동시에 울릴 만한 커다란 웃음을 터뜨렸다.

"이런, 내가 어린아이와 더불어 철없는 장난을 한 것이 아닌가. 하하하……. 그렇지 않다면 천제의 자손이자 천왕랑의 아들이 쏘아 맞힌 해가 어째서 저렇게 환히 빛나고 있을까. 저 하늘의 해가 잘못된 걸까, 아니면 천왕랑의 아들이 잘못된 것일까?"

"……."

"아무튼 그건 내가 따질 일이 아니니, 이제는 약속한 대로 내 앞에 무릎을 꿇어라!"

주몽이 여전히 한 손에 활을 든 채 석상처럼 우두커니 서서 하늘을 응시하고 있었다. 송양이 싸늘한 비웃음을 띤 얼굴로 소리쳤다.

"뭘 하는 것이냐, 이놈! 사내답게 어서 무릎을 꿇지 못할까?"

그런 순간이었다.

우르르 쿵!

하늘 한쪽이 무너져 내리는 듯 세찬 우레가 울더니 갑자기 천지가 캄캄해져오기 시작했다. 누군가가 소리쳤다.

"해가 사라진다! 하늘의 해가 사라지고 있다!"

과연 하늘 한가운데 드높이 떠 있던 해의 한 귀퉁이가 검게 변하면서 해가 사라지고 있었다. 해의 한 귀가 베어 먹힌 사과처럼 줄어들기 시작하더니 이윽고 하늘 위에서 자취를 감추고 말았다. 그와 함께 온 하늘로부터 검은 휘장이 드리운 듯 어둠이 땅 위를 뒤덮기 시작했다. 이 믿기지 않는 현상 앞에 사람들이 저마다 망연자실한 표정이 되어 하늘을 우러렀다.

시간이 흐르면서 사람들의 놀라움은 점점 공포로 바뀌어갔다. 비류성 사람들은 자신들의 눈앞에서 이 놀라운 이적을 행한 것이 적군의 장수라는 사실에 전율과도 같은 공포를 느꼈다.

"천제의 자손이다! 천왕랑의 아들이 하늘의 해를 쏘아 떨어뜨렸다!"

먼저 성문 앞에 포진하여 화살을 메긴 채 주몽을 노리고 있던 궁수들이 활을 내던지며 바닥에 무릎을 꿇고 엎드렸다. 그 뒤로 성 안의 성벽 위에서 이 광경을 지켜보던 비류의 군사들 또한 앞을 다투어 바닥에 엎드렸다.

주몽의 앞에서 누구보다 가깝게 그를 지켜보고 있던 세 명의 노군장은 충격을 이기기 어려운 듯 온몸을 사시나무 떨듯 떨어댔다.

"하늘의 뜻이다! 저자는 천제의 자손이 틀림없어!"

이윽고 노군장들마저 앞서거니 뒤서거니 바닥에 무릎을 꿇고 엎드리기 시작했다.

하지만 송양만은 눈앞에 펼쳐진 뜻밖의 사태를 받아들이기 어려운 듯 화가 난 표정을 짓고 있었다. 송양이 주변을 둘러보며 소리쳤다.

"무슨 말을 하고 있는 것이냐? 그럴 리 없다. 이건 뭔가 잘못됐어!"

천지간에 어둠이 더욱 짙어지고 있었다. 이따금 다른 세상으로부터의 불길한 징조인 듯 우레가 울고, 그럴 때마다 두려움에 떠는 사람들의 아우성은 더욱 높아만 갔다.

"오……. 세상에, 해가 사라지다니. 이제 세상은 망할 것이다. 사람이든 짐승이든 식물이든 다 말라죽게 될 것이다!"

그때까지 말없이 하늘을 우러르고 있던 주몽이 다시 한 개의 화살을 시위에 메겼다. 그리고 허공의 어느 한 점을 겨냥하고는 크게 소리쳤다.

"천제의 자손인 나 주몽이 다시 명하노라! 어둠의 세력은 당장 물러가라!"

주몽이 하늘을 향해 시위를 당겼다. 다시 시위를 떠난 화살이 아련한 소리를 내며 하늘 속으로 날아올라 사라졌다. 그러자 하늘 위에서 다시 한번 놀라운 일이 벌어지기 시작했다. 캄캄한 어둠에 싸여 있던 하늘 한가운데에서 한 가닥 붉은 빛줄기가 돋아나기 시작하더니 점차 커다란 해의 형상이 되어 살아났다.

"해다! 해가 나타나고 있다!"

사람들이 기쁨에 차 소리 높여 외치기 시작했다. 과연 어둠에 잠겨 있던 하늘 위에서 사라졌던 해가 다시 모습을 드러내고 있었다. 그리하여 이윽고 온전한 햇덩이가 되어 하늘과 땅을 밝히기 시작했다.

"와! 해가 다시 나타났다. 해가 나타났어!"

사람들이 하나가 되어 올리는 함성이 하늘과 땅을 뒤흔들었다. 망연한 표정으로 하늘의 해를 올려다보고 있던 송양이 털썩 바닥에 무릎을 꿇었다. 그리고 주몽을 향해 깊이 고개 숙여 예를 올렸다.

"천제의 자손이시여. 어리석은 자를 용서하여 주십시오……. 부디 이 몸을 긍휼히 여겨 하늘의 진노를 거두시기를 바랍니다."

졸본 통합이라는 전과를 거두고 계루로 돌아가는 다물 연합군의 걸음이 그대로 하늘에라도 걸어오를 듯 가볍고 신명났다. 송양과 연나, 환나, 관나의 군장들은 주몽에게 충성을 다짐하고 졸본 땅에 하나의 통일된 왕국을 세우는 일에 뜻을 같이하기로 맹세했다. 주몽은 장차 졸본에 세워질 나라는 일찍이 천제가 동이 땅에 세운 나라, 환국의 전통을 잇는 나라가 될 것임을 천명했다. 그리하여 졸본의 다섯 소국이 그 거룩한 나라의 견고한 초석이 될 것을 약속했다.

산굽이를 돌아 넓은 들판으로 들어서자 멀리 계루성의 드높은 성루가 보였다. 성문 앞에서 소식을 들은 계루 사람들이 몰려나와 개선군을 맞을 준비를 하고 있었다. 소서노 군장과 연타발, 계필과 사용 등도 백성들과 함께 서서 주몽의 귀환을 기다리고 있었다.

그때까지 내내 깊은 생각에 잠긴 듯한 표정이던 마리가 말을 몰아 주몽의 곁으로 다가왔다.

"대장님!"

"무슨 일이냐?"

"이놈 머리로는 아무리 생각해도 당최 모르겠습니다. 대장님께서 정말 활로 해를 쏘신 것입니까? 대장님께선 정말 천제의 자손인 것입니까?"

"하하하, 그야 네 눈으로 보지 않았느냐?"

"하지만……."

"너는 전날 부여에서 일무광이 있었을 때 여미을님이 이를 미리 예탁한 것을 잊었느냐? 이곳 졸본 사람들은 그때 일무광을 보지 못하였으니 이 일이 천제의 아들이 벌이는 조화라 한들 믿지 않겠느냐?"

"아……!"

마리가 감탄의 소리를 냈다. 하지만 이내 더욱 의심이 든 얼굴로 물었다.

"대장님! 그렇다 하더라도 어찌 그 시간을 그리도 빈틈없이 맞추어 내신 것입니까? 그 또한 하늘의 조화가 아니라면 불가능한 일이 아닙니까?"

"하하하! 우리가 비류를 거두려는 까닭이 하늘의 뜻을 이 땅에 다시 펴려는 일인데 어찌 하늘의 도움이 없겠느냐? 나는 천제께서 나와 우리 다물군을 보우하고 계시다는 것을 한시도 의심한 적이 없다."

멀리 성문 앞에서 계루의 백성들이 올리는 환호성이 바람을 타고 들려오고 있었다.

"다물군이다! 다물군이 돌아온다!"

"주몽 대장님이 돌아오신다!"

◆ ◆ ◆

졸본이 계루를 중심으로 통합되었으며 그것을 이룬 이가 주몽이라는 소식이 곧 부여로 전해졌다. 진작부터 밀정을 놓아 계루와 주몽의 형편을 살펴온 부득불이었다. 비록 졸본의 다섯 나라가 작은 나라들이라 하나 그들이 하나로 힘을 모으고 그 중심에 주몽이 있다면 결코 가벼이 생각할 일이 아니었다.

"이제 바야흐로 주몽과 다물군이 천하를 손아귀에 넣으려는 야욕의 첫발을 떼기 시작한 것입니다. 이제 이 동이 땅에 걷잡을 수 없는 일진 광풍이 몰아칠 것입니다."

"……."

"폐하! 주몽이 졸본을 거점으로 다물의 기치를 세운다면 동이 땅에 미칠 영향력은 짐작키 어려울 만큼 클 것입니다. 계루가 비록 소국이나 큰 재력을 가진 나라라는 것은 천하가 다 아는 일입니다. 막강한 전투력을 지닌 다물군에 계루의 재력이 더해진다면 이야말로 호랑이가 날개를 달고 용이 구름을 얻는 형국에 다를 바가 없습니다. 우리 부여도 장차 이에 대비를 하여야 할 것입니다. 졸본의 상황을 관찰하면서 이에 대항할 세력을 규합해야 합니다. 현토군의 양정과 연합하는 것도 하나의 방법이 될 것입니다."

부득불이 고하는 말에 말없이 듣고 있던 금와가 입을 열었다.

"양정과 연합하여 주몽이와 대적하자는 말씀이오?"

"그렇습니다. 지금 동이 땅에 주몽의 다물군을 견제할 세력은 현토의 양정밖에 없습니다."

"으음……."

만 가지 생각이 어린 듯 금와의 얼굴이 복잡한 빛을 띠었다. 잠시 생각에 잠겨 있던 금와가 짧은 한숨과 함께 입을 열었다.

"대사자! 지금 궁에는 주몽의 어미와 그 아내가 있소. 이제는 그만 저들을 주몽에게 보내주는 것이 어떻겠소?"

"그리할 수 없습니다, 폐하!"

부득불이 단호하게 말했다.

"그렇잖아도 궁궐 위사에게 유화 부인과 예소야 마마에 대한 감시를 더욱 철저히 하라 영을 내려두었습니다. 그들이 부여에 있는 한 주몽이 부여를 함부로 넘보지 못할 것이니, 장차 그들은 1만의 군대보다 더 요긴한 힘이 될 것입니다."

"대사자! 전쟁을 막을 인질로 저들을 부여에 잡아두자는 말씀이오!"

"폐하! 전쟁은 비록 방법이 졸렬해도 이기는 것이 상책입니다. 머지 않은 날에 부여와 다물군은 큰 전쟁을 벌이게 될 것입니다. 적을 죽이지 않으면 자신이 죽는 그때가 되어서야 인의와 도리가 헛된 구호에 지나지 않는다는 사실을 아실 것입니다."

금와의 얼굴이 낭패감으로 일그러졌다. 금와는 다시 한번 극도의 무력감을 느꼈다. 부여의 권력이 대왕인 자신이 아니라 부득불에게 옮겨간 것은 이미 온 부여가 다 알고 있는 사실이었다. 노회한 책략가 부득불은 금와가 왕권을 회복한 때부터 용의주도하게 조정의 대신들을 자기 사람으로 만들어 조정뿐 아니라 군부에까지 막강한 권력을 확보해나갔다. 충성스러운 대장군 흑치조차도 강한 부여의 건설을 내세운 부득불의 설득에 마음이 빼앗긴 듯했다.

금와가 부득불의 그런 야심을 깨달았을 때는 이미 늦은 뒤였다. 지금의 자신이란 허울뿐인 군왕, 종이로 만든 호랑이에 불과할 뿐이었다. 부득불의 야심이 왕좌나 모역에 있지 않음을 알고 있지만, 그가 드러내 보이는 주몽과 다물군에 대한 과도한 경계와 적개심 또한 염려스럽기는 마찬가지였다.

"대소 왕자님은 아직도 술과 검투로 날을 보내고 계시다 하였습니다. 일 년이 넘도록 여전히 저토록 방황하시니 딱할 따름입니다."

"……."

아비의 왕권을 넘본 죄와 그간 저지른 실정을 들어 대소의 목을 베자는 대신들의 상소가 빗발쳤지만 금와는 대소를 부여 남쪽 국경수비대의 대장으로 보냈다. 궁성을 떠나 난생처음 벽지인 국경지대로 간 대소는 울화를 다스리지 못해 날마다 술과 부하들을 내세운 검투 시합으로 낙을 삼고 있다고 했다. 그런 것이 벌써 해를 넘기고 있었다.

"하지만 장차 현토와의 연합을 위해서는 대소 왕자님이 큰 역할을 하시게 될 것입니다. 지금도 현토성과는 수시로 걸음을 하고 있는 것으로 압니다."

변방에 쫓겨나 있는 주정뱅이 아들과 한에 질자로 가 있는 아들, 그리고 장차 부여에 큰 우환이 되리라는 아들……. 이들을 생각하는 금와의 마음이 빈 들녘처럼 쓸쓸했다. 유화, 유화는 이 생의 가없는 허무와 쓸쓸함을 어떻게 견디고 있을까.

"무관들이 너의 행동을 감시하고 있다는 말이냐?"

"그렇습니다, 어머님. 출입을 통제하는 것은 아니지만 어딜 가든 무엇을 하든, 은밀히 경계하고 있는 것이 분명합니다. 아마도 부여 조정에서 어머님과 저를 감시하고 있는 듯합니다."

예소야의 근심 어린 말에 유화가 담담한 태도로 고개를 끄덕였다.

"이는 필시 주몽이 다물군의 근거지를 본계산에서 계루로 옮기고 졸본을 통합한 일과 무관하지 않을 것이다. 아마도 대사자 부득불이 그리 시킨 일일 게다. 주몽의 존재에 부여가 큰 위협과 두려움을 느끼고 있는 듯하구나."

"……."

"일이 이렇다면 저들이 우릴 주몽에게로 순순히 보내주지는 않을 듯하구나. 폐하께서 우리가 부여를 떠날 수 있게 해주겠다고 약속한 것이 오늘 아침인데 오히려 감시를 붙이는 것을 보면 말이다."

예소야의 얼굴이 더욱 근심스러운 빛을 띠었다.

"염려스러운 것은 부득불이 우리를 앞세워 주몽을 강박하지나 않을

까 하는 것이다. 주몽이 가는 길에 우리가 자칫 장애가 되지나 않을지
걱정이구나.”
“그렇다면 어찌하여야 합니까, 어머니?”
“부여를 떠나야 한다. 떠나서 주몽에게 가자!”
“어머님!”
“얼마 후면 부여의 국중대회인 영고가 열릴 것이다. 그때가 되면 부
여를 떠날 기회를 만들 수도 있을 것이다. 그동안 내가 방법을 찾아볼
터이니 너도 마음의 준비를 하고 있거라.”

아, 고구려

또다시 흥성흥성한 축제의 계절이 돌아왔다. 섣달에 접어들면서 부여는 온 나라가 영고의 준비로 열에 들뜬 듯 부산해졌다. 왕실과 조정, 그리고 모든 백성과 지방 사출도에서 올라온 제가들의 권속까지 하나가 되어 이 국가적 축제를 즐기기 위해 여념이 없었다. 이때만은 지위의 높고 낮음이나 나이의 많고 적음을 따지지 않고 모든 백성들이 서로 한마음이 되어 놀이를 즐기고 잔치를 베풀었으며, 대궐에서도 궁궐의 동산을 개방하여 궐문 출입을 자유롭게 하였다.

영고의 의식은 사직단에 국조신인 동명왕과 동신성모에게 제사를 지내는 것으로 시작되었다. 조상신께 제를 올리고 나면 이어 궁성 북쪽에 있는 천신당으로 가 천제와 천지의 조화를 주재하는 온갖 신령에게 부여의 국태민안을 기원하는 천제를 올렸다. 대부분의 왕실 사람과 조정대신들이 함께 참여하는 큰 국가적 행사였다. 천제가 끝나고 나면 산 속에서 제사에 쓰인 제물과 따로 준비한 음식들을 나누어 먹는 음복례飲福禮가 치러졌다.

음복례 도중 작은 사건이 있었다. 아침부터 병색이 엿보이던 유화 부인이 쓰러져 혼절을 하고 만 것이다. 급히 궁중 여인들을 위해 지은 임시 막사로 부인을 옮기고 동행한 태의가 진맥했다. 예소야와 궁중 여관인 무덕이 곁에서 구완했다. 예상대로 부득불의 영을 받은 궁궐 무관들이 삼엄하게 천막을 지켰다.

산 속에서의 음복례는 풍족하고 흥겨웠다. 상하노소가 함께 어울려 술과 음식을 부족함 없이 나누었다. 산 속의 해는 짧았다. 노루꼬리만 하다는 겨울해가 서쪽 산등성이에 걸리고 환궁을 위해 금와가 어막을 나섰다.

유화의 막사를 지키던 무관이 달려와 부득불에게 고했다.

"예소야 마마와 아기씨께서 보이지 않습니다."

"그게 무슨 말이냐?

"환궁을 위해 임시 막사를 철거하고 있는데 유화 부인께서 신체 미령하심을 내세워 거부하고 계십니다. 그래서 여관 하나를 보내 막사 안을 들여다보니……."

부득불이 나는 듯 유화가 몸을 쉬고 있는 막사를 향해 달려갔다. 그러곤 다짜고짜 천막의 휘장을 열어젖히고 안으로 들어섰다. 두 사람이 막사 안에서 닥쳐올 일을 담담히 맞아들이겠다는 태도로 앉아 있었다. 유화와 그의 여관인 무덕이었다.

"예소야 마마는 어디로 가신 것이냐?"

왕실 여인이 입는 비단 화복 차림의 무덕을 향해 부득불이 소리 쳤다.

"네년이 어찌하여 그 옷을 입고 있느냐?"

하지만 대답을 듣지 않더라도 일의 정황이 한눈에 잡혀오는 광경이었다. 부득불이 밖으로 나서서 수직 위관에게 물었다.

"어찌 된 일이냐?"

"그, 그게……. 아까 오시 무렵에 부인을 구완하던 여관이 천막을 나갔습니다. 그러곤 안에서나 밖에서나 출입이 일절 없었습니다."

"이런 멍청한 놈!"

부득불이 병관부령을 불러 명했다.

"예소야 마마가 이곳을 떠났다. 남쪽의 졸본으로 향하고 있을 터이니 속히 기병을 내어 뒤쫓아라. 국경의 방비를 더욱 엄히 하여 개미새끼 한 마리도 국경을 넘지 못하게 해라!"

"알겠습니다, 대사자님."

◆ ◆ ◆

산 속의 날이 빠르게 저물고 있었다. 하늘을 가리는 커다란 소나무가 울울창창한 숲 속을 예소야는 쉬지 않고 달렸다. 이미 해가 졌는지 숲 속은 캄캄한 어둠에 빠졌고, 무성한 소나무 가지 사이로 올려다 보이는 하늘도 어둠의 빛을 띠고 있었다.

숲은 끝없이 적요했다. 먼 산으로부터 산짐승의 울음소리 한번 들리지 않았고, 이따금 솔숲을 헤집고 불어온 송뢰만이 마음의 불안감을 더해줄 뿐이었다.

"어머니! 어디로 가는 거예요?"

업고 걸리며 함께 가고 있던 유리가 희미한 어둠 속에서도 반짝이는 눈망울로 물었다. 이제 갓 네 돌이 지난 어린아이였다. 인적 없는 산길을 가는 일이 두렵고 힘에 겹지 않을 리 없건만, 유리는 심상치 않은 분위기를 느낀 듯 별다른 투정 없이 어머니를 따랐다.

"아버지께 간단다. 착한 우리 유리야. 조금만 참고 견디거라. 조금만 기다리면 곧 아버지를 뵙게 될 것이다."

"정말이에요? 아버지를 만나요? 야, 신난다!"

유리가 숲이 울릴 만큼 쨍 하는 소리로 환호성을 질렀다.

금성산의 산마루를 넘어 건너편 기슭에 다다르자 희미한 달빛 아래 일단의 사람들이 모여 서 있는 게 보였다.

"마마!"

다가오는 것은 한두 번 낯이 익은 행인국의 상고 행수였다. 유화가 궁궐을 드나드는 행인국 상고를 재물과 인정으로 회유하여 예소야를 졸본 땅 계루로 무사히 데려줄 것을 부탁해둔 터였다.

"왜 이렇게 늦으셨습니까? 저희는 오시지 않는 줄 알고 막 떠나려던 참이었습니다."

행수가 예소야에게 짐꾼 사내 옷을 입혀 상고배들 속에 세웠다. 그리고 유리는 말이 끄는 수레의 짐바리 틈 사이에 앉혔다.

여남은 명으로 이루어진 행인국 상고배가 남쪽을 바라고 밤길을 재촉했다. 때는 섣달 초순. 겨울의 한랭한 기운이 하늘과 땅을 가득 채우고 있었다. 남쪽 하늘 위로 추위에 빛이 바랜 듯한 상현달이 희미하게 떠 그들의 앞길을 비추고 있었다.

상단이 부여의 남쪽 국경에 다다른 것은 이틀 후 저녁 무렵이었다.

"행수님, 저길 보십시오!"

나직한 둔덕을 넘어 국경을 이루는 강 나루터를 건너다보던 짐꾼

하나가 놀란 소리를 냈다. 말이 국경이지 평소에는 그저 늙은 사공 하나가 돛 없는 거룻배로, 이웃 나라로 가는 장사치들을 건네주는 게 고작인 작은 나루터였다. 그런 곳이 지금은 창검을 세워든 병사들로 강안이 가득했다.

되돌아서 다른 길을 찾아보기도 늦은 것이 이미 저편 나루터의 군사들도 상고들을 건너다보며 속히 다가오기를 기다리는 터였다.

"할 수 없다. 나루터를 지키는 수직군사들이 날 모른 체하지는 않을 것이다. 그간 제 놈들 밑으로 들인 돈이 얼만데."

상고배가 재빨리 유리를 짐바리 속에 숨긴 뒤 천연덕스런 걸음으로 나루터를 향해 걸었다. 하지만 낯을 익힌 수직군사에 기대보려는 행수의 생각은 처음부터 헛된 것이었다. 그들을 막아선 것은 번쩍이는 갑주를 입은 장수와 삼엄한 표정의 정병들로, 강을 건너는 선객들에게 도강세나 챙기는 한가로운 수직군사들과는 눈빛부터 달랐다.

"웬 자들이냐!"

당당한 호마 위에 위엄 있게 올라앉은 장수 곁에서 부장으로 보이는 자가 호통을 치듯 말했다.

"저희는 행인국의 상고들입니다. 부여에서 상거래를 끝내고 고향으로 돌아가는 길입니다."

상고들의 면면을 살피던 부장이 차가운 목소리로 수하에게 명했다.

"이자들의 짐을 남김없이 샅샅이 뒤져라!"

"자, 장군님! 무슨 일인지 모르나 저희는 그저 이곳저곳을 떠돌며 장사나 하는……."

당황한 태도로 앞을 막아서는 행수를 밀쳐내며 군사들이 칼을 뽑아들고 단단히 매어놓은 짐을 헤치기 시작했다. 병사들이 날카로운 창검으로 짐바리를 찔러대기 시작했다. 상고배들의 뒤쪽에 섞여 서 있던 예소야의 얼굴이 일순 하얗게 핏기가 가셨다.

긴 창을 손에 든 병사 하나가 이윽고 유리를 숨긴 짐바리 앞으로 다가섰다. 병사가 창을 들어 짐바리 속에 막 찔러 넣으려는 순간이었다.

"안 돼!"

짐꾼들 속에 서 있던 예소야가 외마디 소리를 지르며 앞으로 달려 나왔다.

"안 된다! 너희들이 찾는 사람은 여기 있다!"

예소야가 짐바리 속에서 유리를 찾아내 품에 안았다. 그런 예소야를 찬찬히 살펴본 부장이 마상의 장수에게 다가가 보고했다.

"그 여인이 분명한 듯합니다."

그때까지 마상에 앉아 말없이 그들을 지켜보고 있던 장수가 냉혹한 목소리로 영을 내렸다.

"대사자님의 영이시다. 이 일에 관여된 자들은 하나도 남김없이 목을 베어라!"

"자, 장군님! 제발 목숨만은……."

사정하며 매달리는 상고배들 위로 병사들의 무자비한 창칼이 쏟아지기 시작했다. 눈앞의 참상에 경악한 표정으로 떨고 있는 예소야 앞으로 환도를 뽑아든 부장이 다가섰다.

◆ ◆ ◆

졸본을 바탕으로 한 다물군의 세력이 더욱 커져갔다. 동이 땅의 크고 작은 나라들이 저마다 다물군의 기치 아래 스스로 내속하여왔다.

그와 함께 동이 백성들 사이에서 주몽의 이름은 드높고 아름다워졌다. 사람들은 주몽을 일러 해모수 장군의 현신이며 하늘에서 내려온 천왕랑이라고 말하기를 주저하지 않았다. 또한 장차 동이를 하나로 아우르는 대제국을 세울 제왕의 재목이라고 했다.

자신의 주재하에 든 땅에서 주몽은 그 백성들을 어버이와 같은 자애로움으로 다스리고 그 어려움을 살폈다. 군사들에게는 백성들 위하기를 그 장수인 자신처럼 대하라고 명하니, 다물군이 지나는 곳마다 나와서 기쁨으로 맞지 않는 고을이 없었고, 주몽의 이름을 칭송하지 않는 백성이 없었다.

다물군을 적대하고 주몽을 질시하던 고을의 군장들이 없었던 것은 아니나 주몽이 다물군을 몰아온다는 말만 듣고도 맞서 싸울 용기를 잃고 그 아래 머리를 조아렸다. 그런 땅에서 주몽은 그 군장을 인의로 대하여 위하고, 군사들 가운데 군문에 남기를 원하는 자들은 다물군에 받아들이고 원하지 않는 자들은 재물을 주어 고향으로 돌려보냈다. 그러는 동안 주몽의 다물군은 그 세력이 빠르게 불어나 어느덧 1만여를 넘어서고 있었다.

그런 어느 날, 부여로부터 참으로 놀라운 소식이 날아들었다.

예소야와 아들 유리가 부여에서 탈출을 기도하다 부여 병사의 손에 목숨을 잃었다는 소식이었다. 그리고 이 소식을 들은 부여궁의 유화 부인마저 크게 상심한 나머지 병상에 들었다가 세상을 떠났다고 했다.

청천벽력 같은 소식에 주몽은 모든 의욕과 기력을 잃고 깊은 슬픔에 빠져들었다. 바야흐로 계루성과 졸본은 다물의 실현과 새로운 왕국 건설에 대한 희망으로 부풀어오르고 있었지만 주몽은 계절이 바뀌도록 깊은 슬픔에서 헤어나질 못했다. 동이 땅 곳곳에서 동이의 새로운 청년 영웅 주몽에 대한 칭송이 드높았지만, 주몽은 자신의 처소에서 좀처럼 밖으로 몸을 드러내지 않은 채 가슴속의 슬픔을 견디고 있었다.

어느 날 소서노가 주몽의 처소를 찾았다.

"대장님!"

단아한 소복 차림의 소서노가 고요한 낯빛으로 주몽을 바라보며 말했다.

"동이 땅 여러 나라의 사신들이 대장님 뵙기를 간청하고 있습니다. 많은 폐물과 공물이 성 안에 넘쳐나고 있습니다."

"……."

"다물군의 사기가 예전 같지 않습니다. 대장님께서 당하신 슬픔을 짐작하지 못할 바 아니지만 이제는 저들을 위해 대장님께서 나서셔야 합니다."

하지만 주몽은 다만 처연한 얼굴을 들어 먼 허공을 바랄 뿐이었다. 그 모습이 빛바랜 낮달처럼 너무나 쓸쓸하고 슬퍼 보여 소서노는 자신도 모르게 눈시울이 붉어졌다.

"대장님. 들으니 대장님의 어머니 유화 부인과 예씨 부인은 모두 더없이 어질고 강한 분들이라 들었습니다. 그분들이 살아생전 원한 것이라면 오직 하나, 대장님께서 대업을 이루시는 것이라 생각합니다. 어서 마음을 다스리시어 대장님께서 매진해왔던 꿈을 이루는 일에 더욱 진력하시는 것이 그분들의 뜻을 받드는 일이 되리라 생각합니다."

주몽이 비로소 슬픔이 가득 담긴 눈을 들어 소서노를 건너다보며 말했다.

"그것이 비록 하늘의 뜻과 통하는 일이라 하여도 사랑하는 사람들과 함께하지 못하는 것이라면 그 위업이 무슨 소용이겠소.”

“대장님! 이곳 동이 땅에는 대장님에게 전 생애를 걸고 다물의 대열에 동참한 의로운 이들이 수천, 수만을 헤아립니다. 저들을 두고 어찌 그리 나약한 말씀을 하십니까?”

“…….”

주몽이 손을 내밀어 서탁 서랍에서 무언가를 꺼냈다. 조그만 나무 상자에 담긴 그것은 날이 부러진 단도 한 자루였다.

“이것이 무엇입니까?”

“이 부러진 칼의 나머지는 내가 부여를 떠나올 때 아직 돌이 되지 않은 아들 유리가 언젠가 장성하여 나를 찾아올 때 그 징표로 삼으라고 건넸소. 그때는 장차의 일을 알 수 없는 터라 혹 부자간의 인연이 엇갈릴 수도 있을 것 같아 칼을 잘라 건넸던 것인데, 이제는 그 일조차 무망한 일이 되고 말았소.”

부러진 칼을 들어 쓰다듬는 주몽의 손길이 가늘게 떨리고 있었다.

그로부터 며칠 후, 주몽이 다물군의 군사회의를 소집했다. 제장들과 소서노, 연타발과 함께한 자리에서 주몽이 엄숙한 목소리로 선언했다.

“우리 다물군은 한의 현토군을 공략하여 저들을 이 땅에서 멸할 것이오!”

주몽의 선언에 장수들이 한결같이 비장과 감개가 어우러진 얼굴을 들어 영을 따를 것을 맹세했다.

“참으로 오랫동안 학수고대해온 말씀입니다, 대장님. 명령만 내리신다면 소장이 원정군의 선봉에 서서 양정과 한의 군사들을 모두 도륙하고 오겠습니다. 소장을 원정군의 선봉에 세워주십시오, 대장님.”

비분강개한 목소리로 그렇게 말하고 나선 것은 마리였다. 그러자 북쪽 선비족과의 싸움에서 큰 공을 세운 계루의 청년 장수 부분노가 우렁우렁한 목소리로 나섰다.

“아닙니다, 현토성 공략에는 소장이 나서겠습니다. 신명을 바쳐 반드시 양정의 수급을 베어올 터이니, 소장에게 현토성 원정의 선봉을 맡겨주십시오.”

그들뿐 아니라 장수된 자들 가운데 누구 하나 앞서서 나가 싸우기를 원하지 않는 자가 없었다. 주몽이 상장군에 부분노를 삼고 우장군에 무골, 좌장군에 오이를 세웠다. 또 사용에게는 군사軍師의 직을 주고 그밖에도 저마다 마땅한 직을 주어 원정의 대열에 세웠다. 마리에게는 원정군에게 필요한 양곡과 꿀, 마소 같은 군수물자의 보급을 책임지게 했다.

회의를 마치고 나서는 마리의 얼굴이 장마철 하늘같이 잔뜩 흐려 있었다. 오이가 다가가 넌지시 물었다.

“형님! 대사를 앞둔 사람이 대체 얼굴이 그게 뭐유?”

“시끄러, 이놈아! 너라면 이 상황에 히히 헤헤, 웃음이 나오겠냐?”

“무슨 일 때문인데 그러시우!”

“젠장, 굴러온 돌이 박힌 돌 뺀다더니, 우리가 대장님을 모신 세월이 얼만데……. 원정군 상장군이라면 의당 우리들이 맡아야지, 보급대장이 뭐냐? 철부지 같은 부분노 놈을 상장군으로 세운다는 게 대체 말이 되는 얘기냐?”

오이가 대수롭지 않은 일이란 듯 싱거운 웃음을 띠며 말했다.

“거 참! 아까 대장님이 말씀하셨잖소. 현토성이 강성해 자칫 싸움이 장기전으로 돌입할지 모르고, 혹 부여가 후방을 위협할지도 모르니 형님같이 경험 많은 장수가 보급을 맡아야 한다고 말이오.”

“이놈아, 내가 한두 살 먹은 어린애냐, 그런 말을 믿게? 괜히 미안쩍으니까 둘러서 하는 말이지. 다 필요 없어, 이놈아. 네놈은 좌장군이니 좋겠다.”

마리가 투덜거리며 앞서 걸었다.

◆ ◆ ◆

현토군 원정의 날이 밝았다. 지난밤 내린 봄비로 천지간에 신성한 기운이 가득한 삼월의 이른 아침, 삼족오가 그려진 기치를 드높이 세운 원정군이 계루를 떠났다. 대장군 주몽을 위시하여 범 같고 용 같은 제장들과 저마다 일당백의 용기로 무장한 다물군 1만이 길게 꼬리를 이끌며 현토성을 향해 나아갔다.

현토군의 강역 안으로 들어선 다물군은 파죽지세로 현성들을 깨뜨리며 전진했다. 현토군의 세 현 가운데 하나인 서개마현을 함락시켰으며 동가강 상류에 위치한 상은대현마저 어렵지 않게 손에 넣었다. 병력 5천을 보내 상은대현의 수성을 도왔던 양정은 다물군의 군세가 예상 밖으로 크고 강하다는 사실을 알고 당황했다. 그리하여 급히 한의 장안으로 전령을 보내 현토가 처한 사정을 설명하고 원군을 요청했다. 하지만 장안에서는 나라 안의 어려움을 들어 원군의 파병이 불가함을 알리고 동이 지역의 한 군현이 서로 결속하여 위기를 타개하라는 전갈을 보냈다.

하지만 동이 땅에서 한의 군현이란 것이, 임둔과 진번은 이미 토착 세력의 저항으로 유명무실한 존재가 된 지 오래였고 평양 지역의 낙랑조차 현토를 위해 군사를 보낼 만한 처지가 아니었다.

이에 양정은 할 수 없이 군의 치소가 있는 고구려현의 현토성을 엄히 방비한 뒤 수성전으로 다물군을 맞으리라 계획했다.

짐작한 대로 현토성은 견고한 성이었다. 현토성 밖 십여 리에 군대를 벌여세운 다물군이 전력을 다해 공성攻城에 나섰지만 성은 요지부동이었다. 날마다 충차와 운제, 포차를 앞세워 성벽을 들이쳤지만 현토군의 빈틈없는 대응으로 별다른 성과를 얻지 못한 채 물러서기를 거듭할 따름이었다. 그런 날들이 어연 두 달을 넘기고 있었다.

입이 건 우장군 무골이 현토성 해자 위의 석교에 올라서서 성 안의 양정을 향해 입에 담기 어려운 야유와 욕설을 퍼부으며 충동질했다.

"내시 놈의 오입질로 태어난 양정 이놈아! 병든 쥐새끼처럼 성 안에 숨어 떨지 말고 사내대장부답게 나와서 나랑 싸워보자! 만약 나오지 않는다면 우리 다물군이 성을 들이친 다음 네놈을 갈기갈기 찢어서 냄새나는 네놈 시체를 들개의 먹이로 삼을 것이다, 양정아!"

하지만 성 밖에서 무어라 떠들어대도 오불관언인 양정이었다.

딱 한 번, 분을 참지 못한 양정이 5백여 기마대를 이끌고 성문을 나서 다물군에게 공격을 감행한 적이 있었다. 북과 징을 울리며 양정의 군대가 다가오자, 적의 공격을 기다리고 있던 다물군의 3백여 궁수들이 진을 벌인 채 일제히 화살을 날리기 시작했다. 모팔모가 개발한 강철촉으로 만들어진 화살은 현토 군사들의 갑주를 뚫는 위력을 발휘했다. 제대로 된 교전조차 벌이지 못한 채 양정의 군사들은 결국 무수한 전사자만 남기고 퇴각했다. 그 일 이후 양정은 성의 방비를 더욱 단단히 한 채 요지부동 버티기로 일관했다.

성과를 거두지 못한 채 현토군과의 대치가 길어지자 다물군 안에서 우려의 목소리가 나오기 시작했다. 군사들의 사기가 점점 떨어지고, 마리가 담당해온 군수물자의 보급도 점차 어려움을 겪고 있었다.

"보급이 여의치 않아 군사들이 허기에 지쳐가고 있습니다. 범 같은 장정들이 하루 주먹밥 두어 개를 먹으며 싸움을 할 수는 없습니다."

"이제 얼마 후면 장마가 시작될 것입니다. 우기가 시작되면 활의 장력이 약해져 다물군의 자랑인 궁병대의 위력이 크게 떨어질 것이 분명합니다. 한시라도 빨리 현토군과 싸워 결판을 내야 합니다. 그렇지 않으면 결국 적의 공격에 쫓겨서 계루로 돌아가야 할지도 모릅니다."

"날이 더워지면 역병의 위험도 그만큼 커집니다. 군사들 사이에 돌림병이라도 도는 날에는 적에 의해서가 아니라 스스로 무너지게 될 것입니다."

그리하여 급기야 현토성 공략을 포기하고 계루로 돌아가자는 주장이 돌기 시작했다. 하지만 주몽은 단호한 목소리로 현토성을 거두기 전에는 결코 돌아가지 않을 것이라고 말했다. 하지만 현토성은 여전히 성문을 꼭 닫아건 채 다물군의 공격에 수성守城만 하고 있을 뿐이니 난처한 일이었다.

그런 가운데 그 일이 일어났다.

우장군 무골이 마리를 잡아 매를 친 사건이었다. 일의 발단은 무골이 마리를 불러 보급이 여의치 않음을 질타하면서 일어났다. 전선에 나선 군사들이 굶주리는 것은 모두 보급을 담당한 자가 무능한 탓이니 마땅히 군율에 따라 마리를 벌하겠다고 추궁했다.

그러자 평소 자신의 일에 불만을 가지고 있던 마리가 엄연한 관품의 차이를 무시한 채 대뜸 욕설로 맞섰다.

"젠장, 이 자식이 장군의 칼을 두르고 있으니 눈에 뵈는 게 없나? 네 놈이 감히 날 벌하겠다고? 나는 네놈이 산 속에서 길 가는 사람들을 상대로 화적질을 할 때부터 대장님을 모시고 목숨을 버려가며 적과 싸워온 사람이란 말이다. 그런데 너 같은 애송이가 감히 날 처벌해?"

그러자 분기탱천한 무골이 수하 군사를 시켜 마리를 포박하게 했다. 그리고 엄격한 군율의 사료로 삼기 위해 진채 앞 공터에 나무기둥을 세우고 마리를 묶었다. 하지만 그런 중에도 마리는 고래고래 고함을 질러대며 욕설을 퍼부었다.

"야 이 멍청한 무골 놈아! 치마 두른 계집보다 못한 놈이 장군을 하고 있으니 허깨비 같은 현토성 하나 어쩌지 못하고 군사들만 고생시키고 있지 않느냐! 날 풀어주고 당장 나랑 한번 붙어보자. 네놈 머리통을 깨부수고 말겠다. 이 죽일 놈아!"

화가 난 무골이 직접 철편이 박힌 채찍을 들고 나가 고함을 질러대는 마리를 쳤다. 채찍질이 모질수록 더욱 고함을 지르고 욕설을 퍼부어대던 마리가 결국 혼절했다.

놀라운 소식은 이튿날 아침에 날아들었다.

"대장군님! 마리 장군이 어젯밤 포박을 풀고 달아났습니다."

"……."

"누군가 몰래 포박을 풀어준 것 같습니다. 경계를 서던 군사들에 따르면 아마도……. 현토성으로 달아난 것 같습니다."

"무엇이, 현토성으로? 마리 형님이 그럴 리가 없다. 아무리 화가 나더라도 마리 형님은 그럴 분이 아니다. 뭔가 잘못되었을 것이다."

곁에 있던 오이가 펄쩍 뛰는 소리를 했다. 하지만 이해할 수 없는 것이 주몽의 태도였다. 그저께 마리가 처음 소동을 벌일 때부터 지금까

지 그 일에 대해 한 마디도 가타부타 입을 열지 않은 채 깊은 생각에
잠긴 듯한 표정이었다. 분개하는 장수들의 목소리가 분분한 가운데
이윽고 주몽이 손을 내저었다.

"이제 그만 제장들은 모두 물러들 가시오. 몸이 피곤하여 좀 쉬어야
겠소."

그렇게 말하는 주몽의 표정이 더할 수 없이 쓸쓸하고 슬퍼 보였다.

◆ ◆ ◆

난공불락의 견고함을 보이던 현토성이 무너진 것은 그로부터 이틀
후의 일이었다. 하루 종일 자신의 군막 안에서 꼼짝도 하지 않고 있던
주몽이 이튿날 새벽이 되자 제장들을 소집해 대대적인 공격을 준비하
라 명했다.

아침 해가 채 밝기도 전에 성 안으로부터 한 줄기 소식이 날아들었
다. 현토군 태수 양정의 죽음을 알리는 성 안 세작의 연통이었다. 주몽
이 지체 없이 대군을 발해 현토성 공격에 나섰다. 그토록 강고하던 현
토성이 주인을 잃고 나자 한낱 모래성이 되어 다물군의 발굽 아래 무
너져 내렸다. 성문을 깨뜨리고 성 안으로 진입한 다물군이 달아나는
현토군을 무참히 도륙하기 시작했다. 성.안으로 들어선 주몽이 가장
먼저 달려간 곳은 양정의 관사였다. 관사를 지키던 위병들을 다그친
결과 마당 한쪽에서 거적에 덮인 마리의 시신을 발견하였다.

마리가 다물군영을 탈출해 현토성으로 가자 가장 기뻐한 것은 양정
이었다.

"마리가 스스로 우리 현토성으로 걸어 들어왔다고?"

"그렇습니다, 태수님. 적의 우장군과 반목하여 심한 벌을 받은 끝에 지난밤 우리에게로 귀복하여 왔습니다."

"허허허, 그래? 마리라면 주몽이 오른팔처럼 아끼는 장수가 아닌가. 그런 장수가 배신하여 우리에게 몸을 의탁하여 올 정도라면 이제 다물군도 스스로 무너질 날이 머지않았구먼, 하하하."

흔쾌해진 양정이 마리를 불러들여 그의 소위를 치하했다.

"허허허! 장군같이 용맹스러운 장수가 우리 현토성으로 오니 이 몸은 천군만마를 얻은 듯 든든하기 그지없소. 우선은 상한 몸을 다스려 회복에 힘쓰도록 하시오. 내 반드시 그대의 원수를 갚아주겠소."

양정이 마리의 상한 몸을 보니 살이 찢어지고 뼈가 어긋난 꼴이 차마 눈을 뜨고 볼 수 없을 만큼 참혹했다. 그날 밤 양정은 마리의 귀복을 치하하고 위로하기 위해 자신의 관사에서 성대한 잔치를 벌였다. 그리고 그 밤, 흥성한 잔치가 끝나갈 무렵, 잔뜩 취기가 오른 양정에게 다가간 마리가 벌떡 몸을 일으키며 소리쳤다.

"나는 다물군의 장군이며 그 지도자인 주몽 대장의 충성스러운 장수이다! 이제 이 하찮은 목숨을 버려 신령스러운 영토를 범한 너희 한의 오랑캐들을 물리칠 수 있으니 어찌 자랑스럽고 영광스럽지 않으랴! 동이의 원수 양정은 내 칼을 받아라!"

그렇게 소리친 마리가 숨겨둔 비수와 함께 온몸을 날려 양정의 가슴을 찔렀다. 그리고 다시 칼을 뽑아서는 어육이 될 정도로 거듭 양정의 온몸을 난자했다. 영문을 모른 채 놀란 눈을 하고 있던 양정이 제대로 된 비명조차 흘리지 못하고 그 자리에서 절명했다.

양정을 죽인 마리는 별다른 저항 없이 한의 군사들을 향해 뚜벅뚜벅 걸어갔다. 그리고 자랑스러운 미소를 띤 얼굴로 한군의 칼을 맞왔다.

그 일을 목격한 현토성 위병의 말을 듣는 주몽의 얼굴에 하염없는 눈물이 흘렀다. 그 말을 듣고 있던 다물군들 또한 피눈물을 쏟지 않는 자가 없었다.

주몽은 귀한 비단에 마리의 시신을 수습하여 계루로 돌아왔다. 그리고 죽은 양정의 목을 잘라 천제께 제사 드리고 아버지 해모수의 원한을 위로했다. 이로써 한이 조선을 멸망시킨 후 30여 년 넘게 이 땅에 주재하며 조선의 백성들을 핍박해온 한의 현토군이 영원히 동이 땅에서 사라졌다.

◆ ◆ ◆

현토성을 장악하고 돌아온 다물군을 향해 졸본과 온 동이 땅 사람들이 모두 한마음으로 기뻐하고 한 목소리로 주몽을 칭송하였다. 하지만 어쩐 일인지 주몽은 쓸쓸하고 우울한 표정으로 사람들 앞에 나서기를 삼간 채 자신의 처소에서 시간을 보내고 있었다. 그런 주몽을 찾아온 이가 있었다.

"대장님께서 요즘 혹 건강이 나빠지신 건 아닌지 염려되어 들렀습니다."

그렇게 말하는 여미을의 표정은 그러나 조금도 주몽의 건강을 염려하는 빛이 없었다. 이즈음 주몽이 겪고 있는 마음의 혼란과 고통을 짐작하기라도 한 듯했다.

"……"

"대장님! 이제 때가 되었습니다. 이곳 동이 땅에 천제가 세우신 옛

왕국의 전통을 이어받아 나라를 세우실 때가 되었습니다."

여미을이 주몽을 찾은 뜻을 숨기지 않고 밝혔다. 하지만 주몽으로 부터는 아무런 응대가 없었다.

"대장님! 지금 동이 땅은 다물의 기운으로 크게 꿈틀거리고 있습니 다. 가장 강한 천지의 기운과 가장 강한 인간의 의지가 함께 어우러진 드문 때가 바로 지금입니다. 지금이야말로 새로운 나라를 세우기에 가장 적합한 때입니다. 서둘러 새로운 왕국을 선포하십시오."

"생각해보겠습니다, 여미을님. 좀 더 시간을 두고 천하의 흐름을 살 핀 연후에 그리하겠습니다."

"그렇게 여유를 두실 일이 아닙니다. 지금 동이 땅에 새로운 기운이 용솟음치고 있지만 저 힘을 하나로 모을 바탕, 온 백성의 마음밭이라 할 나라가 없으면 곧 신기루처럼 스러져버릴 것입니다. 언제까지 저 들이 한결같은 마음으로 대장님을 따르고 다물을 외치리라 생각하십 니까?"

"……."

"하지만 그 전에 반드시 먼저 하셔야 할 일이 있습니다."

"말씀해보세요."

"소서노 군장과 혼인하십시오."

여미을의 말에 주몽이 펄쩍 뛸 만큼 놀란 표정을 지었다.

"소서노 군장과 결혼을 하라니, 정녕 진실로 하시는 말씀입니까?"

"그렇습니다, 대장님. 어찌 이런 일을 두고 허언을 농하겠습니까. 저 뿐만 아니라 졸본의 많은 사람들 또한 두 분이 혼인하시길 고대하고 있습니다."

"당치 않은 말씀입니다. 소서노 군장과 나는 한때 연모하던 사이였으나 서로 다른 지어미와 지아비를 섬긴 몸입니다. 그런데 이제 와서 혼인이라니요. 당치 않습니다.”

“하지만 아직도 두 분 마음속엔 서로에 대한 지극한 연모와 그리움이 있다는 것을 알고 있습니다. 거기에 더해 새로운 왕국과 다물의 대의를 실현하기 위해서라도 두 분은 반드시 혼인을 하셔야 합니다.”

“그건 무슨 말씀이십니까?”

“대장님께서 동이의 크고 작은 족속들을 굴복시키고 현토성을 쳐서 멸하였지만 이곳 졸본은 여전히 소서노 군장의 강력한 지지기반입니다. 이곳에서 동이의 영웅 주몽 대장은 아직도 이방인일 뿐입니다. 이 땅에서 나라를 세우기 위해서는 먼저 졸본 사람들의 마음을 얻어야 합니다. 그렇지 않고서는 나라를 세우는 것이 불가능합니다.”

“……”

“먼저 졸본의 세력을 적극적으로 포용하여야 합니다. 만약 저들의 마음을 얻지 못한 채 이 땅에 나라를 세운다면 다물군은 졸본에서 침략자, 진주군의 처지를 벗어나지 못할 것입니다. 하지만 소서노 군장과의 혼인은 그 모든 문제를 해결하여 줄 것입니다.”

◆　◆　◆

현토성의 함락과 양정의 죽음에 가장 큰 충격을 받은 것은 부여의 대사자 부득불이었다. 우려하고 염려하던 일이었으나 주몽의 다물군이 설마 현토성을 함락하리라고는 끝내 믿지 않았던 그였다. 하지만 한의 현토군은 패망하여 동이 땅에서 쫓겨났다. 그렇다면 이제 주몽의 칼끝이 향할 곳이 이곳 부여 말고 달리 또 어디일 것인가.

소식을 들은 다음날, 부득불은 대전으로 나가 금와를 알현했다.

"폐하! 지금 부여의 전군을 발해 졸본의 다물군을 쳐야 합니다. 소신이 직접 군사들을 이끌고 출정할 터이니 윤허하여 주십시오."

유화를 잃고 십 년은 더 늙은 듯한 모습의 금와가 무기력한 눈길로 그런 부득불을 건너다보았다.

"다물군을 치겠다 하였소, 대사자가 직접 나서서?"

"그렇습니다, 폐하! 양정의 현토군이 저들 손에 망한 터이니 이제 저들의 칼끝이 향할 곳은 필시 우리 부여일 것입니다. 지금 다물군은 바야흐로 욱일승천의 기세입니다. 시간을 두면 저들은 더욱 강해지고 우리 부여는 더욱 위축되고 말 것입니다. 한시라도 바삐 저들과 일전을 결하는 것이 유리합니다."

"……."

"변방에 나가 있는 대소 왕자를 불러 원정대의 부장군으로 삼겠습니다. 그리고 사출도에 통문을 보내 모든 지방 군사들도 정벌군에 동참토록 하겠습니다."

"……그리하시오!"

이리하여 부여의 졸본 정벌이 전격적으로 결정되었다.

그로부터 석 달이 지난 후, 대장군 부득불과 상장군 대소가 이끄는 부여의 5만 정병이 졸본을 향해 떠났다.

부여와 졸본의 거리는 무려 1천여 리가 넘었다. 서둘러 행군한다 하여도 보름은 족히 걸릴 먼 길이었다. 대장군 부득불의 지휘 아래 졸본을 향해 나아가던 부여군은 국경을 벗어나면서부터 번번이 낯선 광경을 만나게 되었다. 졸본으로 이어지는 길가의 크고 작은 고을들이 모두 텅 비어 있었다. 사람은커녕 마을의 집조차 깡그리 불에 타 없어져 군막을 설치하지 않고는 군사들이 밤이슬을 피할 곳조차 찾기 어려웠다. 그런 일들이 날마다, 고을마다 거듭되었다.

"다물군이 청야淸野 작전을 펼치고 있는 것이 분명합니다."

대소의 말에 부득불이 말없이 고개를 끄덕였다.

"우리가 출정하였다는 소식을 들은 다물군이 미리 대비를 해둔 것이 분명합니다. 지금이 겨울이라 행군에 어려움이 따를 것을 셈하여 이런 작전을 펼치는 것일 겁니다."

"……."

"현지에서 양곡을 조금도 조달할 수 없으니 양곡 보급을 기다리느라 행군이 자꾸 늦어지고 있습니다. 하지만 닷새 후면 졸본에 당도하게 될 것입니다."

일찍 시작된 겨울 추위 탓에 땅은 꽁꽁 얼어붙었고 바람은 세차 하루하루 산과 벌판을 행군하는 일이 여간 고역이 아니었다. 거기다 밤에는 차가운 맨바닥에서 자야 했으니 그 고통이 이루 말하기 어려울 정도였다.

부여군이 마침내 동가강 유역의 졸본 땅에 이른 것은 부여 도성을 떠난 지 스무 날에 가까운 때였다.

졸본 땅에 걸음을 들인 첫날, 부여군은 졸본의 한 마을을 공략해 손쉽게 점거했다. 가호가 3백에 달하는 제법 큰 고을이었는데 넓은 들을 가진 부촌이어서인지 집집마다 곳간에 양곡이 가득하고 마당엔 땔감과 꼴이 높이 쌓여 있었다. 또한 이엉을 새로 올린 지 얼마 되지 않은 집들이 한결같이 깨끗하고 정갈했다. 부여를 떠난 이후 처음으로 접해보는 사람의 자취였다. 부득불의 군대는 고을로 들어가 참으로 오랜만에 안락한 하룻밤을 보냈다.

그날 밤이었다.

"와!"

꿈결인 듯 사람들의 요란한 함성을 들으며 부득불은 선잠에서 깨어났다. 문 밖이 대낮처럼 훤했다. 놀라 밖으로 뛰어나선 부득불의 앞을 막아서며 대소가 당황한 소리로 말했다.

"대장군! 적의 공격입니다. 화공입니다."

과연 하늘 위로 불화살이 빗줄기처럼 날아와 군사들이 잠든 집 지붕 위로 내리꽂히고 있었다. 이미 고을의 절반은 시뻘건 화광에 잠겨 있었다. 곤한 잠에서 미처 깨어나지도 못한 채 놀라 거리로 나선 부여의 군사들이 창검조차 수습하지 못한 채 선불 맞은 소처럼 이리저리 뛰어다니고 있었다.

"제장은 군사들을 정비하라! 군사들은 무장하여 적을 맞으라!"

대소가 안장도 얹지 못한 말에 올라타 거리를 달리며 소리쳤다. 하지만 세차게 불어오는 바람에 기세를 올리며 타오르는 불길 속에선 피아를 구분하기조차 어려운 일이었다. 풍성하게 올린 이엉과 마당에 가득한 꼴이 모두 화공을 가하기 위한 다물군의 계략이었음을 대소는 비로소 깨달았다. 우왕좌왕하는 부여군들 속으로 난입해 들어온 다물군이 기세등등하게 고을 구석구석을 누비며 부여군을 도륙하고 있었다.

뒤늦게 고을 밖 들판에서 숙영하던 부여군이 가세하면서 새벽이 가까울 무렵에야 간신히 다물군의 공격을 물리칠 수 있었다. 겨우 1천여에도 미치지 못한 적의 공격에 부여군이 입은 피해는 뜻밖에도 컸다. 고을 안에서 잠을 자던 군사 2천여 명이 적의 창검에 꿰이거나 불에 타 목숨을 잃었다. 그리고 부상을 당한 자들은 그보다 몇 곱절은 많았다.

 하지만 그것은 그로부터 이어진 부여군의 참담한 패배의 시작에 불과했다. 졸본으로 향하는 길목에서마다 수많은 매복과 야습으로 인해 부여군은 정신을 차리기 어려울 지경이었다. 지형에 익숙한 다물군은 뜻하지 않은 곳에서 뜻하지 않은 공격으로 부여군을 타격했다. 그리하여 부여군이 다물군의 본거지가 있는 계루성에 당도하였을 때는 어느새 1만이 넘는 군사를 잃고 난 뒤였다.

 다물군이 부여군을 맞기 위해 진을 벌인 곳은 계루성에서 백여 리 떨어진 드넓은 들판이었다. 다물군의 계속된 공격으로 적지 않은 타격을 입은 부득불은 전군을 이끌어 다물군의 본거지인 계루성을 공략하기 위해 진군했다. 들판의 양쪽 끝에서 다물군과 부여군 양 진영이 건곤일척의 일대회전을 앞두고 대치했다.

 멀리 다물군의 진문 앞에 우뚝 서 있는 이가 다물군의 대장 주몽임을 부득불은 알아보았다. 그러자 불같은 분노와 증오가 늙은 부득불의 머리를 가득 채웠다.

 비록 적지 않은 군사를 잃어버렸다 하여도 부여군은 여전히 다물군을 압도할 만한 대군이었다. 첫날 다물군과 부여군의 전력을 다한 대전에서 부여군이 처음으로 승리를 거두었다. 전투의 선봉에 나선 대소의 놀라운 용전 덕분이었다. 호마에 올라탄 대소가 한 자루 월도를 높이 쳐들고 종횡무진 적의 군대를 유린하자 기세가 오른 부여군이 다물군을 밀어붙이기 시작했다. 첫날 싸움으로 다물군은 무려 이십여 리를 물러난 뒤에야 다시 진을 벌렸다.

 이튿날도 싸움의 양상은 비슷했다. 다물군 가운데 무용이 뛰어나다는 장수 하나가 나와 대소에게 싸움을 걸었지만 십여 합을 버티지 못하고 말머리를 돌려 달아났다. 이어 부득불이 전군의 공격을 명하자 다물군은 다시 등을 보이며 달아나기 시작했다.

사흘째 되는 날, 부여군은 아예 기세를 몰아 다물군의 본거지인 계루성을 함락할 작정으로 대대적인 총공세를 펼쳤다. 부여의 대군이 산야를 뒤덮으며 몰려들자 다물군은 겁을 집어먹은 듯 처음부터 달아나기 시작했다. 다물군의 뒤를 쫓아 부여군이 어느 산의 계곡 속으로 뛰어들었을 때였다.

갑자기 계곡의 양쪽 비탈 위에서 우레 같은 함성과 함께 바위와 통나무, 화살이 비처럼 쏟아지기 시작했다.

"매복군이다!"

"다물군의 공격이다!"

때늦게 다물군의 매복을 알아차린 대소가 군사를 되돌리려 했지만 그마저도 여의치 않은 일이었다. 기세등등하게 대군을 몰아오던 부득불의 군사들이 여전히 좁은 계곡 안으로 밀려들고 있어서 돌아설 수도 없는 처지였다. 뒤늦게 군사를 돌려 계곡을 빠져나왔을 때는 부여군의 절반을 계곡에 파묻고 난 뒤였다.

"대장군! 지금의 전력으로 다물군을 깨뜨리기는 어렵습니다. 군사를 돌려 일단 부여로 돌아간 뒤 훗날을 기약함이 옳을 것입니다."

대소의 말에 부득불이 침통한 표정으로 퇴각을 명했다. 하지만 부여로 돌아가는 일조차 여의한 것이 아니었다. 부여로 향하는 요해처要害處마다 숨어 있던 적들이 나타나 부여군을 공격하기 시작했다. 참으로 신묘하다 할 만한 용병이 아닐 수 없었다.

부여군의 참담한 패주는 결국 대장군 부득불이 다물군의 손에 사로잡힘으로써 결말이 났다. 대소의 군사와 갈라진 채 목숨을 부지한 1백여 기의 군사들로 부여 국경을 넘으려던 부득불은 길목을 지키고 있던 부분노의 군사들을 만나 일부는 목숨을 잃고 일부는 살아 포박된 몸으로 계루로 끌려갔다. 계루에는 이미 부여 국경을 넘으려다 포로가 된 부여군 수백 명이 감금되어 있었다. 그들 가운데 부여국의 왕자이자 원정군의 상장군인 대소가 있었다.

포박된 몸으로 주몽 앞에 끌려나온 부득불의 얼굴은 뜻밖에도 평온해 보였다. 이미 모든 것을 포기한 자의 여유로움이 태도에 배어나고 있었다.

가슴속에서 들끓는 만 가지 정회를 다스리며 주몽이 부득불의 앞으로 나섰다.

"대사자!"

"……."

"나는 한 번도 대사자가 부여의 다시없는 충신임을 의심한 적이 없소. 하지만 그대가 이룬 것은 내 아버지 해모수를 비롯한 수많은 사람들의 죽음과 갈등과 반목이었을 따름이오. 임금을 핍박하고 국정을 농단하여 수많은 생명을 죽음으로 몰아넣은 죄는 대사자 자신의 목숨밖에는 갈음할 길이 없소."

이미 모든 것을 체념한 부득불이 담담한 음성으로 답했다.

"내 어찌 나에게 내려진 죄과를 모르겠습니까. 하지만 비록 그 결과가 이에 이르렀으나 나는 내가 선택한 길이 옳았음을 지금도 믿고 있습니다. 하지만 하늘의 뜻이 나에게 있지 않고 대장님에게 있음이 이처럼 분명하니, 이제 무엇을 아쉬워하고 무엇을 한탄하겠습니까. 다만 한 가지 청할 것은 인정을 들어 저에게 스스로 목숨을 버릴 기회를 허락해주시길 바랍니다."

잠시 후 다물군이 마련한 흰 천 위에 올라선 부득불이 부여가 있는 북쪽을 향해 절했다. 하지만 그것이 어리석은 국왕을 향한 것이 아니라 늙은 신하가 일생을 두고 숭배하고 신앙해온 부여국과 그 땅의 백성들을 향한 것임을 그는 스스로 입을 열어 밝혔다.

"천세 전부터 부여를 보우하여 주신 천지신명이시여, 들으소서! 천명을 다한 노신은 몽매에도 잊지 못할 부여 땅을 밟지 못한 채 떠납니다. 하지만 이 부득불, 한 가닥 넋이라도 이 땅에 남겨진다면 그 또한 부여를 위해 신명을 다 바쳐 노력할 것입니다. 부여의 천지신명이시여, 부디 내 나라 부여와 그 백성을 위한 가호와 위로를 만세까지 아끼지 말아주소서!"

부득불이 주름진 손으로 자신의 옆구리 깊숙이 칼날을 박았다. 쉬숨이 끊어지지 않아 고통스러워하는 것을 본 다물군의 장수 하나가 나서서 그의 목을 베어 절명시켰다.

그 광경을 지켜보고 있던 대소의 눈에 순간 견딜 수 없는 공포의 빛이 어렸다. 하지만 그 또한 이내 모든 것을 체념한 듯 주몽을 향해 담담한 어조로 말했다.

"나 또한 부여의 왕자답게 떳떳이 죽기를 원한다. 나에게도 자결할 수 있는 은전을 베풀어다오."

주몽이 고개를 저었다.

"형님에게는 살아 계신 아버님이 계십니다. 나의 아버님이기도 한 그분에게 참척의 고통을 드리고 싶지 않습니다. 부여로 돌아가 이제는 저와 졸본을 잊고 부여를 위해 새로운 삶을 살아가시길 바랍니다. 한 가지 약속할 것은 제가 살아 있는 동안에는 아버님과 형님의 나라인 부여를 범하는 일이 결코 없을 것입니다."

계루를 떠나기 전 대소가 놀라운 말을 했다.

"너의 아들 유리는 살아 있다. 죽은 부득불이 예소야와 유리를 잡아 아무도 알지 못할 곳에 가두었다고 들었다. 그 후 예소야는 감옥에서 죽음을 맞았지만 유리는 그곳을 떠나 부여 땅 어디에서 살고 있다고 들었다, 내 너와의 한 가닥 인연을 중히 여겨 부여로 돌아가면 네 아들 유리를 찾도록 하겠다. 이승의 인연이 중하면 아마도 만나게 될 것이나 하늘의 뜻을 누가 알겠느냐."

◆ ◆ ◆

그로부터 며칠 후 어느 달 밝은 밤, 주몽이 소서노를 찾았다. 뜻밖의 방문에 소서노가 다소 놀란 표정을 지으며 주몽을 맞았다.

"늦은 시간에 어인 일이십니까?"

"어인 까닭인지 오늘 내내 소서노 군장과의 지난 일이 주마등처럼 자꾸 떠올랐습니다. 하여 군장과 더불어 한가로이 얘기나 나눌까 하여 왔습니다."

소서노가 따뜻한 미소를 띠며 주몽을 안으로 맞아들였다.

"그렇다면 잘 오셨습니다. 저 또한 이 밤에 누군가와 더불어 이야기를 나누고 싶던 참이었습니다. 그러고 보니 처음 대장님을 뵌 날로부터 어느덧 십여 년의 세월이 흘렀습니다."

"그렇지요, 짧지 않은 시간이었다곤 하지만 참으로 많은 일들이 군장과 나 두 사람 사이에 있었습니다."

다과상을 사이에 두고 주몽과 마주 앉은 소서노가 지난 추억에 잠긴 듯 고개를 숙인 채 잠시 말이 없었다. 상고길에서 우연히 만난 사경을 헤매던 젊은이, 인간백정과도 같은 도치 놈의 헛간에서 날 구해준 사람, 스스로 걸어와 상단의 짐꾼이 된 부여 왕자. 그리고 아, 고산국 행, 그 흥겨운 축제의 밤의 모닥불…….

주몽 또한 같은 생각이었던 듯 감회에 젖은 눈길로 소서노를 건너 다보았다. 소서노가 문득 고개를 들어 주몽을 바라보았다.

두 사람의 얽힌 눈길 속으로 지난날 그들 사이를 흘러간 긴 시간과 그 시간이 잉태한 많은 사연과 가슴 뛰는 사랑과 상실의 고통과 슬픔 이 일순 커다란 물줄기가 되어 두 사람 사이를 흘렀다. 두 사람은 동시 에 커다란 기쁨과 그보다 더욱 큰 슬픔을 느끼며 고개를 돌렸다.

잠시 후 주몽이 떨리는 목소리로 말했다.

"소서노 아가씨! 나와 결혼해주겠소?"

소서노가 놀란 눈을 떠 주몽을 바라보았다.

"나와 결혼해주겠소? 비록 우리의 사랑이 거역할 수 없는 운명의 흐 름에 떠밀려 지금 이 자리에 흘러와 있지만, 소서노 아가씨를 향한 내 사랑의 마음은 단 한순간도 흔들린 적이 없소. 지금 아가씨와 마주하 고 있는 이 순간조차 내가 처음 아가씨에게 사랑을 느꼈던 그 순간과 달라진 것이 없소. 나와 결혼해주시오."

소서노가 한동안 고개를 숙인 채 말이 없었다. 이윽고 고개를 드는 소서노의 두 눈에 맑은 눈물방울이 흘러내리고 있었다.

"주몽 왕자님……."

"……."

"전날 우리가 나눈 사랑의 약속을 이루지 못한 것은 저의 잘못입니 다. 이는 제가 이승의 생을 다하는 순간까지 결코 벗지 못할 마음의 짐 이자 빚이었습니다. 저 또한 지금껏 단 한순간도 대장님을 향한 사랑의 마음을 저버린 적이 없지만, 그 마음이 대장님에 대한 마음의 빚을 가벼이 하지는 못하였습니다. 하지만 이제 대장님께서는 제게 새로운 사랑을 주시겠다고 말씀하십니다."

"……."

"이제 대장님의 말씀을 받듦으로써 그 마음의 빚을 조금이나마 갈음할 수 있다면 기꺼이 따르겠습니다."

주몽이 떨리는 손을 내밀어 소서노의 손을 잡았다.

◆　◆　◆

백두 준령의 기운과 압록의 물의 정기가 함께 어우러져 빚어낸 아름다운 땅 졸본에서 새로운 제국의 탄생을 알리는 거룩하고 엄숙한 선포가 있었다. 천제께서 하늘의 도인 홍익인간과 제세이화의 바른 뜻을 이 땅에 펴기 위해 만세 전에 세운 나라, 곧 환국과 배달국과 조선의 전통을 잇는 나라 대제국 고구려高句麗의 건국이 그것이었다.

주몽과 소서노는 동이 땅 만백성의 환호 속에 앞으로 나서 천제를 향해 엄숙한 제사를 올렸다.

"거룩한 동이의 신 환인과 환웅과 단군왕검의 존귀한 위엄 앞에 당신의 어리석은 종 주몽과 소서노가 엎드려 고하나이다. 일찍이 하늘님께서 비정하신 거룩한 땅 동이에서 신의 손으로 지어진 신성왕국은 간특하고 사나운 중원의 무리들에게 전란의 앙화를 입어 그만 무너진 바 되었습니다. 이에 어리석은 주몽이 모든 동이 땅 백성들의 마음과 정성을 모아 한의 무리들을 내쫓아 다물을 이루고 이 땅에 다시 천신의 나라를 세우려 하니 거룩한 하늘님께서는 이 땅과 그 백성을 보우

하시어 자자손손 만만세세까지 그 이어짐이 그침이 없도록 하여주시
길 엎드려 비옵니다."

　기도를 마친 주몽이 허리에 찬 칼과 거울과 방울을 들어 천신의 제
단에 올리고 곡배를 올렸다. 그가 올린 칼과 거울과 방울은 일찍이 환
웅 천제께서 어진 이 3천과 풍백, 우사, 운사를 거느리고 태백산 신단
수에 내려올 때 환인 천제로부터 받아 가져온 세 가지 신물, 즉 천부인
天符印이었다. 그 가운데 거울은 하늘의 태양을 가리키는 것으로, 왕이
된 자는 항상 거울로 자신의 내면세계를 비추어 반성하며 백성을 다
스리라는 의미를 담고 있으며, 칼은 곧 힘의 근원인 권위를 뜻하는 것
으로 이는 외적으로부터 백성을 지키는데 써야 할 뿐 결코 함부로 써
서는 안 되는 것이며, 방울은 홍익정신을 가진 어진 왕의 소리가 만천
하에 두루 전해져야 한다는 것을 뜻하였다.

　천제를 마친 주몽과 소서노가 동이 땅 만백성을 향해 거룩하고 엄
숙한 목소리로 새로운 신성왕국 고구려의 탄생을 선포했다.

　나라 이름 고구려는 곧 세상 가운데 가장 밝고 높이 솟은 나라란 뜻
이니, 이 거룩한 신성왕국의 드높은 보좌에 앉은 이는 당세 사람들이
천제의 자손이며 천왕랑 해모수의 아들이며 물의 신 하백의 외손이라
숭앙한 주몽, 그리고 후세 사람들이 동명성왕東明聖王이라 일컫는 바
로 그였다.

〈끝〉

주몽왕 치세의 고구려 땅 도성 거리에 어느 날 낡은 옷을 입은 젊은
이 하나가 나타났다. 주몽왕 즉위 18년의 일이었다. 초라한 복색과 비
밀을 감춘 듯한 태도를 수상히 여긴 궁성의 위사가 다가가 물었다.

어디서 온 누구냐?

그러자 젊은이는 자신이 지난날 동이의 영웅 해모수 장군의 손자이
며 고구려 국왕 주몽의 아들이라고 말했다. 궁성 위사가 실성한 자의
헛소리로 여기려 했으나 남달리 준수한 얼굴과 총기 넘치는 눈빛에
이끌려 그를 궁성 수비대 대장인 협보에게 데려갔다.

협보가 가져온 부러진 칼을 들어 자신의 그것과 맞춰본 주몽왕이
면류관이 벗겨지는 것도 알지 못한 채 달려와 아들을 맞았다. 잊고 있
었던 아들 유리가 살아 아비 주몽을 찾아온 것이었다.

이 새로운 왕자의 출현으로 평화롭던 고구려 왕실에 일대 파란이
일며 새로운 갈등과 새로운 사랑, 새로운 원한과 새로운 신뢰가 싹트
기 시작하였다. 또한 이로 인해 한반도의 새로운 대제국 십제와 비류
백제의 역사가 태동하게 되었으니, 이 또한 찬란하고 아름다운 천년
역사의 시작이었다. 이에는 훗날 한 민족사학자가 "조선 역사상 유일

한 창업 여대왕일뿐더러 고구려와 백제 두 나라를 세운 이"라고 평한 여걸 소서노의 기이한 활약이 펼쳐진다.

하지만 이 이야기는 그 자체로 또 하나의 장강과 대하에 값할 만큼 거대한 것이니, 새로운 장에서 그 후일담을 기대함이 옳을 듯하다.

왜소해질 대로 왜소해진 현대인의 안목과 지혜로 장엄한 영광과 장엄한 몰락의 시대를 살아간 영웅들의 삶을 그리는 것이 얼마나 지난한 일인지를 이 소설을 쓰면서 뼈저리게 느꼈다. 참된 영웅의 신화는 그 시대와 함께 자라고 또한 그 시대의 소멸과 함께 스러지나니, 뒷날에 후인들이 앞시대의 영웅들에 대해 이야기함은 아무도 보지 못한 용을 그려놓고 이무기다 용이다 다투는 것과 다르지 않을 듯도 싶다. 하지만 그 시대 그 영웅들에 대한 동시대인들의 그리움이 지극하고 또한 그가 우리 민족사의 한 시원을 이루는 인물임에야, 설혹 서툰 솜씨로 그려낸 이무기일지언정 그 정성과 뜻을 어여삐 여겨주실 것을 감히 기대한다.

단기 4330년 새해 첫날에

홍석주

주몽 5

1판 1쇄 발행 2007년 1월 5일
1판 9쇄 발행 2009년 8월 4일

극 본 ι 최완규 · 정형수
소 설 ι 홍석주
발행인 ι 박근섭
펴낸곳 ι 민음사출판그룹 (주) 황금나침반

출판등록 ι 2005. 6. 7. (제16-1336호)
주소 ι 135-887 서울 강남구 신사동 506 강남출판문화센터 4층
전화 ι 영업부 (02)515-2000 / 편집부 (02)514-2642 / 팩시밀리 (02)514-2643
홈페이지 ι www.gdcompass.co.kr

©(주)에이스토리, 2006. Printed in Seoul, Korea

ISBN 978-89-92483-00-1 04810
    978-89-91949-73-7 (세트)